古典詩歌研究彙刊

第九輯

龔鵬程 主編

第 14 冊

東坡辭賦研究
——兼論蘇過辭賦（上）

李 燕 新 著

國家圖書館出版品預行編目資料

東坡辭賦研究——兼論蘇過辭賦（上）／李燕新 著—初版
—新北市：花木蘭文化出版社，2011〔民100〕
目 4+210 面；17×24 公分
（古典詩歌研究彙刊 第九輯；第 14 冊）
ISBN 978-986-254-532-4（精裝）
1.（宋）蘇軾 2.（宋）蘇過 3. 辭賦 4. 宋代文學
5. 文學評論
820.91 100001470

ISBN-978-986-254-532-4

9 789862 545324

古典詩歌研究彙刊
第九輯 第十四冊 ISBN：978-986-254-532-4

東坡辭賦研究——兼論蘇過辭賦（上）

作 者	李燕新	
主 編	龔鵬程	
總 編 輯	杜潔祥	
出 版	花木蘭文化出版社	
發 行 所	花木蘭文化出版社	
發 行 人	高小娟	
聯 絡 地 址	新北市永和區中正路五九五號七樓之三	
	電話：02-2923-1455／傳真：02-2923-1452	
網 址	http://www.huamulan.tw 信箱 sut81518@ms59.hinet.net	
印 刷	普羅文化出版廣告事業	
初 版	2011 年 3 月	
定 價	第九輯 20 冊（精裝）新台幣 28,000 元	

東坡辭賦研究
——兼論蘇過辭賦（上）

李燕新　著

作者簡介

李燕新，國立高雄師範大學國文系文學士、文學碩士、文學博士。曾任國中、高中、大專教師；現為嘉義市大同技術學院通識教育中心專任副教授，以及國立高雄師範大學國文系暨長庚技術學院（嘉義分部）兼任副教授。著有《王荊公詩探究》、《陳後山詩研究》、《東坡辭賦研究－兼論蘇過辭賦》等專著，並發表有關於古典詩、詞、賦等論文若干篇。目前主要致力於宋代辭賦暨詞學之研究。

提　要

　　辭賦文學，自屈原肇端、宋玉拓境之後，於漢代蓬勃發展。然諸多人以為自漢代之後，辭賦即失去其主流地位而逐漸衰微，殊不知辭賦始終傍隨時代之演進而流變，且在各時代之文學風氣下，與主流文學互相影響、滲透，在內涵及形式方面，展現新風貌、新風采。因此，辭賦至魏、晉、六朝，即發展出「駢賦」。唐代因科舉之需要，又發展出「律賦」，並延伸至宋代而不衰。宋代復因古文運動成熟以及尚理、好議論等文學大環境之影響，又發展出所謂之「文賦」。至於漢代之「古賦」、「騷賦」及「騷辭」，仍代有作者，並不因時代之演進而稍衰，反而作者眾多，頗有發展。

　　因此可知，辭賦始終依隨時代而發展，並融入其特色。故辭賦在文學史上，實有其獨立演變之過程，以文學發展之角度而言，實有相當之重要性。

　　歷代辭賦之研究，以漢賦最多，唐代次之，而宋代最少。近若干年來，在宋代文學蓬勃之研究風氣中，辭賦似相對冷落。故筆者擬以宋代辭賦為研究之範疇，期盼能獲致若干成果。宋代辭賦，作家、作品數量頗多，全面研究不易，而北宋蘇軾為一代文宗，其辭賦創作，亦極豐碩，且眾體皆備、技巧多方，稱其為宋代辭賦之代表絕不為過。在無法全面研究宋代辭賦之前，先以研究東坡辭賦入手，應屬可行。

　　本論文之副題為東坡第三子蘇過辭賦之研究；元祐八年，哲宗親政後，東坡出知定州，旋再貶惠、儋，直至徽宗即位，方遇赦北歸，不久於建中靖國元年病歿，自元祐八年至建中靖國元年，約八年之中，蘇過始終隨侍東坡。尤其在儋州之三年，僅蘇過與東坡二人相依為命，父子感情甚篤。蘇過隨侍東坡八年，受東坡影響頗深，故蘇過無論思想以及詩、文風格，甚至書法、繪畫均酷似東坡，蘇過能於北宋文學及藝術中佔一席之地，應均為東坡薰陶之故。蘇轍亦曾云：「吾兄遠居海上，惟成就此兒能文也。」蘇過共有五篇辭賦，均作於隨侍東坡貶惠、儋時期，蘇過在北宋即號稱「小坡」、「小東坡」，故其作於惠、儋之五首辭賦，所反映之心境，實即可謂東坡之代言者，故研究蘇過之辭賦，除有助於了解東坡貶居惠、

儋時期之生活、思想外，亦可為蘇過在宋代辭賦史定一地位。

本論文共分六章，茲依次簡述如下：

第一章〈緒論〉：說明本論文撰寫之動機與目的、研究範圍、研究步驟及方法等。並逐一探討前人研究成果等相關研究文獻，以作為撰述之參考。

第二章〈東坡辭賦考述〉：本章以考據為主，首先搜撿東坡各版本之文集、詩集及相關總集等所收辭賦，去其重複；並將誤收、誤題之辭賦剔除，實得東坡騷辭體作品 13 篇、以賦為名之作品 25 篇，另輯得佚賦一首。研究專家之文學作品，編年工作極為重要，東坡辭賦之編年，諸家年譜及注本並不周全，有未編者、有誤編者、有兩說者。筆者據諸家東坡年譜暨相關年譜、二蘇兄弟編年詩，東坡集中之文章、尺牘、奏議及宋人筆記等資料，完成其辭賦之編年，並釐正以往若干編年之錯誤。

第三章〈東坡辭賦之情志內涵〉：東坡辭賦題材眾多，內涵深廣。茲以研讀所得，將其辭賦概分為遊賞賦、弔古賦、詠物賦、寓言賦、養生賦、飲食賦、詠酒賦、治道賦等八類，就其文本，以時代背景為經；相關詩、文、史料等為緯，探其賦中所涵蘊之哲理、思想、史評、議論、心境、寄託、人生思索、養生觀點及治道理念等。東坡辭賦之情志內涵極為豐富，尤其在題材開拓方面，不拘泥於舊有之範圍，無事不可入賦，尤具發展意義。

第四章〈東坡辭賦之藝術特色〉：東坡之辭賦，眾體皆備，首因其才高學博、思想靈動；次因北宋文學大環境之濡染，故其各體辭賦，均能突破舊規，不泥於古。論其騷賦，則題材多樣，多變前人舊格。論其騷辭，則雖脫胎《楚辭》，然能另闢新境。論其古賦，雖師法古體，然力求新變。論其駢賦，則儷對精美，用事繁多，惟並無《文心雕龍》所云「繁華損枝，膏腴害骨」之病。論其律賦，則侸唐人規矩，別開以散句入賦、以議論入賦等門徑。論其文賦，則句式散化，兼融敘事、抒情、議論，為辭賦開出一派新路。要之，其辭賦句式靈活多變、譬喻生動巧妙、結構新穎不凡、議論滔滔汨汨、用事貼切精妙，藝術技巧極高。而其對賦體文學最大之貢獻，即著力於文賦之創作，使賦體解放。

第五章〈蘇過辭賦探析〉：蘇過之辭賦曾受東坡指導，且又均作於嶺海時期，故其內容與東坡思想、心境關係密切。蘇過為人篤孝，於惠州奉東坡命作〈颶風賦〉及〈思子臺賦〉，不惟辭章汪洋宏肆，內容亦深涵寄意。渡海赴儋州前所作之〈伏波將軍廟碑〉，借詠史為老父抒不平之氣，諤諤直言，令人感佩。於儋州所作之〈志隱〉，以《莊子》齊物之思想寬慰老父，使東坡欣慰曠達，而安於島夷。東坡有子如此，可無憾矣。蘇過之辭賦，往昔因《斜川集》流傳不廣，後人知之未詳，本論文於研究東坡辭賦時，順帶兼論之，信將可彰顯其地位矣。

第六章〈結論〉：歸納各章所得，對東坡及蘇過之辭賦，作出整體之評價。

此外，本論文有附錄三種：

（一）《蘇軾、蘇過辭賦創作年表》：將東坡父子二人，一生重要游蹤暨辭賦創作之年代，彙於一表，以便查考。

（二）《東坡傳世辭賦書跡》：影印東坡現存〈昆陽城賦〉、〈赤壁賦〉、〈洞庭春色賦〉、〈中山松醪賦〉、〈黃泥坂詞〉五篇辭賦之書跡，暨東坡手書陶淵明〈歸去來兮辭〉，附供參閱。

（三）《蘇軾、蘇過辭賦全文輯錄》：輯錄東坡父子二人所有現存辭賦之文本，附供查閱。

目

次

第一章　緒　論

第一節　研究動機與目的

　　辭賦文學自屈、宋肇端，「與詩畫境」(《文心雕龍・詮賦》)，在歷經漢代大賦之輝煌時期後，至魏晉六朝產生所謂之駢賦，唐代又發展出律賦，並開啓以文爲賦之先聲，至宋代遂產生出特殊風格之文賦。辭賦文學不僅在體製上隨時代而變，其內涵、風格亦隨之而變，此所謂「文變染乎世情，興廢繫乎時序」(《文心雕龍・時序》)者也。

　　雖曰一代有一代之文學，惟辭賦自漢代以下，仍傍隨各時代之主流文學而發展，不絕如縷，且又與各時代之文體互相融合、滲透，有其獨立發展之過程，並因而形成辭賦各種體裁之特色。故以文學發展之角度而言，辭賦應有其極重要之地位。惟自元代祝堯撰《古賦辯體》一書，以復古爲尚，倡「祖騷宗漢」之說，後人對於漢代以後之辭賦，即較不重視。如明・李夢陽以爲：「宋無詩、唐無賦、漢無騷。」〔註1〕又如明・胡應麟云：「騷盛於楚，衰於漢，而亡於魏；賦盛於漢，衰於

─────────────────────

〔註1〕見《空同集》卷48〈潛虬山人記〉一文，其云：「山人商宋、梁時，猶學宋人詩，會李子客梁，謂之曰：『宋無詩。』山人於是遂棄宋而學唐。已問唐所無，曰：『唐無賦哉！』問漢，曰：『無騷哉！』山人於是又究心賦、騷於唐、漢之上。」(《四庫全書》本)

魏，而亡於唐。」〔註2〕清代程廷祚更云：

> 蓋自雅、頌息而賦興，盛於西京。東漢以後，始有今五言
> 之詩。五言之詩，大行於魏、晉而賦亡，此又其與詩相代
> 謝之故也。唐以後無賦，其所謂賦者非賦也。君子於賦祖
> 楚而宗漢，盡變於東京，沿流於魏、晉，六朝以下無譏焉。
> 〔註3〕

李夢陽、胡應麟、程廷祚三人，皆惑於一代有一代文學之觀念，以時代作為辭賦體裁之分界，殊不知以騷辭及西漢初冠以賦名之騷體賦而言，漢代以下，作者繁多，代有名篇，惟其形式、內涵稍隨時代變化而已。又如漢代之散體賦，隨時代流衍，至唐代面目已變化甚多；降及宋代，因古文運動、宋代文學大環境、文人心態等影響，遂有如〈秋聲賦〉、〈赤壁賦〉等名篇出現，歐、蘇既以「賦」名篇，即表示未以他體視之，且細究宋代各文賦作品，其傳承漢代之痕跡歷歷可見，賦體之特徵仍隱然俱在，謂為賦體之新變，又何曰不宜？他如六朝駢賦，唐代以後，作者仍多，名篇滾滾；至於唐代方產生之律賦，宋人又偭其規矩，融入宋代文化之特質，遂另開一番氣象。

由此可知，所謂古賦、駢賦、律賦、文賦之別，自宋代以後，可視作辭賦體裁之一種，並非僅時代之產物而已。此種體會，前人亦有言之者，如明·袁宏道云：

> 近日讀古今名人諸賦，始知蘇子瞻、歐陽永叔輩見識真不
> 可及。夫物始繁者終必簡，始晦者終必明，始亂者終必整，
> 始艱者終必流麗痛快。……古之不能為今者也，勢也。其
> 簡也、明也、整也、流麗痛快也，文之變也。……世道既
> 變，文亦因之，今之不必摹古者也，亦勢也。張、左之賦
> 稍異揚、馬；至江淹、庾信諸人抑又異矣。唐賦最明白簡
> 易，至子瞻直文耳。然賦體日變，賦心益工，古不可優，

〔註2〕見《詩藪·內編》卷1。（《古今詩話續編》本）
〔註3〕見《騷賦論》中篇，收入郭紹虞主編之《中國歷代文論選》第一冊，
　　　頁145（上海古籍出版社）。

後不可劣。若使今日執筆，機軸尤爲不同，何也？人事物態，有時而更；鄉語方言，有時而易；事今日之事，則亦文今日文而已矣。〔註4〕

又如清·王芑孫云：

詩莫盛於唐，賦亦莫盛於唐。總魏、晉、宋、齊、梁、陳、周、隋八朝之眾軌，啓宋、元、明三代之支流。踵武姬、漢，蔚然翔躍，百體爭開，昌其盈矣。人徒以清疎之派，歸宗於歐之〈秋聲〉、蘇之〈赤壁〉，不知實導源於唐也。〔註5〕

袁宏道、王芑孫自文學流變之觀點，肯定歷代賦體文學之價值，極令人有啓發性。以宋代而言，對於各類文體，既講究「尊體」，又積極嘗試「破體」，故「以文爲詩」、「以詩爲詞」、「以文爲賦」、「以賦爲文」等之情況頗多，故文類之體製已有變化；次就思想而言，宋人重意、尙理、好議論、重學問之習氣，使文類之意涵亦與前代有異。凡此，反皆可凸顯宋代文學之特色。

東坡一代文宗，天才奔逸，於辭賦之創作，亦極豐碩。以「賦」體而言，可考者即多達 25 篇，且古賦、騷賦、駢賦、律賦、文賦，眾體皆備，常「出新意於法度之中，寄妙理於豪放之外」；〔註6〕以「辭」類而言，亦有 13 篇之多，雖脫胎於《楚辭》，而又飛騰變化，不可名狀。若稱東坡爲宋代辭賦文學之代表，實不爲過。東坡之詩、詞、文等，研究者極多，惟研究其辭賦者則頗少。一般論東坡之辭賦，大多僅知其〈赤壁〉二賦，對於其他篇章，可說較爲陌生。

按東坡辭賦之創作，貫穿其一生，尤其在貶謫不遇、心中悲憤時，所作尤多。東坡對於其個人之辭賦，頗爲自許，常書寫以贈人，甚至在境況最艱困之時，猶書寫一己曾撰之賦作以自勵自解，〔註7〕可見

〔註4〕見〈與江進之書〉，見《袁宏道集箋校·解脫集之四·尺牘》，據陳良運編《中國歷代賦學曲學論著選》頁274。

〔註5〕見《讀賦厄言·審體》，據何沛雄《賦話六種》本，頁5。

〔註6〕見東坡〈書吳道子畫後〉，此本東坡論吳道子畫之言，今借以論東坡之辭賦，文見《蘇軾文集》卷70「題跋」，頁2210。

〔註7〕如紹聖元年（1094）東坡謫惠州，曾書六賦贈次子蘇迨，並題〈書

其對自己辭賦之重視。緣此，筆者亟思對於東坡之辭賦，作全面而整體之研究，其目的有三：

（一）藉由其辭賦情志內涵之探討，了解其各時期不同思想、心境之反映。

（二）藉由其辭賦藝術表現之研究，了解其各體製辭賦形式、技巧之特色，並藉以凸顯宋代辭賦之整體特色及價值。

（三）奠定東坡於整體辭賦發展史之地位；並順帶探討受東坡影響頗深，辭賦成就頗高之東坡幼子蘇過之辭賦作品，以彰顯其在宋代辭賦史之地位。

第二節　研究範圍

本論文研究之範圍，係以蘇軾之辭賦作品為主體，並兼論其第三子蘇過之辭賦。蘇軾之辭賦作品，可概分為「辭」與「賦」兩部份。其篇名以「賦」為名者，大多收於全集「文」之部分，或收於單行之文集；賦雖基本屬於押韻之文體，但一般均不以詩視之，故詩集均不收。至於以「辭」名篇者，大多采《楚辭》之騷體句式，其意味較接近於詩歌，故有若干收於詩集，亦有若干收於文集。

另有所謂「哀辭」一體，東坡亦有若干篇，均收錄於文集。因哀

六賦後〉云：「予道貶建昌軍司馬惠州安置，不可復以家行，獨與少子過往，而使迨以家歸陽羨，從長子邁居。迨好學知為《楚詞》，有世外奇志，故書此六賦以贈其行。」（見《蘇軾文集》卷66「題跋」，頁2072。）

又如紹聖四年（1097），東坡再謫儋州，曾書所作〈中山松醪賦〉與蘇過，並云：「吾甚喜〈松醪賦〉，盡秉燭，吾為汝書此，倘一字誤，吾將死海上，不然，吾必生還。」叔黨苦諫，恐偏旁點畫偶有差訛，或兆憂耳。東坡不聽，徑伸紙落筆，終篇無秋毫脫謬，父子相與粲然。（見孔凡禮《蘇軾年譜》頁1262引《愛日齋叢鈔》卷二）。

又如宋·周煇《清波雜志》卷二載：「東坡在海外語其子過曰：『我決不為海外人！近日頗覺有還中州氣象。』乃滌硯焚香，寫平生所作八賦，當不脫誤一字以卜之。寫畢，大喜曰：『吾歸無疑矣。』後數日，廉州之命至。」（據《蘇軾資料彙編》上編頁555）

辭一般均視爲哀祭文，或不以辭賦類視之；按哀辭爲表哀傷之情，多用騷體句式，以「兮」字爲逗，可視爲《楚辭》之流衍。又哀辭前大多有序，其後則爲騷體韻語，與賦之形式亦有相似之處，故亦列入探討之範圍。

　　元代祝堯曾編撰《古賦辯體》一書，敍述賦體之流變頗詳，祝氏將賦之流變分爲「楚辭體」、「兩漢體」、「三國六朝體」、「唐體」、「宋體」五部份敍其演變，並舉例說明。祝氏以復古爲尚，故對三國以下之賦多有譏評，對於唐、宋律賦及文賦訾議尤多，祝氏泥古而昧於變，不知賦體亦將隨時代而變，其論唐、宋賦之缺失處，反向視之，正爲唐、宋賦之特點。

　　因祝氏「祖騷」之故，故其《古賦辯體》一書，有《外錄》兩卷，凡後代採《楚辭》體式，篇名不用「辭」，而用「文」、「操」、「歌」等爲名者；或無「辭」之名號，而實質爲騷體者，如漢・賈誼〈惜誓〉、莊忌〈哀時命〉、唐・韓愈〈諷風伯〉、宋・黃庭堅〈毀璧〉等，祝氏以爲亦屬辭賦體。〔註8〕本此原則，自當於東坡相關詩文集中搜檢，經檢得〈歸來引〉及〈山陂陀行〉二首，雖無「辭」名，實爲騷體，故亦與東坡其他辭體並列討論。

　　東坡之詩文全集，於北宋即有刊刻，在哲、徽二朝，元祐黨禍最烈其間，雖屢遭禁絕，但仍流傳不衰。南宋因孝宗之彰顯，刊刻極多，最著者即所謂《東坡七集》，惟今已無完帙，僅存殘卷，現存最古之《七集》本爲明成化四年程宗刻本。清光緒三十四年至宣統元年（1908～1909）間，兩江總督端方曾命繆荃孫就成化本及明嘉靖十三年之重刊本，將《七集》校訂重刻，即所謂之「寶華盦」《東坡七集》，爲目前最佳之《七集》本。端方原刻本不易見，但中華書局《四部備要》本《東坡七集》乃據以排印，爲今通行本。《東坡七集》之《東坡集》、《後集》、《續集》均收錄東坡之辭、賦等若干。

〔註8〕　參閱《古賦辯體》卷9、卷10，《四庫全書》本頁835～862。

　　清乾隆間編《四庫全書》，所著錄之東坡全集係蔡士英據明刊之分類合編本重訂者，在清季頗爲通行。蔡本源出於南宋居世英刊本，編次與《七集》本不同，雖有若干瑕疵，但收錄辭賦頗稱齊全，可資參閱。蔡本原刻傳世已稀，今通行本爲文淵閣《四庫全書》本，取用方便。

　　明代茅維曾刊行《蘇文忠全集》，僅收文，不收詩（惟附收長短句之「詞」二卷）。可謂東坡「文」之單行本，其收錄辭賦頗稱齊全，編次亦有法，可作編年依據。茅本明末頗通行，堪稱善本。今人大陸學者孔凡禮點校重編東坡文集，即以茅本爲底本。孔本參校多種文獻，以《蘇軾文集》爲名，由北京中華書局排印出版，至 1996 年已修訂再版四次，爲目前東坡文集最通行之善本。茅本今海峽兩岸各圖書館雖尙著錄有三十餘部，惟不甚通行，幸孔本排印出版，取閱方便。其於辭賦之收集及編排亦合理有法，故本論文徵引東坡辭賦，其收於文集者，概以孔本爲底本。而引用東坡其他文類，如序、說、記、奏議、尺牘、題跋等，亦皆以孔本爲據。

　　南宋呂祖謙曾奉孝宗敕命編《皇朝文鑑》（明、清刊刻易名爲《宋文鑑》），該書係「專取有益治道者」，其中收東坡賦八篇、騷辭二篇、哀辭二篇。稍晚於《皇朝文鑑》者，有郎曄所編注之《經進東坡文集事略》，此書係郎曄進呈光宗御覽之用，故有「經進」字樣。郎本爲南宋惟一僅收東坡文章之選本（不收詩），亦爲惟一之注本，郎本收東坡賦十四篇，其注釋及編撰次序可供參用。《皇朝文鑑》及《經進東坡文集事略》二書均有《四部叢刊》初編本，爲通行善本。《宋文鑑》北京中華書局 1992 年有齊治平之點校排印本；《經進東坡文集事略》，臺北世界書局曾出版龐石帚之點校排印本。二書均爲通行本，便於取閱。

　　清康熙四十五年，陳元龍奉敕編成《御定歷代賦彙》，收錄先秦至明代之賦作共 4161 篇，可謂有史以來賦類作品最大之總集。東坡賦共收 27 篇，分十一類，其分類雖不盡周延，惟可看出東坡賦題材之概括，可作坡賦分類之參考。《賦彙》以賦爲書名，故僅收以賦爲

名之作品，騷辭類均不收。本書有日本中文出版社影印出版之康熙四十五年原抄本，為一般通行本。另 2004 年，南京鳳凰出版社（原江蘇古籍出版社），影印出版光緒年間雙梧書屋俞樾之校本，並附有作者及篇名索引，頗便參閱。

因東坡騷辭類作品有部份係收於詩集，故自應搜檢其詩集，以求其全。東坡之詩，除《東坡七集》等全集本有收錄外，自南宋中期，始有專刊詩集之注釋本，其最風行者為題名王十朋所編注之《王狀元集百家注分類東坡先生詩》，因此本未收《和陶詩》，故東坡頗為著名之辭賦作品〈和陶歸去兮辭〉亦未收入，其他「辭」類作品亦均未收。後明‧茅維刪併王本，並增收《和陶詩》及辭類作品，重新刊行（清代稱茅維本為「新王本」），其中收東坡辭類作品七篇。

又南宋除王注本外，尚有施元之、顧禧、施宿合注之東坡編年詩，此本在清乾隆間經邵長衡、查慎行等補注，漸趨完備。至乾隆末，馮應榴總結王注、邵注、查注等編成《蘇文忠公詩合注》一書，為東坡編年詩之善本。嘉慶末，王文誥又刪削《合注》，編成《蘇文忠公詩編註集成》一書，基本上與《合注》本差異不大。今人孔凡禮重編東坡詩，即以王文誥本為底本，並參用馮應榴本互補，編成《蘇軾詩集》，由北京中華書局出版，至 1999 年 10 月已五次修訂，可稱目前東坡詩最通行之善本。孔本共收東坡辭類作品七篇。本論文徵引相關東坡辭類作品，或引用其他詩歌作為論述之資者，率皆以孔本為據。

綜上東坡文集、詩集及有關總集等，去其重複，並刪除誤收作品，合計得東坡各辭（詞）類之作品計有〈太白詞〉等十三篇，賦類作品計〈灩澦堆賦〉等二十五篇，此即為本論文東坡辭賦部份研究之範疇。有關東坡辭賦於各總、別集收錄分合情況，以及誤收、輯佚、編年等，皆將詳述於本論文第二章「東坡辭賦考述」部份。

本論文次要論述者為東坡第三子蘇過之辭賦作品。按東坡有四子，幼子蘇遯早殤。長子蘇邁、次子蘇迨，史稱「俱善為文」，惟均無作品傳世。其有詩文傳世者，惟蘇過而已。蘇過有《斜川集》，晁

說之於蘇過卒後爲作《墓誌銘》，稱該書有二十卷；惟南宋各目錄均著錄爲十卷，當係南渡時有所遺佚。《斜川集》流傳不廣，後世頗不易得。清乾隆間編修《四庫全書》，方由館臣自《永樂大典》陸續輯出，惟四庫僅列於存目，原書未見。幸有清・趙懷玉刊刻之352篇本及《知不足齋叢書》刊刻之420篇本，使《斜川集》得以流傳。今四川大學古籍研究所學者舒大剛等人，以《知不足齋》本爲底本，將《斜川集》依詩、文重新編年，釐爲十卷，並詳加校注，於1996年12月由四川巴蜀書社排印出版，可稱目前《斜川集》最佳之善本，舒大剛等實可謂蘇過功臣也。

蘇過自元祐八年（1093），哲宗親政，東坡出知定州後，至徽宗建中靖國元年（1101），東坡病卒爲止，約八年之中，始終隨侍東坡。《宋史・蘇軾傳》附《蘇過傳》云：「軾帥定武，謫知英州，貶惠州，遷儋耳，漸徒廉、永，獨過待之，凡生理晝夜寒暑所須者，一身百爲，不知其難。」故東坡晚年最艱困之時期，蘇過均隨待左右，尤其在儋耳之三年間，僅蘇過與東坡二人相依爲命，父子相處甚篤。蘇過隨侍東坡之八年，爲二十二歲至三十歲，恰爲壯盛之年，亦學習力最強之時，故蘇過無論思想以及詩、文之風格，均甚似乃父，蘇過能於文學中佔一席之地，皆東坡所薰陶也。蘇轍曾云：「吾兄遠居海上，惟成就此兒能文也。」（據《宋史・蘇過傳》），洵不虛言。

《斜川集》詩文編年起於紹聖元年（1094），其辭賦作品共有五篇，計惠州所作之〈颶風賦〉、〈思子臺賦〉、〈松風亭詞〉三篇；渡海至儋州前作於雷州徐聞渡之〈伏波將軍廟碑〉；以及至儋州後所作之〈志隱〉，[註9] 此五篇辭賦，〈颶風〉、〈思子臺〉二賦係蘇過奉東坡之命作，或曾經東坡指導，風格極似東坡，此二賦在宋代即已流傳甚廣，名聞於世。[註10]〈志隱〉係蘇過於儋耳時，爲東坡及其自己抒

[註9]　〈伏波將軍廟碑〉序爲散文，碑文爲楚騷體，可以「辭」類視之。〈志隱〉效揚雄〈解嘲〉、班固〈答賓戲〉之體，屬賦體。

[註10]　《宋史・蘇軾傳》附《蘇過傳》、王稱《東都事略》、晁說之《蘇叔

解貶謫鬱悶胸懷者，可謂代父而作，故東坡讀〈志隱〉後，曾歎云：
「吾可以安於島夷矣。」〔註11〕其他如〈伏波將軍廟碑〉則多借史事
寄託胸懷，更與東坡心境息息相關。

　　蘇過生平辭賦僅此五篇，且均作於居惠、儋時期，東坡卒後，蘇
過即再無辭賦作品。故此五篇辭賦作品，實可謂東坡心境之代言人，
對了解東坡於嶺海時期之思想、生活有極大助益。

　　按東坡一生於貶謫不遇時，喜藉詩、詞等抒發胸懷，辭賦亦為其
中之一。如在黃州所作辭賦即達五篇，其中〈赤壁〉二賦流傳千古。在
惠州、儋州期間又作有辭賦七篇，其中如〈天慶觀乳泉賦〉、〈濁醪有妙
理賦〉及〈和陶歸去來兮辭〉等，皆為傳世名篇。而蘇過現存之五篇辭
賦則均集中於惠、儋時期，蘇過因詩、文、辭賦等，均酷似東坡風格，
故宋代即有「小坡」、「小東坡」之稱，〔註12〕可見其受東坡影響之深。
故本論文將蘇過之五篇辭賦，與東坡辭賦同作為研究之範疇，其故在此。

第三節　研究方法

　　本論文因所研究之範圍屬於辭賦，且研究之對象為宋代蘇軾、蘇
過父子，故對於辭賦體裁、主題等之源流正變；以及東坡父子二人所
處之時代背景，首先須徹底了解，此雖尚屬外緣之範圍，惟其重要性
不可忽略。其次乃就二人辭賦之文本仔細研讀，並旁參各種資料，就
其內涵及形式等，作出研究結果。茲述本論文研究之次第及方法如下：

一、認識辭賦體製之源流正變

　　對於辭賦體裁之肇始與流衍，最早論述且極具參考價值者厥為

　　黨墓誌銘》均謂蘇過〈颶風賦〉、〈思子臺賦〉，早行於世。
〔註11〕據《宋史・蘇軾傳》附《蘇過傳》云。
〔註12〕《宋史・蘇軾傳》附《蘇過傳》云：「時稱為『小坡』，蓋以軾為『大
　　　　坡』也。」又東坡〈題過所畫枯木竹石三首〉其一有云：「老可能為
　　　　竹寫真，小坡今與石傳神。」王註次公曰：「小坡，言過也。過，時
　　　　謂小東坡。」（見《蘇軾詩集》卷42，頁2348）。

元‧祝堯所撰之《古賦辯體》，祝氏撰此書雖本意以復古爲尚，有「祖騷宗漢」之意，惟其論述各時代辭賦體裁之演變及其特色，實即元代以前一系統清晰之「賦史」，《四庫提要》謂其「於正變源流，亦言之最確。」其言誠是。其後明代吳訥《文章辨體》、徐師曾《文體明辨》其論辭賦部份，大抵皆祖述祝堯而有所發明。民國以後，論辭賦流變、體製、重要作家、作品之著作，不絕如縷。自民國十六年陳去病撰《辭賦學綱要》開其端，其後如日本鈴木虎雄《賦史大要》、張正體‧張婷婷《賦學》、高光復《賦史述略》、李曰剛《中國辭賦流變史》、馬積高《賦史》，葉幼明《辭賦通論》、許結‧郭維森《中國辭賦發展史》、孫慶元《賦～時代投影與體製演變》、曹明綱《賦學概論》等，由簡而繁，後出轉精，皆足資參考。

二、了解蘇軾、蘇過生平及其時代背景

欲對某作家生平之經歷有所了解，最首要者應先通讀其年譜。撰著東坡年譜者頗多，宋人著述主要有三種，即施宿《東坡先生年譜》、王宗稷《東坡先生年譜》及傅藻《東坡紀年錄》。其中《施譜》自清代以來即久佚；1981 年，復旦大學顧易生教授赴日講學，自大阪市立大學影印携回，經王水照先生等整理後出版，始復通行。《施譜》採表格式，其「時事」及「出處」二欄，頗具特色，有助於對東坡時代背景之了解。宋人三譜各有短長，可以互補。

清嘉慶二十年，王文誥編《蘇文忠公詩編註集成》一書，前附有《總案》四十五卷；《總案》乃王氏窮畢生精力，搜集東坡詩文集及有關資料，考察東坡一生行實所作，實即一極詳盡之東坡年譜，《總案》雖略有訛誤，但發明頗多，有功後學，本論文即參考甚多。近年來，對東坡年譜能彙集大成者，爲大陸學者孔凡禮先生所撰之《蘇軾年譜》，該書已於 1998 年由北京中華書局出版，《孔譜》詳盡細密，筆者通讀多次，於論文中採資極多。至於蘇過之年譜，有今人曾棗莊、舒大剛合編之《蘇過年譜》，頗爲周詳，足資參用。

其他史傳資料如《宋史》、東坡各種傳記、東坡及蘇過之編年詩、東坡之詞集、文集等，皆擇有關者閱讀之，作爲其生平游踪、經歷之資料。而相關年譜如《蘇洵年譜》、《蘇轍年譜》等皆作爲佐證資料。

東坡一生受黨爭影響極大，自「烏臺詩案」〔註13〕後之生涯，大率與黨爭不脫干係，此等背景自宜了解。南宋‧朋九萬所撰之《烏臺詩案》及今人論北宋黨爭者，如羅家祥《北宋黨爭研究》、沈松勤《北宋文人與黨爭》、蕭慶偉《北宋新舊黨爭與文學》等，均具參考價值。又有關北宋文學背景及文學特色者，如張毅《宋代文學思想史》、王水照《宋代文學通論》、張高評《宋詩之新變與代雄》及《會通化成與宋代詩學》等，均可作爲重要參考資料。

三、通讀蘇軾、蘇過辭賦之文本

通讀文本爲研究作家作品最重要之過程。東坡之辭賦，造語新奇，用典繁多，頗不易誦讀。宋‧郎曄所編之《經進東坡文集事略》，選東坡賦十四篇，並爲之注，有助閱讀，惟稍失於略，且所注亦非東坡賦之全部。今人孫民對東坡賦情有獨鍾，將其賦 25 篇（另含蘇過〈颶風賦〉，孫氏誤爲東坡作），作詳盡之注釋，於 1995 年由巴蜀書社以《東坡賦譯注》爲名排印出版，惟孫民僅收以賦爲名之作品，未收辭類。又北京燕山出版社於 1998 年排印出版《蘇東坡全集（注）》一種，其賦之部份由楊嘉仁詳注（並增注蘇過〈颶風賦〉及〈思子臺賦〉），辭之部份亦有注。此二書於東坡賦之注釋堪稱詳盡，本論文於撰作期間均仰賴甚多。

至於蘇過之五篇辭賦，除前所述已有之注釋外，巴蜀書社出版之

〔註13〕宋神宗元豐二年（1079）四月，東坡至知湖州任。七月二日起，監察御史裏行舒亶、何正臣（一本作大正）、御史中丞李定、國子博士李宜之等，連續上箚子謂東坡詩、文訕謗朝廷，七月二十八日詔中使皇甫遵至湖州勾攝蘇軾前來御史臺，罷湖州任。八月十八日入臺獄，至十二月二十六日，奉神宗聖旨，以「責授檢校水部員外郎充黃州團練副使、本州安置、不得簽書公事」結案，此即所謂之「烏臺詩案」（「烏臺」指「御史臺」，用漢代舊名）。

《斜川集校注》，舒大剛等人注釋極詳，有助於了解小坡辭賦之意涵。

四、搜檢歷代賦話及評點之資料

歷代賦話（含若干詩話）以及宋代以後之筆記、文章評點、辭賦選本等，常有對東坡父子若干辭賦，作背景之敍述、意涵之分析、典故之詮釋、字句用韻之析評等，凡此皆有助於對其辭賦之研究，故於此類資料，均盡力搜檢，務求披沙揀金，得爲我用。

由以上之歷程，本論文自第二章以下，詳考東坡各篇辭賦之編年，並及於辨僞、輯佚等；復將東坡辭賦分若干類，縱橫交錯，以演繹之方式，探討東坡辭賦之情志內涵；再以歸納法董理出東坡辭賦之藝術特色。

至於蘇過，因辭賦篇數不多，擬就其內容概分三類，探討其思想、心境及藝術特色，並探究其與東坡在惠、儋心境之關聯性以及其受東坡及宋代文學大環境影響而表現之特色。論文最後將東坡及蘇過之辭賦，由各角度作出整體之評價，並作全論文之總結。

第四節　相關研究文獻探討

有關東坡暨蘇過辭賦已有之研究文獻，可略分四方面言之。

一、辭賦校注之屬

1. 《東坡賦譯注》：大陸學者孫民著，共注東坡賦二十五篇（並兼及蘇過〈颶風賦〉，蓋以爲東坡作）；每篇賦均有簡明說明及譯文。孫民並輯得佚賦〈孤松賦〉一篇。

2. 《蘇東坡全集（注）》：由大陸學者馬德富主編，賦之部份由楊嘉仁注，頗稱詳盡，可與孫民注互相補益。楊氏並於東坡賦後附注蘇過〈颶風賦〉及〈思子臺賦〉，可資參考。

以上兩注本，皆略考各賦之編年，惟所見不盡相同，亦有誤編之處，本論文已予釐正。

3. 《斜川集校注》：由大陸學者舒大剛、蔣宗許、李家生、李良生
   等合注，該書以《知不足齋》本爲底本，將蘇過詩、文、賦
   等重新編年，並詳加校注。其中收蘇過辭賦類作品五篇，注
   釋詳盡，頗便閱讀。該書前有曾棗莊氏所撰「前言」，將蘇過
   生平、思想、詩文風格等，闡述其大要，有提綱挈領之助。
   又該書卷後附有舒大剛所撰《蘇過年表》及傳記、評論資料
   等，頗便參考。研究蘇過辭賦須併同參閱其詩、文等其他作
   品，本書彙爲一編，堪稱便利。

二、辭賦專著之屬

1. 《歐陽脩蘇軾辭賦之比較研究》：台灣學者陳韻竹著，本書原係
   作者於臺灣政治大學之碩士論文，民國 75 年 9 月由台北文史
   哲出版社出版。本書因係與歐陽脩之辭賦作比較研究，並非
   專門研究東坡辭賦，限於篇幅，自未能盡言，惟其對東坡各
   辭賦之評介、各賦體特色之探討等，具開創之功，有啟發性，
   可供參考。

2. 《蘇軾辭賦研究》：韓國學者朴孝錫著，此爲朴氏民國 78 年於
   台灣東海大學之碩士論文。該論文考述東坡各詩文集之版
   本，並將作品編年，復討論其內容、形式之特色等，雖稍嫌
   疏略，惟可供啟發性之參考。

3. 《北宋詠物賦研究》：林天祥著，本書全面研究北宋之詠物賦，
   對北宋詠物賦之題材、內涵、特色等析論詳盡；東坡有詠物
   賦若干篇，林氏亦有論述，可供啟發、參考。

4. 《蘇過斜川集研究》：台灣學者楊景琦著，此爲楊氏民國 94 年
   於台灣文化大學之博士論文。該論文考證《斜川集》版本流
   衍頗詳，並將蘇過之作品作全面之研究。因限於篇幅及體例，
   於辭賦部分自未能盡言。惟該論文對全面了解蘇過及其與東
   坡之關聯性，頗具參考價值。

三、各家賦史之論述

　　各賦史對於宋代辭賦及東坡賦均有言及，惟限於篇幅，或囿於對宋賦之忽略性，所言均嫌簡略。言之較詳者有：

1. 《賦史》：馬積高著，馬氏將蘇軾、蘇轍、蘇過辭賦合為一小節
   敍述，馬氏對宋賦評價不高，於東坡亦僅許可如〈灩澦堆賦〉、
   〈赤壁賦〉、〈黠鼠賦〉等數篇；惟其將宋代環境與東坡賦之
   關聯性，作若干之評論，可使人獲致若干思考之線索。

2. 《中國辭賦發展史》：許結、郭維森合著，本書對東坡辭賦評價
   較高，以「開闢北宋辭賦新境」稱東坡，對於其辭賦創作之
   概況、藝術風格及審美境界等，論述較詳盡，對於探討東坡
   辭賦具一定之參考價值。

3. 《宋人賦論與作品散論》：何玉蘭著，本書對於宋代律賦及文賦
   闡述頗多，對東坡辭賦亦頗有著墨，對於其在文賦方面之特
   色，論述尤多，可供參考。

　　至於蘇過之辭賦，各賦史均僅稍述數言而已，頗為疏略。

四、期刊論文之單篇論述

　　研究東坡辭賦之單篇論文，歷來均不多，僅對於〈赤壁賦〉單篇之研究最多（〈後赤壁賦〉次之），可見該二賦之膾炙人口。

　　研究東坡辭賦，較綜合性、全面性且具參考價值者，如以下各篇：

1. 〈略論蘇軾對賦體文學的發展〉，周慧珍，《天津社會科學》，1986
   年。

2. 〈論蘇軾的賦〉，馬德富，《東坡文論叢》，1986 年。

3. 〈蘇賦簡論〉，李博，《東坡研究論叢》，1986 年。

4. 〈蘇東坡與賦〉，顧易生，《新亞學術集刊》，1994 年。

5. 〈筆勢彷彿離騷經～東坡賦考論〉，楊勝寬，《西南師範大學學
   報・哲社版》，1994 年。

6. 〈亦詩亦文，情韻不匱～漫談蘇軾的賦〉，王水照，收入《蘇軾

論稿》，1994 年。

7.　〈論蘇軾賦中的「士的意識」〉，孫民，《東坡賦譯注》附錄，1995
　　　年。

8.　〈試論蘇軾賦的形象特徵〉，孫民，《東坡賦譯注》附錄，1995
　　　年。

9.　〈蘇軾賦的散體特徵及其形成〉，何國棟，《蘭州大學學報社科
　　　版》，1998 年。

10.　〈論蘇軾賦體文學的特色和頁獻〉，譚玉良，《康定學刊》，1998
　　　年。

11.　〈論蘇軾的辭賦創作〉，王許林，《江淮論壇》，2001 年。

12.　〈蘇軾賦觀及其相關的問題〉，簡宗梧，收入《千古風流～東坡
　　　逝世九百年學術研討會》，2001 年。

　　　至於單論某篇辭賦之研究，具參考價值者有以下各篇，如：

1.　〈東坡後杞菊賦解〉，曹慕樊，《東坡文論叢》，1986 年。

2.　〈蘇軾點鼠賦作年辨證〉，曾棗莊，《藝文志》第三輯。

3.　〈後赤壁賦析評〉，柯慶明，收入《中國古典文學研究叢刊》，
　　　1986 年。

4.　〈蘇軾的崇道名作赤壁賦〉，鐘來因，《國文天地》，1992 年。

5.　〈蘇軾前後赤壁賦心靈境界之探討〉，張學波，《興大中文學
　　　報》，1992 年。

6.　〈伯夷列傳與前赤壁賦機軸略同論〉，王令樾，《輔仁學誌》，
　　　1994 年。

7.　〈談蘇軾後赤壁賦中所夢道士人數之問題〉，衣若芬，《臺大中
　　　文學報》，1994 年。

8.　〈東坡前後赤壁賦之比較〉，吳奕蒼，《輔大中研所學刊》，1996
　　　年。

9.　〈從「變」到「化」～談赤壁賦中「一」與「二」的問題〉，何

寄澎，《第三屆國際辭賦學學術研討會論文集》，1996 年。

10. 〈前後赤壁賦題旨新探〉，朱靖華，收入《蘇軾論》，1997 年。

11. 〈赤壁賦本事說〉，吳月蘭，《南京高師學報》，1998 年。

12. 〈東坡赤壁游蹤考〉，饒學剛，收入《蘇東坡在黃州》，1999 年。

13. 〈赤壁二賦不是天生的姊妹篇〉，饒學剛，收入《蘇東坡在黃州》，1999 年。

又有關研究蘇過辭賦之單篇論文極少，茲撿得以下數篇：

1. 〈老坡與小坡：「家法」一脈承〉，楊勝寬，《樂山師專學報社科版》，1998 年。

2. 〈宋代三居士考〉，張海鷗，《中山大學學報社科版》，1999 年。

3. 〈蘇過斜川之志的文化闡釋〉，張海鷗，《廣東社會科學》，2000 年。

4. 〈蘇軾和陶遊斜川詩系年考辨〉，吳定球，《惠州大學學報社科版》，2000 年。

5. 〈惠儋瘴地上的特殊逐臣——嶺海時期之蘇過論〉，李景新，《海南大學學報人文社科版》，2005 年。

以上所述各期刊之單篇論文，篇幅均不長，於東坡或蘇過之辭賦，或得大體風貌，或有一隅之見，零編碎簡，皆有足資參考者，大抵而言，對本論文之撰述，皆有啓迪之助。

第二章　東坡辭賦考述

　　東坡之辭賦，大多收於其詩文集；其以「賦」名篇者，大多收錄於全集或文集；以「辭」名篇者，則或收於全集，或收於詩集。此外，南宋呂祖謙奉敕所編之《皇朝文鑑》（即《宋文鑑》）以及郎曄編注之《經進東坡文集事略》，亦均收錄若干。至清康熙間，陳元龍奉敕編《御定歷代賦彙》，收錄頗稱齊全，惟該書僅收以「賦」爲名者，不收「辭」類。以上諸本或收錄不全、或有誤收、或未編年、或編年有誤，稍嫌紛亂。茲將東坡主要詩文集暨相關總集所收之辭賦，作一董理，辨明誤收者，並爲之詳考編年，以作爲本論文研究之所據。

第一節　東坡詩文集及有關總集收錄辭賦綜論

一、收錄於東坡文集者（含全集本及文集單行本）

（一）《東坡七集》

　　東坡之詩文全集，在北宋即有刊刻，據蘇轍云：

> 公有《東坡集》四十卷、《後集》二十卷、《奏議》十五卷、《內制》十卷、《外制》三卷。公詩本似李、杜，晚喜陶淵

　　明，追和之者幾遍，凡四卷。〔註1〕
子由所言者即所謂之《東坡六集》，大多爲東坡生前編定，最爲可信。
至南宋時，蘇文盛行，刻本極多。據晁公武《郡齋讀書志》及陳振孫
《直齋書錄解題》之著錄，原《東坡六集》又增《應詔集》十卷，即
通稱之《東坡七集》。

　　宋刻《東坡七集》今無完帙，僅存殘卷若干，已不齊全。明成化
四年，吉州守程宗，據宋代曹訓所刻舊本卷帙，再依明仁宗據內閣所
藏宋本翻刻之未完新本補增《續集》十二卷，重新刊行，爲目前可見
最古之《七集》本。《續集》雖微有小疵，但宋刻《七集》原編面貌
大抵可見，其存先啓後之功，誠不可沒。〔註2〕

　　《東坡七集》於清光緒三十四年至宣統元年，兩江總督端方（字
匋齋）建節金陵，乃取江南圖書館所藏成化本《七集》，參以嘉靖十
三年《七集》本及錢求赤據宋刻校本，命繆荃孫校訂重刊，此即「寶
華盦」《東坡七集》。傅增湘曾云：
　　　　由是坡公全集得此本得播於世，使人人獲窺宋刻之舊觀。
　　　　端、繆之功，上接曹、程，流風餘韻，後先嗣美。〔註3〕
由是觀之，收錄東坡詩文全帙之《七集》本，至端方寶華盦本，雖非
全同於宋刻，但大抵可見舊觀，允稱善本。端方本大陸及日本京都大
學有藏本，惟不易見，但中華書局《四部備要》據以排印，是爲通行
本。茲將《四部備要》本《東坡七集》所收東坡辭賦臚列如下：

〔註1〕　見〈亡兄子瞻端明墓誌銘〉（《欒城後集》卷22，北京中華書局點校
　　　　本《蘇轍集》頁1127）。又《宋史・本傳》云：「有《東坡集》四十
　　　　卷、《後集》二十卷、《奏議》十五卷、《內制》十卷、《外制》三卷、
　　　　《和陶詩》四卷。」蓋本於子由之言。
〔註2〕　《東坡六集》、《東坡七集》刊刻、流傳及宋本殘卷保留情況，因非
　　　　本論文研究之主要範圍，僅簡述之。可詳參四川大學祝尚書所著之
　　　　《宋人別集敍錄》頁401～434。
〔註3〕　據《宋人別集敍錄》頁432引〈明成化程宗刊本東坡七集跋〉（《藏
　　　　園群書題記》卷13）。又端方重刊《七集》本末頁，有繆荃孫校訂後，
　　　　於宣統二年之跋文，敍述刊刻始末頗詳，可參閱。（見中華書局《四
　　　　部備要》本《東坡七集》第四冊）

◎《東坡集》（卷十九）

「詞十三首」：〈太白詞五首〉、〈上清詞〉、〈歸來引〉、〈黃泥坂詞〉、〈清溪詞〉、〈李仲蒙哀詞〉、〈錢君倚哀詞〉、〈傷春詞〉、〈蘇世美哀詞〉。

「賦七首」：〈灩澦堆賦〉、〈屈原廟賦〉、〈昆陽城賦〉、〈後杞菊賦〉、〈服胡麻賦〉、〈赤壁賦〉、〈後赤壁賦〉

◎《東坡後集》（卷八）

「賦八首」：〈黠鼠賦〉、〈秋陽賦〉、〈洞庭春色賦〉、〈中山松醪賦〉、〈沉香山子賦〉、〈酒子賦〉、〈濁醪有妙理賦〉、〈天慶觀乳泉賦〉。

「辭二首」：〈王大年哀辭〉、〈鍾子翼哀辭〉。

◎《東坡續集》（卷三）：

「和陶詩」中收有〈和歸去來兮辭〉一首。

「歌詞」中收有〈山坡陁行〉一首。

「古賦八首」：〈老饕賦〉、〈菜羹賦〉、〈颶風賦〉、〈思子臺賦〉、〈延和殿奏新樂賦〉、〈明君可與為忠言賦〉、〈快哉此風賦〉、〈復改科賦〉。

　　綜上觀之，《東坡七集》所收辭賦類之作品，計有「詞」（辭）12首，「賦」23首；另有「行」一首。其中以賦為名者，固可不論；其以「辭」等為名者，是否屬本論文研究之範圍，今試論之。按《楚辭》為後代辭賦之祖，多人曾言之，此不待詳述，宋代宋祁嘗云：「《離騷》為詞賦之祖，後人為之，如至方不能加矩，至圓不能過規矣。」〔註4〕此語已可概括。由《離騷》等衍為後代之騷體賦及「辭」體等之文類，

〔註4〕　宋祁語見朱熹《楚辭集注》卷一《離騷經》前序文，臺北藝文版《楚辭集注》頁10。又宋祁之言多人曾引用，如元·祝堯《古賦辯體》卷一〈楚辭體上〉序；明·吳訥《文章辨體·內集》「古賦」前序文；明·徐師曾《文體明辨》「楚辭」類序文。

皆可作辭賦觀。宋代朱熹《楚辭集注》所附之《楚辭後語》曾就宋晁補之《續楚辭》、《變離騷》二書所錄,刊定五十二篇,收歷代以「歌」、「賦」、「辭」、「琴操」、「文」等為名之作品,作為騷辭之餘韻。後元代祝堯撰《古賦辯體》,祖述晁,朱二人,將「古賦」之範圍擴大,其《辯體》一書有《外錄》二卷,分「後騷」、「辭」、「文」、「操」、「歌」五類,收歷代有關作品為賦之別體。其於「辭」類引休齋之言云:「詩變而騷,騷變而辭,皆可歌也。辭則兼風騷之聲而尤簡邃者,愚謂辭與賦一體也,特名異爾,故古人合而名曰辭賦。」

以《東坡七集》所收辭賦考之,其以賦為名者,固是賦體;其他以辭(詞)「引」、「行」、為名者,大多以「兮」字為逗之騷體出之,固亦可視為賦之流衍。可自此類作品窺見東坡撰作之情志與手法,自可作為研究之範疇。至於其中另有六首「哀辭(詞)」(〈傷春詞〉雖無「哀」字,實亦哀詞),或以為非辭賦之範圍,〔註5〕私意以為哀辭雖為哀祭文,但與祭文不同,因其為表哀傷之思,大多用騷辭體,以「兮」字為逗,亦可視為楚騷之流衍。明‧吳訥《文章辯體》,將誄辭、哀辭列為一類,其序文云:

> 厥後韓退之之於歐陽詹,柳子厚之於呂溫,則或曰誄辭,
> 或曰哀辭,而名不同。迨宋南豐、東坡諸老所作,則總謂
> 之哀辭焉。大抵誄辭多敘世業,故今率倣魏、晉,以四言
> 為句;哀辭則寓傷悼之情,而有長短句及楚體不同。作者
> 不可不知。〔註6〕

按吳訥認為將誄辭,哀辭合為一類,略有不當(詳下徐師曾之言),若捨誄辭不論,以哀辭言之,吳訥所舉韓愈之〈歐陽生哀辭〉,除序

〔註5〕 如陳韻竹《歐陽脩蘇軾辭賦之比較研究》頁92云,「哀辭」不列於其論文之研討範圍(但仍保留〈傷春詞〉研討之,未詳何故)。又韓國朴孝錫於《蘇軾辭賦研究》頁52亦同於陳氏之看法。又大陸學者楊勝寬於〈筆勢彷彿離騷經——東坡賦考論〉一文中明言「應付請託之作」之「哀詞」不計入。(見《西南大學學報‧哲社版》1994年第2期)。按東坡所撰「哀辭」,是否「應付請託」之作,有待研議,當詳後說。

〔註6〕 見《文體序說三種》一書之《文章辨體序說》部份,頁67。

文外，本辭全用楚騷體。而所舉宋代之曾鞏，以其本集考之，有〈蘇明允哀辭〉、〈吳太初哀辭〉、〈王君俞哀辭〉三首，三首哀辭皆有長序，本辭亦全用楚騷體。〔註7〕而東坡之哀辭，以《七集》所收之六首考之，其《前集》所收之〈李仲蒙哀詞〉、〈錢君倚哀詞〉、〈傷春詞〉、〈蘇世美哀詞〉皆用楚騷體；《後集》所收之〈王大年哀詞〉用四言詩體（如詩體賦），〈鍾子翼哀詞〉用騷體而去「兮」字。總而言之，東坡之六首哀辭，以形式而言，屬於辭賦體自無疑義。又明徐師曾云：

> 昔漢班固初作〈梁氏哀辭〉，後人因之，代有撰者。或以有才而傷其不用，或以有德而痛其不壽。……此哀辭之大略也。其文皆用韻語，而四言、騷體，惟意所之，則與誄體異矣。吳訥乃並而列之，殆不審之故歟？〔註8〕

由徐師曾之言觀之，哀辭之形式多採騷體，而其內容則以傷有才不用，痛有德不壽為主。故私意以為哀辭既多用辭賦體，又有深刻內容，值得探討。嘗搜檢唐宋各大家文集，見所撰祭文甚多，但哀辭則甚少，且哀辭前大多附有長序，說明作辭之始末（東坡哀辭亦然），可見古人並不輕易作哀辭。且前有序文，後列騷辭韻語，其體類與賦有極相似之處，作為探討範圍，誰曰不宜？〔註9〕又因哀辭內容多言才、德，往往作者之情志亦涵其中，更有探討之價值。有關東坡哀辭類之詳細探析，當詳後，此處從略。

　　《七集》之《東坡集》及《後集》，大抵於東坡「無恙之時，已行於世」，〔註10〕故其編次有法，可作繫年參考。而《續集》乃明人所編，其編次頗堪斟酌，如所收八賦，題曰「古賦八首」，然其中〈延

〔註7〕見《曾鞏集》卷41「哀辭三首」，頁560～564。

〔註8〕見同註6之《文體明辨序說》部份，頁114。

〔註9〕按蘇轍《欒城集》卷17收賦八首；卷18收「辭」五首（〈御風辭〉、〈上清辭〉、〈楊樂道龍圖哀辭〉、〈劉凝之屯田哀辭〉、〈鮮于子駿諫議哀辭〉），均用楚騷體。《欒城集》為子由親手編定，其編排繫年皆有法度。子由將「哀辭」與賦、辭同編，即認定其性質相近。（以上卷17、卷18見點校本《蘇轍集》頁328～342）

〔註10〕據《四庫全書總目》《東坡全集》提要所云，頁1326。

和殿奏新樂賦〉、〈明君可與爲忠言賦〉、〈快哉此風賦〉、〈復改科賦〉
四首均爲律賦，其編次年代次序亦嫌紊亂。又〈颶風賦〉、〈思子臺賦〉
係東坡子蘇過所作，而編者誤收（繫年及辨僞詳後），故可見《續集》
之編次確有瑕疵。〔註11〕

（二）《東坡全集》

東坡之詩文全集，除《七集》本外，尚有所謂之分類合編本。類
編本《四庫提要》疑始於南宋居世英刊本，〔註12〕當時刊刻亦多，惟皆
已失傳。明代以《蘇文忠公集》或《東坡全集》刊刻者頗多，但以115
卷之《東坡全集》較佳，清康熙間，蔡士英據該本舊刻重訂，世所通行，
後爲《四庫全書》所著錄。蔡士英本存世已稀，僅大陸遼寧省圖書館、
中山大學及華東師範大學圖書館各著錄一部，不易得見。〔註13〕但依蔡
本著錄之《四庫》本搜檢甚易，茲將《四庫》本所收東坡辭賦臚列如下：

◎卷三十二：

〈和歸去來兮辭〉

「詞九首」：〈太白詞五首〉、〈上清辭〉、〈歸來引〉、〈黃泥坂辭〉、
〈清溪辭〉

◎卷三十三：

「賦十七首」：〈延和殿奏新樂賦〉、〈明君可與爲忠言賦〉、〈秋
陽賦〉、〈快哉此風賦〉、〈灩澦堆賦〉、〈屈原廟賦〉、〈昆陽城
賦〉、〈後杞菊賦〉、〈服胡麻賦〉、〈赤壁賦〉、〈後赤壁賦〉、〈天
慶觀乳泉賦〉、〈洞庭春色賦〉、〈中山松醪賦〉、〈沉香山子
賦〉、〈穄酒賦〉（一作酒子賦）、〈濁醪有妙理賦〉、〈老饕賦〉、

〔註11〕有關《東坡續集》之編次及其疏誤，可參見《宋人別集敍錄》頁424，
傅增湘及祝尚書之言。

〔註12〕見《四庫全書總目》卷154，集部別集類七，《東坡全集一百十五卷》
提要，北京中華書局本（下冊）頁1326。

〔註13〕有關《東坡全集》類編本刊刻始末，可參見《宋人別集敍錄》頁406
～409；又頁426～432。

〈荼䕛賦〉、〈颶風賦〉、〈黠鼠賦〉、〈復改科賦〉、〈思子臺賦〉
（按標題爲「賦十七首」實收二十三首）

◎卷九十一：
「哀詞六首」：〈李仲蒙哀詞〉、〈錢君倚哀詞〉、〈傷春詞〉、〈蘇世美哀詞〉、〈王大年哀詞〉、〈鍾子翼哀詞〉。

蔡士英刊本（四庫本），源出於明代書賈所刻之《東坡全集》，雖於康熙時爲通行本，然有「取材不足」、「體例不純」之病，並非善本。〔註14〕今以其所收辭賦觀之，篇數相合，但其卷33謂「賦十七首」、而實收二十三首，可見校對之疏略。又其對於所收賦之排列，首篇爲〈延和殿奏新樂賦〉、再次以〈明君可與爲忠言賦〉，令人不解，該二賦爲律賦，且並非東坡最早之賦作；而其他律賦又雜於他種體裁中，顯見非依體製編排；且各賦間又有多首明顯編年之錯誤，可見編次之失序。而《七集》誤收之〈颶風賦〉及〈思子臺賦〉亦照常收錄，可見其疏略。

（三）東坡文集單行本

明萬曆三十四年，茅維曾刊行75卷本之《蘇文忠公全集》，亦爲類編本。雖曰全集，實只收文，并收「詞」二卷（長短句之「詞」），未收詩。茅本雖有小訛，但收錄齊全，編排大體合理，同類文章大多能依寫作時間排比，於明末頗爲流行，堪稱善本。茅本今大陸及台灣共著錄有三十餘部。〔註15〕

今人大陸學者孔凡禮，點校東坡文，即以茅本爲底本，以爲茅本較蔡士英本、《七集》本皆有較多長處，「瑜遠勝瑕」。爲求文集之純粹，在刪除二卷「詞」後，將底本以殘宋本、郎曄經進事略本、《七集》本、類編本、金石碑帖、總集、別集、筆記等參校，於1986年由北京中華書局以《蘇軾文集》爲名排印出版，至1996年，已修正再版四次，校正訛誤，愈加精密。劉尚榮《蘇軾著作版本論叢》頗稱之，謂「已向

〔註14〕此今人孔凡禮氏所云，見所編《蘇軾文集》卷首之「點校説明」。
〔註15〕有關茅維刊書始末及其評價，詳見《宋人別集敍錄》頁429。

蘇文『定本』的目標邁出了至關重要的一大步」。〔註16〕以目前言之，孔本可謂東坡文集最通行之善本。因茅維原本較不易取得，茲以孔本所收辭賦臚列如下：

◎卷一，收賦二十七首，依次為：

〈灩澦堆賦〉、〈屈原廟賦〉、〈昆陽城賦〉、〈後杞菊賦〉、〈服胡麻賦〉、〈赤壁賦〉、〈後赤壁賦〉、〈黠鼠賦〉、〈秋陽賦〉、〈洞庭春色賦〉、〈中山松醪賦〉、〈沉香山子賦〉、〈酒子賦〉、〈天慶觀乳泉賦〉、〈老饕賦〉、〈榣羹賦〉、〈颶風賦〉、〈酒隱賦〉、〈濁醪有妙理賦〉、〈延和殿奏新樂賦〉、〈明君可與為忠言賦〉、〈通其變使民不倦賦〉、〈三法求民情賦〉、〈六事廉為本賦〉、〈復改科賦〉、〈快哉此風賦〉、〈思子臺賦〉

◎卷六十三，收「哀詞」六首，依次為：

〈李仲蒙哀詞〉、〈錢君倚哀詞〉、〈蘇世美哀詞〉、〈王大年哀詞〉、〈鍾子翼哀詞〉、〈傷春詞〉。

哀詞六首，數目與前兩本相同。但賦則多收〈酒隱賦〉、〈通其變使民不倦賦〉、〈三法求民情賦〉、〈六事廉為本賦〉四首。〈颶風賦〉及〈思子臺賦〉仍依原本收錄。但孔凡禮於〈颶風賦〉後校記云：「《文鑑》卷十收此文，謂為蘇過作。明焦竑《刻長公文集序》亦謂蘇過作，見明萬曆刊《重編東坡先生外集》卷首。」又於〈思子臺賦〉後校記云：「《文鑑》卷十收此文，謂為蘇過作。今附存於此。」云云。

於茅維誤收之賦，孔氏雖仍其舊存之，但已有辨證之言。頗為可取，足見該本校訂之審慎。

此外，僅收東坡文之單行本，尚有南宋郎曄所編注之《經進東坡文集事略》一書，該本係郎曄於宋孝宗時編注，並於孝宗子光宗紹熙二年呈進御覽，故有「經進」字樣。郎本為宋代東坡文惟一之注本，

〔註16〕以上有關孔凡禮本以茅維本為底本點校之情況，及該書長處，可參見孔氏《蘇軾文集》卷首之「點校說明」及《宋人別集敍錄》頁434。

惜僅爲選本並非全帙。因郎曄爲南宋初年人，距東坡時間較近，其箋注對於坡公心志、典故出處，賦作編年等有極大助益。郎本宋刻傳世頗稀，《四部叢刊初編》以烏程張氏、南海潘氏所藏兩殘宋本拼合影印，缺卷補以成化本《七集》白文，爲今通行之善本。

近人龐石帚以《四部叢刊》本爲底本，參校上海蟫隱廬本、端方寶華盦七集本、及大全集等，重新校訂郎本，1957 年大陸文學古籍出版社曾予出版；臺灣世界書局則以《校正經進東坡文集事略》爲名影印出版，本書爲排印點校本，頗便誦讀，可稱通行善本。

《經進東坡文集事略》共收賦十四首，分二卷，依次爲：

◎卷一：〈前赤壁賦〉、〈後赤壁賦〉、〈灩澦堆賦〉、〈屈原廟賦〉、〈昆陽城賦〉、〈後杞菊賦〉、〈服胡麻賦〉

◎卷二：〈秋陽賦〉、〈黠鼠賦〉、〈洞庭春色賦〉、〈中山松醪賦〉、〈天慶觀乳泉賦〉、〈菜羹賦〉、〈濁醪有妙理賦〉

郎本除第一卷將〈赤壁〉二賦置於卷首外，其他各賦大抵依編年爲序，編排尙合理，於坡賦之繫年可參酌之。〔註17〕

二、收錄於東坡詩集者

「賦」雖爲韻文，但一般詩集多不收，大體均收入文集。東坡以「賦」爲名之作品，其詩集單行本亦一概不收。然以「辭」等爲名之作品，或以多用騷體辭之故，近於詩歌，故多本詩集均有收錄。

東坡之詩集，南宋即有單行本，且均有注；南宋中期，有題名王十朋編纂之《王狀元集百家注分類東坡先生詩》二十五卷本出現，此本流傳頗廣，今日較爲通行者爲《四部叢刊》據南海潘氏藏宋刊本（實爲宋刊元修本）所影印之《增刊校正王狀元集注分類東坡先生詩》，該本雖細分爲七十八類，但未收《和陶詩》，故〈和歸去來兮辭〉亦未收錄，其他辭（詞）類之作品亦未收。

〔註17〕有關郎曄《經進東坡文集事略》刊刻始末，可參見《宋人別集敍錄》頁 466～469。

明萬曆間茅維將該本改編為三十二卷，並增收《和陶詩》及若干作品，又刪併為三十類（清・朱從延刻本又併為二十九類），茅本芟夷原王本甚多，失去原來面目，大為人所詬病，但在清季甚為通行，《四庫全書》即據以著錄。（後清馮應榴稱二十五卷本為「舊王本」，三十二卷本為新王本。）〔註18〕新王本雖有瑕疵，但增收東坡作品頗多，亦不可一概否定之。茲就《四庫》本將其所收辭類等臚列如下：

◎卷三十一「和陶詩」：〈和歸去來兮辭〉

◎卷三十二「樂府類」：〈太白辭〉（五章）、〈上清辭〉、〈黃泥坂辭〉、〈清溪辭〉、〈竹枝詞〉、〈歸來引〉。

新王本將《和陶詩》收入，因此〈和歸去來兮辭〉得以收入。而其卷三十二「樂府」所收，自〈太白辭〉以下，共有七首，似將類似辭賦者均收於一編，按此七首作品，除〈太白辭〉外，其他六首均與前述《七集》等所收相同，而〈竹枝詞〉則較不類。此首〈竹枝詞〉，清馮應榴《蘇文忠公詩合注》總結東坡各詩集注本時，已編入「他集互見詩」（後孔凡禮《蘇軾詩集》亦因之），因該詩又出現於山谷及少游詩集，在未能辨明之下，不能肯定是否為東坡作品，新王本遽以收入，實欠審慎。〔註19〕

竹枝詞本唐劉禹錫貶沅湘期間，因「竹枝」俚歌鄙陋，乃依〈騷〉、〈九歌〉作〈竹枝新歌〉者，雖倚楚聲，有幽怒惻怛之意，實與騷體

〔註18〕有關《王狀元集百家注分類東坡先生詩》自宋代至清代刊刻始末，可參見《宋人別集敘錄》頁434～449，及王友勝《蘇詩研究史稿》頁51「王十朋與《王狀元集百家注分類東坡先生詩》研究」一節（該文後以〈王狀元集百家注分類東坡先生詩得失論〉為名，發表於台灣成功大學所編《宋代文學研究叢刊》第七期，頁37～50）。又可參見曾棗莊主編之《蘇軾研究史》第五章、第六章。

〔註19〕馮應榴《合注》本卷四十八收〈竹枝詞〉，題注云：「（新）王本樂府類，舊王本不載。《七集》本載《續集》」。又引山公注云：「又見《黃山谷集》，數字小異。」又引查慎行注云：「一見《黃山谷集》，再見《秦少游集》」，馮氏案語云：「《侯鯖錄》亦作少游詩」。（據校點本《蘇軾詩集合注》冊六，頁2390）

不同。試觀新王本所收〈竹枝詞〉云，「自過鬼門關外天，命同人鮓甕頭船，北人墮淚南人笑，青嶂無梯問杜鵑」，此係為一絕句體詩歌，不類辭賦。又新王本「樂府類」開卷第一首即收東坡〈竹枝歌〉，係東坡嘉祐四年出川適楚，於忠州所作，新王本不將〈竹枝詞〉與〈竹枝歌〉編於一處，是否見有一「詞」字遂將其與「太白辭」等類編，不得而知。總之，〈竹枝詞〉既屬待考之他集互見詩，又不合辭賦體類，故本論文屏之於討論之外。〔註20〕

　　蘇詩注本除王注本外，南宋尚有施元之、顧禧、施宿合注之編年本，宋刻目前僅有殘卷。清康熙間，邵長蘅、查慎行等均有補注，其補注本雖未盡合人意，但施、顧注之編年本則已受到重視。其後乾隆末，總結王注、邵注、查注等者為馮應榴之《蘇文忠公詩合注》，故本論文捨邵注等，將《合注》本所收東坡有關辭賦類作品臚列如下，以觀其大略。〔註21〕

　　◎卷四：收〈太白詞〉（五首）

　　◎卷四十三：收〈和歸去來兮辭〉

　　◎卷五十「補編詩」：收〈歸來引送王子立歸筠州〉、〈黃泥坂詞〉、
　　　〈清溪詞〉、〈上清詞〉、〈山坡陀行〉。

　　《合注》編成後，至嘉慶末有王文誥者又編成《蘇文忠公詩編註集成》一書，誥本主要係就《合注》刪削而成，並刪去「他集互見詩」及「補編詩」共四卷，但間亦有所發明。而其前四十五卷之《總案》，

〔註20〕東坡〈竹枝歌〉見《四庫》本《東坡詩集註》卷三十二。又馮氏《合注》收於卷一，馮氏於題注下引查注及其個人之「榴案」敍〈竹枝歌〉始末頗詳，可參閱。（據校點本《蘇軾詩集合注》冊一，頁27）
〔註21〕按《蘇文忠公詩合注》，今上海古籍出版社校點出版，易名為《蘇軾詩集合注》此處實採此本。又有關清代邵長蘅、查慎行、翁方綱、馮應榴等刊刻蘇詩始末，可參見《宋人別集敍錄》卷十，頁451～465。又《蘇詩研究史》第五章，頁273～302。又王友勝《蘇詩研究史稿》第六章，「清人注蘇詩研究」頁190～285。又上海古籍出版社校點本《蘇軾詩集合注》顧易生所撰之「前言」。

考訂東坡生平本事，出處進退、並將詩文編年，可謂一詳盡之東坡年譜，其間雖亦有訛誤，但不掩其功，極具參考價值。今人孔凡禮點校坡詩即以誥本爲底本，除以多種板本參校外，並恢復王文誥刪除《合註》之「他集互見詩」及「補編詩」四卷，並輯有佚詩二十九首。目前可謂東坡詩較完善之通行本。孔本自 1982 年 2 月由北京中華書局初版，至 1999 年 10 月已五次印刷，校點更爲精確，因孔本亦可謂間接以《合注》編成，故所收有關東坡辭賦類作品，與《合註》相同，僅卷數不同，茲臚列如下：

　　◎卷四：收《太白詞》（五首）

　　◎卷四十七「補編詩」：收〈和陶歸去來兮辭〉（未與《和陶詩》
　　　　同卷）

　　◎卷四十八「補編詩」：收〈歸來引送王子立歸筠州〉、〈黃泥坂
　　　　詞〉、〈清溪詞〉、〈上清詞〉、〈山坡陀行〉。

三、收錄於相關總集者

（一）《宋文鑑》

　　東坡辭賦，若干總集亦嘗收錄，最早收錄之總集爲南宋呂祖謙於孝宗淳熙四年奉敕編選之《皇朝文鑑》（明、清刊刻易名爲《宋文鑑》），孝宗敕編此書，係「專取有益治道者」，此書雖名《文鑑》，但除收各類文之外，亦選錄賦、詩、騷、對問、哀辭等類作品。《宋文鑑》目前以《四部叢刊初編》據瞿氏鐵琴銅劍樓所藏宋刊本影印者最爲善本。（另有《四庫全書》本爲通行本）。北京中華書局於 1992 年出版齊治平點校之排印本，即以《四部叢刊》本爲底本，編排清晰，爲目前之通行本。茲將該本所收東坡辭賦臚列如下：

　　◎卷五「賦」：收〈灩澦堆賦〉、〈屈原廟賦〉、〈昆陽城賦〉、〈赤
　　　　壁賦〉、〈後赤壁賦〉、〈秋陽賦〉、〈中山松醪賦〉

　　◎卷十一「律賦」收〈濁醪有妙理賦〉

◎卷三十「騷」收〈上清辭〉、〈黃泥坂辭〉

◎卷一三二「哀辭」收〈錢君倚哀詞〉、〈鍾子翼哀辭〉

按宋・周必大為《皇朝文鑑》作序，有云「古賦詩騷，則欲主文而譎諫」；又宋・朱熹云：「此書編次，篇篇有意」。〔註22〕由二公所言，東坡入選之辭賦，想必皆有深刻之內容者。以賦而言，東坡獲選八篇，係賦中最多者，足見坡賦於南宋時受人之重視。〔註23〕

（二）《御定歷代賦彙》

《御定歷代賦彙》，為清・陳元龍於康熙四十五年奉敕編成，收錄先秦至明代之賦作，共一百八十四卷，收賦四千一百六十七篇，〔註24〕可謂皇皇巨著，康熙帝並親自撰序，可見其重視。《賦彙》之編定，雖有若干缺失，但「二千餘年體物之作，散在藝林者，耳目所及，亦約略備焉」（《四庫提要》語），且「正變兼陳，洪纖畢具，信為賦家之大觀」（《四庫全書簡明目錄》卷十九）。以今日言之，仍為研究賦學極重要之資料。〔註25〕《賦彙》主要刊本有日本京都中文出版社影印出版之康熙四十五年原抄本，書前並附有日本學者吉川幸次郎所作之〈歷代賦彙影印本解說〉（李迺揚翻譯）。《賦彙》另有《四庫全書》本，此兩本均頗為通行。

此外，南京鳳凰出版社（原江蘇古籍出版社），於2004年6月，據清光緒年間，雙梧書屋俞樾校本影印出版《歷代賦彙》一種，卷前新增今人程章燦所撰〈賦學文獻綜論〉，卷末附有《辭賦研究論著索

〔註22〕周必大之言見《宋文鑑》卷首《皇朝文鑑》序。朱熹之言見卷末附錄〈太史成公編皇朝文鑑始末〉一文所引；又《四庫提要》亦引朱子此言。

〔註23〕按《宋文鑑》共選錄賦90篇，作家選錄53人。其中東坡8篇、張耒6篇、宋祁5篇、王回4篇，其餘1～3篇不等，東坡賦所佔篇數最多。

〔註24〕據《歷代賦彙》前之「總目」所云。

〔註25〕有關《歷代賦彙》之編定始末，及其特色、價值、缺失等，可詳參大陸學者馬積高所撰《歷代辭賦研究史料概述》頁201～206。又大陸學者詹杭倫《清代賦論研究》亦有述及，可參見該書頁134～135。

引》及《歷代賦彙》之作者、篇名索引，頗便學者使用。以上三版本之《歷代賦彙》皆無重大差異，茲據中文出版社影印之康熙刊本，臚列所收坡賦如下：

1. 《正集》

◎天象類：〈秋陽賦〉（卷3）、〈快哉此風賦〉（卷7）、〈颶風賦〉（卷7）

◎地理類：〈灧澦堆賦〉（卷20）、〈赤壁賦〉（卷20）、〈後赤壁賦〉（卷20）、〈天慶觀乳泉賦〉（卷28）

◎都邑類：〈昆陽城賦〉（卷39）

◎治道類：〈通其變使民不倦賦〉（卷43）、〈三法求民情賦〉（卷43）、〈六事廉爲本賦〉（卷43）、〈明君可與爲忠言賦〉（卷44）、〈復改科賦〉（卷46）

◎室宇類：〈李氏山園潛珍閣賦〉（卷81）

◎器用類：〈沉香山子賦〉（卷85）

◎音樂類：〈延和殿奏新樂賦〉（卷90）

◎飲食類：〈濁醪有妙理賦〉（卷100）、〈中山松醪賦〉（卷100）、〈酒子賦〉（卷100）、〈洞庭春色賦〉（卷100）、〈後杞菊賦〉（卷100）、〈菜羹賦〉（卷100）、〈服胡麻賦〉（卷100）、〈老饕賦〉（卷100）

◎覽古類：〈屈原廟賦〉（卷110）

◎鳥獸類：〈黠鼠賦〉（卷136）

2. 《外集》

◎曠達類：〈酒隱賦〉（卷13）

按《賦彙》對於賦作之分類，或依題材、或依內容，實不够周延。就東坡賦而言，部份賦只依其字面之意思分類，實與內容毫無關係，但從其分類大致可看出東坡賦題材之概括，亦具參考價值。至於收錄

作品數量方面，《賦彙》係奉敕編纂，理應曾極力搜檢各版本，故頗稱齊全，惟〈颶風賦〉之作者仍誤題爲蘇軾，不無遺憾。又《賦彙》僅收以「賦」爲名之作品，故對東坡騷辭類作品均未收錄。

又「室宇類」之〈李氏山園潛珍閣賦〉，諸本辭賦類皆未收，經查考《四部備要》本《東坡七集‧後集》卷八、孔凡禮本《蘇軾文集》卷十九、《四庫全書》本《東坡全集》卷九十七皆收此文，惟均收於「銘」類，題目均作〈惠州李氏潛珍閣銘〉，與《賦彙》所收者文字全同。按東坡文集收「銘」約六十餘篇，琳瑯滿目，體裁多方。《賦彙》編者或以此銘之作法近於賦，故將其以賦名之，惟自《七集》以來，各本既均收於「銘」，自不宜以「賦」視之。〔註26〕

（三）《全宋文》

《全宋文》係四川大學古籍整理研究所編纂，由曾棗莊、劉琳二位教授主編。因宋代能文者甚多，文集亦多，故《全宋文》之編撰，卷帙浩繁，耗日費時，歷時多年方陸續出齊。該書可謂近數年來最大之總集編纂工作，極有功於士林。

《全宋文》編東坡文，與孔凡禮本相同，皆以明代茅維所編之75卷《蘇文忠公全集》爲底本，故所收賦與孔本數量、排序全同（此處不再列出）。惟於〈颶風〉、〈思子臺〉二賦，均刪文存目，將二賦另收入蘇過文內，顯見編纂者去取有度。又於「賦」類後緊接〈上清辭〉、〈黃泥坂辭〉二首。（按茅本原未收，蓋均自《東坡七集》錄出），可見編者係將二文視爲辭賦一類。又該書於卷1998（「蘇軾」卷150），收〈李仲蒙哀詞〉、〈錢君倚哀詞〉、〈蘇世美哀辭〉、〈王大年哀辭〉、〈鍾子翼哀詞〉、〈傷春詞〉六首哀詞，與孔本全同。

〔註26〕按南京鳳凰出版社影印出版之《歷代賦彙》，卷末所附作者及篇名索引，均將〈李氏山園潛珍閣賦〉誤作蘇轍作。（分見作者索引頁32及篇名索引頁23）。經查北京中華書局1999年由陳宏天、高秀芳點校出版之《蘇轍集》未收此文，鳳凰出版社或係偶失。但私意以爲該書局再版時應予以修正，以免使查閱者有疑義。又該索引於〈颶風賦〉有按語云：「疑爲宋蘇過」，則可見該書局亦有頗審慎之處。

　　《全宋文》於所收各文之下，除注出底本原卷數之外，對於該文曾出現之總集、選本、筆記、方志、法帖等亦一併注出，頗便於學者利用於考據之資，足見其搜檢之勤。

第二節　　東坡集誤收辭賦及遺佚辭賦考述

　　東坡辭賦於東坡各詩文別集及有關總集之收錄情況，已略述如前。據前節所述，東坡辭賦有誤收者；又其現存辭賦，是否爲全部賦作，或是否尚有可搜輯者，亦可探討。茲將此兩部份引據若干資料考述如下。

一、誤收辭賦考述

　　據前節所言，各本所收辭賦，其較有疑僞者爲〈颶風賦〉及〈思子臺賦〉，茲考述之。

　　按《東坡七集‧續集》收此二賦，因《續集》爲明人所編（見前述），已非宋刊原貌，常有訛誤，故自《七集》收此二賦，明‧茅維刊本、清‧蔡士英刊本、《歷代賦彙》（僅收〈颶風賦〉，〈思子臺賦〉則回歸蘇過））等均沿其錯誤。諸本皆未詳考宋代史料，以致如此。按自宋代以來，此二賦有多人均謂蘇過所作，如：

◎《宋文鑑》卷十收此二賦，題爲蘇過作。

◎宋‧王稱《東都事略‧蘇軾列傳》云：「子邁、迨、過，俱善爲文。邁仕不顯；迨靖康初爲駕部員外郎；過終於通判定州，有〈颶風賦〉、〈思子臺賦〉行於世」。

◎宋‧晁說之〈宋故通直郎眉山蘇叔黨墓誌銘〉云：「通直郎蘇過叔黨，東坡先生之季子也。……有《斜川集》二十卷，其〈思子臺賦〉、〈颶風賦〉則早行於世。」

◎《宋史‧蘇軾傳》附《蘇過傳》云：「有《斜川集》二十卷，其〈思子臺賦〉、〈颶風賦〉早行於世。」〔註27〕

〔註27〕以上王稱及晁說之語據《斜川集校注》附錄《蘇過傳記》之「碑傳

◎元・祝堯《古賦辯體》卷八《宋體》云：「叔黨以文章馳名，時號小東坡，嘗隨侍東坡過嶺，作〈颶風賦〉……小坡此賦尤爲人膾炙，若夫文體之弊，乃當時所尙，然此賦前半篇猶是賦；若其〈思子臺賦〉則自首至尾，有韻之論爾。」〔註28〕

◎明萬曆刊《重編東坡先生外集》焦竑〈刻蘇長公外集序〉云：「頃學者崇尙蘇學，梓行寖多。或亂以他人之作如老蘇〈水官〉、〈九日上魏公〉、〈送僧智能〉三詩，叔黨〈颶風〉、〈思子臺〉二賦，人知其謬。……大率紀次無倫，眞贗相雜，如此類往往有之。」〔註29〕

◎清・蒲銑云：「文章淵源，即句語亦有家法。東坡〈秋陽賦〉『夜違濕而五遷，晝燎衣而三易。』叔黨〈颶風賦〉云：『夜拊楊而九徙，晝命龜而三卜。』又云：「坡公之有斜川，人艷稱之，而集不傳，唯傳其〈颶風〉、〈思子臺〉二賦。」又云：「余讀叔黨〈颶風賦〉云：「疑屏翳之赫怒，執陽侯而將戮。」眞破膽驚人之語。」〔註30〕

◎清・王文誥《蘇文忠公詩編註集成總案》卷三十「紹聖二年」載：「廣、惠間颶風，乾明（寺）菩提樹倒，因屬程之才到境拊察，命過作〈颶風賦〉。又載：「命過作〈思子臺賦〉。」〔註31〕

◎今人孔凡禮《蘇軾年譜》云：「與程之才簡，敍颶風異常，望來廣、惠視察災情。命子過作〈颶風賦〉。」〔註32〕

又按〈思子臺賦〉前有引云：

類」引，見頁 791～793。

〔註28〕據《四庫全書》本，頁 827。

〔註29〕據孔凡禮點校本〈蘇軾文集〉附錄引，頁 2387。

〔註30〕見《復小齋賦話》上卷，據何沛雄《賦話六種》本，頁 53、56。

〔註31〕見臺北學生書局影印武林韻山堂藏版之《蘇文忠公詩編註集成》，頁 1324、1325、1327。

〔註32〕見《蘇軾年譜》下冊，頁 1208。

予先君宮師之友史君，諱經臣，字彥輔，眉山人。與其弟
沇、子凝皆奇士，博學能文，慕李文饒之爲人，而舉其議
論。彥輔舉賢良，不中第。子凝以進士得官，止著作佐郎。
皆早死，且無子，有文數百篇皆亡之。予少時常見彥輔所
作〈思子臺賦〉，上援秦皇，下逮晉惠，反復哀切，有補於
世。蓋記其意而亡其辭，乃命過作補亡之篇，庶幾後之君
子，猶得見斯人胸懷之髣髴也。〔註33〕

據「引」云：「予先君宮師」（按東坡於其父蘇洵，始稱「編禮公」，
後稱「宮師」，見王文誥《總案》卷一）。又云：「乃命過作補亡之篇」，
故〈思子臺賦〉爲蘇過所作無疑矣。至於〈颶風賦〉，就前引述資料
考之，亦應屬蘇過所作。清‧王文誥云：

此賦（指〈颶風賦〉），公命過作。《宋史》載入過傳，而文
載本集，乃〈思子臺賦〉之例，非誤也。〔註34〕

按蘇過此二賦均作於東坡謫惠州時，蘇過隨侍東坡最久，不僅對其父
最爲了解，對東坡爲文之道，亦有「家法」，過在宋代即有「小坡」、
「小東坡」之稱，絕非虛譽。私意以爲此二賦爲叔黨所作無疑，惟可
能經由東坡指示或稍事潤色，再兼蘇過對其父親賦作之模仿，故二賦
之風格極似東坡，乃爲人所誤收。王文誥之言即或成理，小坡之二賦
亦應移出東坡集之外，以免誤傳。宛近四川巴蜀書社出版之排印本《斜
川集校注》，已將此二賦收入，極爲正確。

又《歷代賦彙》將東坡〈惠州李氏潛珍閣銘〉誤題爲賦，前節已
予以辨明，此處不贅。

二、遺佚辭賦考述

東坡舉進士時，爲宋仁宗嘉祐年間，當時應試均須考律賦，故東
坡在入京應舉之前，理應有多篇練習之作品，但今日均已不傳。目前
可考東坡最早賦作之名爲〈病狗賦〉。按東坡少年時曾讀書於家鄉眉

〔註33〕據孔凡禮點校之《蘇軾文集》第一冊，頁30。
〔註34〕見《蘇文忠公詩編註集成》頁1326。

山附近之棲雲寺，據《眉山縣志》卷十三云軾有〈病狗賦〉書於棲雲寺壁，惟該賦今未見。〔註35〕

　　嘉祐二年，東坡應省試，作詩、賦、論各一首，雜策五道；考今本蘇軾詩文集，詩、論（即歐陽脩極稱賞之〈刑賞忠厚之至論〉）、雜策均存，惟賦不見。該賦必爲律賦，可能因其「長於草野，不學時文，詞語甚樸，無所藻飾。」（見東坡文集卷49〈謝梅龍圖啓〉）；或「在場屋，筆力豪騁，不能屈折於作賦。」（見《石林燕語》卷八）故該賦不得時人稱賞，致未留存。同年三月，仁宗御試崇政殿，東坡雖中乙科，但當時御試之〈民監賦〉及〈鸞刀詩〉均已佚。〔註36〕〈民監賦〉或亦與省試相同之原因，以致未能留存。

　　宋・何薳曾云：

> 先生（指東坡）一日與魯直、文潛諸人會飯。既食骨堆兒血羹，客有須薄茶者，因就取所碾龍團，遍啜坐人。或曰：「使龍茶能言，當須稱屈。」先生撫掌久之，曰：「是亦可爲一題。」因援筆戲作律賦一首，以「俾薦血羹，龍團稱屈」爲韻。山谷擊節，不能已已。無藏本，聞關子開能誦，今亡矣，惜哉！〔註37〕

按東坡與黃庭堅、張耒等人同時交往過從之時，係在元祐二至四年之間，自何薳所云，可見當時蘇門文人詩酒風流之情景。東坡當場即能作律賦一首，可見其文才之迅快，由山谷擊節不能已觀之，東坡此賦應極具水準。元祐更化之後，盡廢新法，科場再考律賦，東坡等人在會飯雅集之時，亦作律賦較才，可見風氣已變。此首〈龍團稱屈賦〉以「俾薦血羹，龍團稱屈」八字爲韻，正爲宋代科場律賦之標準模式。可惜此賦已亡，否則亦可借以觀察元祐時期，蘇門交游之情況。

　　大陸學者孫民特鍾情於東坡之賦，曾將東坡所有賦作加以譯注，

〔註35〕《眉山縣志》據孔凡禮《蘇軾年譜》頁41引。
〔註36〕東坡應省試及御試事及所引文，據孔本《蘇軾年譜》頁51～54；又見王文誥《總案》頁477～482。
〔註37〕見《春渚紀聞》卷六，據《蘇軾資料彙編・上編》頁159。

是最早將東坡賦全面詳注之學者，對吾人研讀東坡之賦，助益極大。孫民曾自 1986 年 8 月，河南大學出版社出版之《三蘇文資料彙編》中輯得〈孤松賦〉一首，列於其著作《東坡賦譯注》之附錄。據《三蘇文資料彙編》之編者稱，該賦原載《正德汝州志》卷八。今具引〈孤松賦〉如下：

> 怡神林藪，隱逸岩穴。臥泉石之兩間，賞孤松之一絕。幹則純修正直，枝則槎牙孤潔，葉則且愛長生，花則惟便早發。經九夏而披雨，值三冬而帶雪，接春露而抽心，抗秋霜而峻節。能存終而與始，豈避寒而趨熱？負秀氣而凌雲，擢高材而偃月。是以獨守音性，單知固窮。無情覺物，有志排空。依自然之養性。托幽閑而屏踪。惟棲神於俗表，不炫異於塵籠。援清苦以超華，拔繁秀而出叢。時長吟而遣日，乍引嘯而迎風。成變調於萬里，更翻聲於月中。共管弦而韻別，與絲竹而音同。然則宮商道合，律呂冥會，曲妙聲清，音高響大，朝則似撫琴瑟，夜則疑吹簫籟。感風雨之鬼神，和陰陽之否泰。特見利而招損，國藏名而遠害。寧掛網於人間，且懸羅於物外。〔註38〕

本賦為一首駢賦，借「孤松」喻人之高潔正直，不隨俗世浮沉。「孤松」之取意，或自陶淵明〈歸去來兮辭〉：「雲無心以出岫，鳥倦飛而知還，景翳翳以將入，撫孤松而盤桓。」得之。按此賦見《正德汝州志》，東坡出長外郡，並未知汝州，其主要游踪過汝州亦不多，此賦是否為東坡所作，尚須詳考，姑附此。

第三節　東坡現存辭賦編年及述要

據前二節所述，東坡現存辭賦確然可考者，計：以「辭」等為名者十三首：計〈太白詞〉（〈太白詞〉分五章，以一首視之）、〈上清詞〉、〈歸來引〉、〈黃泥坂詞〉、〈清溪詞〉、〈和歸去來兮辭〉、〈山陂陀行〉、

〔註38〕賦文及引述見《東坡賦譯注》頁 144。

〈李仲蒙哀詞〉、〈錢君倚哀詞〉、〈蘇世美哀詞〉、〈王大年哀詞〉、〈鍾
子翼哀詞〉、〈傷春詞〉。〔註39〕

　　以「賦」為名者二十五首：計〈灩澦堆賦〉、〈屈原廟賦〉、〈昆陽
城賦〉、〈後杞菊賦〉、〈服胡麻賦〉、〈赤壁賦〉、〈後赤壁賦〉、〈黠鼠賦〉、
〈秋陽賦〉、〈洞庭春色賦〉、〈中山松醪賦〉、〈沉香山子賦〉、〈酒子賦〉、
〈天慶觀乳泉賦〉、〈老饕賦〉、〈菜羹賦〉、〈酒隱賦〉、〈濁醪有妙理賦〉、
〈延和殿奏新樂賦〉、〈明君可與為忠言賦〉、〈通其變使民不倦賦〉、〈三
法求民情賦〉、〈六事廉為本賦〉、〈復改科賦〉、〈快哉此風賦〉。〔註40〕

　　茲將「辭」等及「賦」分兩大類，先考定其編年，並略述其體裁
及內容之大要。

一、以「辭」等為名者

（一）〈太白詞〉（五首）

1. 編　年

　　按本詞施宿《東坡先生年譜》、王宗稷《蘇文忠公年譜》、傅藻《東
坡紀年錄》皆不載。馮應榴《合注》編於仁宗嘉祐八年，王文誥《總

〔註39〕以上諸首「詞」，各本或作「辭」或作「詞」。按「辭」與「詞」之
　　　　本義原不同，據《說文・辛部》云：「辭，說也。从𤔔辛，𤔔辛，猶
　　　　理辜也。」「理辜」即「理辠（罪）」，故「辭」之本義為獄訟之辭。
　　　　由《大學》所云：「子曰：『聽訟，吾猶人也，必也使無訟乎！』無
　　　　情者不得盡其辭，大畏民志，此謂知本。」可證。又《說文・司部》
　　　　云：「詞，意內而言外也。從司言。」段注云：「有是意於內，因有
　　　　是言於外，謂之詞。…詞與辛部之辭，其義迥別；辭者，說也，从𤔔
　　　　辛，𤔔辛，猶理辜也，謂文辭足以排難解紛也。然則辭謂篇章也，
　　　　詞者意內而言外，從司言，此謂摹繪物狀及發聲助語之文字也。積
　　　　文字而為篇章，積詞而為辭。」
　　　　由上觀之，「言辭」、「文辭」等字，古皆當作「詞」，惟自秦、漢以
　　　　降，「詞」多誤為「辭」，故「辭」又有篇章之意。因此後人往往不
　　　　分，《楚辭》或作《楚詞》，「辭賦」或作「詞賦」。
〔註40〕以上所列之辭賦名稱，概以孔凡禮點校本之《蘇軾文集》及《蘇軾
　　　　詩集》為準。以下本論文引述東坡辭賦，除有異文須特別加以說明
　　　　外，均概以孔本為主。

案》編於嘉祐七年。按本詞前有敍云：

> 岐下頻年大旱，禱於太白山輒應，故作〈迎送神辭〉一篇
> 五章。

岐下，謂岐山之下，指鳳翔府。東坡於嘉祐六年簽書鳳翔府判官，十二月到任。次年三月，大旱，東坡禱雨於太白山，有〈鳳翔太白山祈雨祝文〉。後十餘日，降雨，雨不足；太守宋選復遣使禱雨於太白山，後宋選又親自禱雨於眞興寺閣，於是天降大雨三日。東坡有〈太白山神（記）〉及〈喜雨亭記〉記此事，又撰有〈代宋選奏乞封太白山神狀〉及〈告封太白山明應公祝文〉等文。因大旱解除，故東坡又代太守宋選作〈太白詞〉五首以迎送神。此詞《合注》誤編於八年，應從《總案》編於嘉祐七年。〔註41〕

2. 述 要

本詞共分五章，每章28字，句式全同，全文共140字。試舉一章以概其餘。其一云：「雲圑圑，山晝晦。風振野，神將駕。載雲罕，從玉虬。旱既甚，蹙往救，道阻修兮。」前八句皆用三字句，末句於三字句後加一「兮」字，句法奇特。王文誥於此詩有案語云：

> 此五章從〈有駜〉化出，曉嵐謂訪（仿）漢〈郊祀〉諸歌
> 之作。〔註42〕

按〈有駜〉爲《詩經‧魯頌》篇名，每章均有「振振鷺，鷺于下。鼓咽咽，醉言舞。于胥樂兮。」等句式，東坡采之，而字詞則多用《楚

〔註41〕按以上參見《蘇軾詩集合注》卷四，頁176；《蘇軾詩集》卷4，頁152〈太白詞〉本文、序文、查注、榴案、誥案等文字。另參見〈鳳翔太白山祈雨祝文〉，《蘇軾文集》卷62，頁1913；〈太白山神（記）〉，《蘇軾文集》卷72，頁2307；〈喜雨亭記〉，《蘇軾文集》卷11，頁349；〈代宋選奏乞封太白山神狀〉，《蘇軾文集》卷37，頁1061；〈告封太白山明應公祝文〉，《蘇軾文集》卷62，頁1914，等文。又可見〈眞興寺閣禱雨〉（《蘇軾詩集》卷3，頁140）及〈攓雲篇〉（《蘇軾詩集》卷3，頁141）等詩。並可另見孔凡禮《蘇軾年譜》「嘉祐七年」條，頁103～108。

〔註42〕見《蘇軾詩集》卷4，頁152，〈太白詞〉敍文下「誥案」。

辭‧九歌》等字句，使該詞非詩非騷，又亦詩亦騷，極為奇特。內容敘天旱、祈雨、神至、降雨、民樂、神還等情節，極嚴正而有誠心。

（二）〈上清詞〉

1. 編　年

考蘇轍《欒城集》卷十八收〈上清辭〉一首，題下自注云：「宮在太白山，同子瞻作。」太白山在鳳翔（見前〈太白詞〉之說明），故此詞應作於東坡簽判鳳翔府時。又據《金石萃編》卷139〈東坡書上清詞〉條云：

> 嘉祐八年冬，軾佐鳳翔幕，以事□（孔凡禮疑為「至」字）
> 上清太平宮，屢謁真君，敬撰此詞。仍邀家弟轍同賦。其
> 後廿四年，承事郎薛君紹彭為監宮，請書此二篇，將刻之
> 石。元祐二年二月廿八日記。〔註43〕

由文中可知，〈上清詞〉嘉祐八年作於鳳翔府無疑。且自元祐二年倒推至嘉祐八年，恰正二十四年不誤。王文誥《總案》及孔凡禮《年譜》均編於是年。

2. 述　要

本詞全採楚騷句法，以「兮」字為逗，全文長357字。惟東坡不墨守整齊之句式，長短錯落，有兩句一韻、每句皆用兮字者，如「君之來兮天門空，從千騎兮駕飛龍。隸辰星兮役太歲，儼晝降兮雷隆隆。朝發軔兮帝庭，夕弭節兮山宮。懷有妖兮虐下士，精為星兮氣為虹。」又有隔句用兮字，而字數參差不齊者，如「愛流血之滂沛兮，又嗜瘰癘與蟊蟲。嘯盲風而涕淫雨兮，時又吐旱火之爞融。銜帝命以下討兮，建千仞之修鋒。乘飛霆而追逸景兮，歘書掃滅而無踪。」又有夾雜散句者，如「又盍為一朝去此而不顧兮，悲此空山之人也。來不可得而知兮，去固不可得而訊也。……是耶？非耶？臣不可得而知也」。其他

〔註43〕據孔本《蘇軾文集》《佚文彙編》卷五引，頁2553；又馮氏《合注》
　　　於〈上清詞〉題下「榴案」亦具引《金石粹編》全文，字句微有小
　　　異。

自四字至十一字不等之字數間雜廁出，極盡靈活變化。據馮氏《合注》，上清宮奉祀之「神君」爲「張守眞」，當爲道教之神祇。東坡以騷辭筆法敍神君之法力，空靈虛幻，頗有《楚辭·九歌》風味。〔註44〕

（三）〈李仲蒙哀詞〉

1. 編 年

〈李仲蒙哀詞〉前序文云：

> 河南李君仲蒙，以司封郎直史館爲記室岐王府，熙寧二年
> 七月丙戌，終於京師。家貧，喪不時舉。其僚相與賻之，
> 既斂而歸，十月丙申，葬於緱氏柏岥山西。其孤籲使來告
> 軾。曰：嗚呼！吾先君友人也，哭之其可無詞！〔註45〕

王文誥《總案》編此哀詞於熙寧二年八月，據前引序文云，仲蒙十月丙申葬於緱氏後，仲蒙子方要求東坡作哀詞，故不當作於八月。自京師至緱氏（約今河南偃師縣南），距離不遠，此哀詞作於本年十一、二月當屬合理，王文誥編於熙寧二年可從，謂作於八月應係其偶失。

2. 述 要

就哀詞前長序所云，李育（仲蒙）爲東坡父蘇洵之友人，洵對仲蒙之學問通博、人格純粹、正直不阿，極爲稱許，東坡應仲蒙子作哀詞，除對仲蒙之早歿傷感外，當有懷念其父之意。全文仿屈原《九章·橘頌》之句式，兩句一韻，將「兮」字置於次句最下，如「中心樂易，氣淑均兮。內外純一，言可信兮。無怨無惡，善友人兮。學詩達禮，敏而文兮。⋯⋯往者不遠，我思君兮。」〔註46〕全文共 32 句，128 字，對於哀詞「或以有才而傷其不用，或以有德而痛其不壽」（見本

〔註44〕以上所引〈上清詞〉文字，據《蘇軾詩集》卷48，頁2644。

〔註45〕見《蘇軾文集》卷63，頁1963。

〔註46〕按屈原《九章·橘頌》共36句，除少數五言句外，基本之句式如「后
皇嘉樹，橘徠服兮。受命不遷，生南國兮。深固難徙，更壹志兮。
綠葉素榮，紛其可喜兮。」（據北京中華書局《屈原集校注》頁606
引）東坡似頗喜愛〈橘頌〉句法，其另一篇〈蘇世美哀詞〉及〈服
胡麻賦〉亦均仿此句式。

章第一節引明・徐師曾語）之主旨掌握甚佳。

（四）〈錢君倚哀詞〉

1. 編　年

本哀詞無序文，但多家年譜皆編於熙寧七年，主要係因此詞曾於「烏臺詩案」時列入東坡之《供狀》，東坡曾自言作於熙寧七年之故。茲將有關資料臚列如下：

◎宋・朋九萬《烏臺詩案》，「爲錢公輔作哀辭」條云：「熙寧七年五月，軾自杭州通判移知密州，道經常州，見錢公輔（按錢公輔字君倚）子世雄，公輔已身亡，世雄要軾作〈公輔哀辭〉。軾之意，除無譏諷外，云：『載而之世之人兮，世悍堅而不答。』此言錢公輔爲人方正，世人不能容。」

◎宋・王宗稷《東坡先生年譜》「熙寧七年甲寅」條云：「五月乃有移知密州之命。……以秋末去杭。……及道過常州，爲錢公輔作哀辭。」

◎宋・傅藻《東坡紀年錄》「熙寧七年甲寅」條云：「五月，作〈錢公輔哀詞〉……九月，移知密州，十月赴密州，早行，馬上作〈沁園春〉……十一月三日到任。」

◎清・王文誥《總案》「熙寧七年甲寅」云：「五月，哭錢公輔，弔其子世雄爲作哀詞。……九月到州，告下，公以太常博士直史館權知密州軍州事，罷杭州通守任。……十月密州道上早行，有懷子由，作〈沁園春〉詞，十一月三日到密州。」

由《烏臺詩案》東坡之《供狀》看來，此哀詞作於熙寧七年，應無可置疑。但諸家年譜所云又略有不同。依東坡《供狀》，似乎五月即移知密州，在北上途中經常州（按錢公輔武進人）時，應公輔子世雄之請爲作哀詞。王宗稷則云五月得移密州之命，約十月初離杭，過常州時作哀辭。傅藻及王文誥均謂五月作哀辭，十月赴密州，雖亦經常州，但哀辭非此時作。

按今人孔凡禮據各家年譜及東坡編年詩、詞等，考定東坡於熙寧六年十一月許，以轉運司檄，往秀州、蘇州、常州、潤州等地賑濟災民，七年五月曾過常州，乃應錢世雄之請作公輔哀辭。九月返杭州，得移密州命，約九月末離杭，十一月至海州，在赴密途中作〈沁園春詞〉，十二月初抵密州。東坡云五月移密州，或係被命，應至九月末方離杭。其自謂赴密州道經常州作哀辭，或係誤記。〔註47〕

由上觀之，東坡於熙寧七年北上賑災，於五月時經常州，並作哀辭。九、十月間赴密州，雖再過常州，但哀辭並非作於此時。

2. 述　要

本哀詞無序文，全用楚騷句法。文長258字。全篇對君倚之才德兼備，而不爲世所用，深爲歎息。因君倚言事數忤王安石，以致出知江寧，徙揚州，改提舉崇福觀，於熙寧五年卒。東坡此詞「傷其屈而不信（伸），故多悲慨」（以上見王文誥案語）。元豐二年烏臺詩案時，此哀辭亦爲證據文字之一，謂其譏諷朝廷不能進用賢良，且又譏諷今時之人，正邪混殽，不分曲直，令人無所取則。錢公輔子世雄亦因「收譏諷文字，不申繳入司」而牽連入罪。〔註48〕王文誥云：「三復其詞，如以七絃鼓〈天問〉之章」，可見此詞之哀惋動人。

（五）〈歸來引送王子立歸筠州〉

1. 編　年

按王子立名適，係蘇轍之二女婿。東坡於元豐三年因烏臺詩案貶

〔註47〕上引《烏臺詩案》據北京中華書局《蘇軾資料彙編・上編》第二冊頁599。王宗稷《年譜》及傅藻《紀年錄》均據《蘇軾資料彙編・下編》引，分見頁1720、頁1750。王文誥《總案》見頁673。孔凡禮所考，見其所著《蘇軾年譜》頁265～302。（按東坡至密州任，施宿《年譜》、傅藻《紀年錄》、王文誥《總案》均謂熙寧七年十一月三日。王宗稷《年譜》謂爲熙寧八年正月。孔凡禮以爲均誤，應爲熙寧七年十二月三日，可參見。）

〔註48〕以上詩案事，見宋・朋九萬《烏臺詩案》，《蘇軾資料彙編・上編》第二冊頁599～600以及頁608。

黃州團練副使，子由亦自南京（應天府）簽判，貶監筠州鹽酒稅，其
婿王子立隨行。元豐四年春，子立自筠赴徐州秋試，子由作〈送王適
徐州赴舉〉詩，有「明年牓上看名姓，揚柳春風正似今」之句。子立
過黃州曾晤東坡，坡有〈武昌酌菩薩泉送王子立〉詩。元豐五年子立
秋試落解，返筠州時復過黃州，再晤東坡，坡乃作〈歸來引〉以慰之。
子立返回筠州，子由亦作〈迎寄王適〉詩寬慰之。

　　據東坡及子由年譜，考二人元豐三～五年間行踪及編年詩，均
與此相合，而王子立隨子由赴筠州至元祐元年回京，均隨侍在側，
其游踪亦歷歷可考。又〈歸來引〉有句云：「念東坡之遺老兮，輕
千里而款余扉；共雪堂之清夜兮，攬明月之餘暉；曾雞黍之未熟兮，
嘆空室之伊威。」正為東坡於「雪堂」之光景；考諸家年譜，東坡
於元豐四年經營「東坡」，元豐五年春築「雪堂」，王子立回至筠州，
已在夏季（子由〈迎寄王適〉詩有「扁舟夏涉氣如蒸」之句可證）
故子立既曾至「雪堂」一遊，〈歸來引〉作於元豐五年無疑。王文
誥《總案》於「元豐五年」條「王適、曹煥來謁，適既報罷，作〈歸
來引〉以贈之」案語云：

> 《欒城集》〈迎寄王適詩〉有「投竄千山恨不深，扁舟夏涉
> 氣如蒸，安心且作衰慵伴，海底鯤魚會化鵬」諸句。蓋是
> 時王適以落解還筠，重過齊安，故公作〈歸來引〉送之，
> 有「世不汝求」之句，與子由詩意相合，當在元豐五年壬
> 戌盛夏時也。

王說甚是。此〈引〉編年清晰，《合注》在〈歸來引〉題下馮應榴案
語云：「此詞亦可入編年，查氏列補編中，非也。」〔註49〕

〔註49〕以上東坡、子由、子立游蹤參見孔凡禮撰《蘇軾年譜》及《蘇轍年
　　　　譜》元豐 2～5 年。子由〈送王適徐州赴舉〉詩見《欒城集》卷 11
　　　　（《蘇轍集》頁 203）；東坡〈武昌酌菩薩泉送王子立〉詩，見《蘇軾
　　　　詩集》卷 21，頁 1084；〈歸來引〉見《蘇軾詩集》卷 48，頁 2642；
　　　　又見《合注》卷 50，頁 2475；子由〈迎寄王適〉詩見《欒城集》卷
　　　　12（《蘇轍集》頁 224）；王文誥案語見《總案》頁 865。

2. 述　要

本文雖曰「引」，但全文採楚騷句式，共 234 字。其中又稍雜用淵明〈歸去來兮辭〉字句，如開首即云：「歸去來兮，世不汝求胡不歸？」中間又有云：「歸去來兮，路渺渺其何極？將稅駕於何許兮？北江之南，南江之北。」淵明因時代昏暗，不欲出仕，故撰〈歸去來兮辭〉以明志。而當時宋代正為盛世，王子立年方二十八歲，〔註50〕正前程似錦之時，故東坡雖採騷辭句法，但溫厚而不哀傷，對子立多有勉勵。王子立隨侍子由多年，與子由唱酬頗多，應有相當才學，故東坡此〈引〉後半兼懷子由，除頗見兄弟之情外，亦暗喻子立在子由之教誨下，將來必有大成。故文之末二句云：「將以彼為玉人兮，以子為之璞也。」對子立充滿期待。子立回筠州，子由贈詩亦有「海底鯤魚會化鵬」之句，極有期許。

（六）〈黃泥坂詞〉

1. 編　年

〈黃泥坂詞〉有句云：

> 出臨皋而東騖兮，並叢祠而北轉。走雪堂之陂陀兮，歷黃泥之長坂。大江洶以左繚兮，渺雲濤之舒卷。草木層累而右附兮，蔚柯丘之青蔥。……朝嬉黃泥之白雲兮，暮宿雪堂之青烟。〔註51〕

按東坡貶黃州後，於元豐三年二月至黃，初居定惠院，後遷臨皋亭，四年經營「東坡」，五年春築「雪堂」（見諸家年譜）。此詞敘及「臨皋」、「雪堂」，又言及「大江」、「柯丘」等黃州附近山水，本詞作於黃州無疑，且必作築雪堂之後。東坡亦曾自云：「余在黃州，大醉中作此詞。」可證 。〔註52〕

〔註50〕據東坡〈王子立墓誌銘〉（見《蘇軾文集》卷 15，頁 466），子立辛於元祐四年，享年 35 歲，以此倒推，元豐五年時，子立 28 歲。

〔註51〕見《蘇軾詩集》卷 48，頁 2642；又見《合注》卷 50，頁 2477。

〔註52〕見〈書黃泥坂詞後〉，《蘇軾文集》卷 68「題跋」，頁 2137。

又考子由〈同王適、曹煥遊清居院步還所居〉詩末四句云:「歸來倚南窗,試挹樽中酒。笑問黃泥行,此味還同否?」子由自注云:「子瞻謫居齊安,自臨皋亭遊『東坡』,路過黃泥坂作〈黃泥坂詞〉。二君皆新自齊安來,故云。」〔註53〕子由此詩據《欒城集》編年詩,作於元豐六年春,據前論述〈歸來引〉一段所云,王子立於元豐五年落解過黃謁東坡,約於夏秋間回抵筠州,故子由有「二君新自齊安來」之語。因此東坡〈黃泥坂詞〉必作於元豐五年無疑,又詞末有句云:「歲既宴兮草木腓,歸來歸來兮,黃泥不可以久嬉。」既云「歲宴」「草木腓(枯萎)」,當作於歲末。

2. 述 要

本詞全採楚騷句式,頗似《離騷》,兩句一節,通篇未換韻,惟後有「歌曰」五句,另換一韻,類似《離騷》之「亂曰」。全文共269字。由東坡此辭可考見臨皋亭、黃泥坂、雪堂之位置;又可考見其生活之情況,蓋東坡於築雪堂後,仍將妻孥置於臨皋,故時常來往於雪堂與臨皋之間,如詞中有云:「余旦往而夕還兮,步徙倚而盤桓」〔註54〕;又可考見其貶謫之心情,以及與田夫野老之往來,如有句云:「釋寶璐而被繒絮兮,雜市人而無辨。……喜魚鳥之莫余驚兮,幸樵蘇之我嫚。初被酒以行歌兮,忽放杖而醉偃。草爲茵而塊爲枕兮,穆華堂之滑宴。……感父老之呼覺兮,恐牛羊之予踐。」

此詞東坡乃於大醉中作,於詞中寫出若干貶謫之心情,故東坡日後曾書寫一通贈予王詵(晉卿),據「題跋」〈書黃泥坂詞後〉云:

〔註53〕詩及子由自注見《欒城集》卷12(《蘇轍集》頁230)。
〔註54〕按王文誥《總案》「元豐五年」云:「公與諸子往來雪堂、臨皋之間,必道經黃泥坂,一日大醉作〈黃泥坂詞〉」(見頁864)。考東坡其他文章,如同年所作之〈臨江仙〉詞有云:「夜飲東坡醒復醉,歸來髣髴三更。家童鼻息已雷鳴。敲門都不應,倚杖聽江聲。」(見薛瑞生《東坡詞編年箋證》頁376);又同年所作之〈後赤壁賦〉云:「是歲十月之望,步自雪堂,將歸于臨皋。二客從予,過黃泥之坂」。(見《蘇軾文集》卷1,頁8)

> 余在黃州，大醉中作此詞，小兒輩藏去稿，醒後不復見也。
> 前夜與黃魯直、張文潛、晁无咎夜坐。三客飜倒几案，搜
> 索篋笥，偶得之，字半不可讀，以意尋究，乃得其全。文
> 潛喜甚，手錄一本遺余，持元本去。明日得王晉卿書，云：
> 「吾日夕購子書不厭，近又以三縑博兩紙。子有近書，當
> 稍以遺我，毋多費我絹也。」乃用澄心堂紙、李承晏墨書
> 此遺之。元祐元年十一月二十一日。〔註55〕

此題跋寫於元祐元年，東坡已回京。回首黃州，應不勝感慨；東坡可能與蘇門諸君子聚會時言及此作品，故諸人乃搜索欲得，張耒甚至將原本攜走，可見其喜愛。而當次日王晉卿向東坡要求墨寶時，東坡即手寫一通遺之。私意以為東坡應非僅自負其文詞，可能有將自己當日貶謫心情告王詵之意，同時亦寓有對詵人格之肯定。〔註56〕

（七）〈蘇世美哀詞〉

1. 編　年

按哀詞有句云：「我竄於黃，歲將淹兮。於後八年，夢復覘兮。」〔註57〕既云「我竄於黃」云云，則必作於黃州，又云：「歲將淹兮」，則必在數年之後。又考東坡予蘇世美子蘇鈞（字子平）之書簡云：

> 兒子令往荊南幹少事，未還；還即令答教也。所要先丈哀
> 詞，去歲因夢見，作一篇，無便寄去，今以奉呈。無令不
> 相知者見，若入石，則切不可也。至祝。〔註58〕

據《孔譜》，東坡於元豐六年八月間，派長子蘇邁至荊南買田。〔註59〕

〔註55〕見〈書黃泥坂詞後〉，《蘇軾文集》卷68「題跋」，頁2137。

〔註56〕按王詵字晉卿，為英宗駙馬，因烏臺詩案受東坡牽累，亦遭貶。東坡於元祐元年所寫之〈題王晉卿詩後〉有云：「晉卿為僕所累、僕既謫齊安，晉卿亦貶武當。……晉卿以貴公子罹此憂患，而不失其正，詩詞益工，超然有世外之樂，此孔子所謂『可與久處約、長處樂』者。」（見《蘇軾文集》卷68「題跋」頁2137）可見東坡甚欽仰王詵。

〔註57〕見《蘇軾文集》卷63，頁1965。

〔註58〕見《蘇軾文集》卷57「尺牘」，〈答蘇子平前輩二首〉之第二首，頁1732。

〔註59〕參見孔凡禮《蘇軾年譜》「元豐六年」，頁576～577。其中有引東坡

上引與蘇鈞簡，既有「兒子令住荊南幹少事，未還」等字樣，則此信必作於元豐六年。信中又云「去歲因夢見，作一篇」，故〈蘇世美哀詞〉必作於元豐五年，當無疑義。又此信中有「無令不相知者見，若入石，則切不可。」等字句，充分表示出東坡在黃州「多難畏人」之恐懼心情，此亦可作爲此哀詞作於黃州之旁證。〔註60〕

2. 述　要

本哀詞與前述〈李仲蒙哀詞〉相類，均採用《九章・橘頌》之句式，兩句一韻，通篇未換韻，全文共 192 字，無序文。其中對世美之人格、才能、氣節頗爲稱讚，並對其子蘇鈞目前之貧窮困頓，頗爲感歎，並予以勉勵。茲引此哀詞前半對世美之讚語以觀其大略：

> 有美一人，長而髯兮。歠歙歷落，進趨禔兮。達於從政，
> 敏而廉兮。如求與由，藝果兼兮。魁然丈夫，色悍嚴兮。
> 奮須抵几，走群纖兮。聞名見像，已癯痁兮。敬事友生，
> 小心謙兮。誨養貧弱，語和甜兮。剛柔適中，畏愛僉兮。……」

哀詞之性質主要在稱美死者之德行，並哀其不壽，東坡此文頗得其義。

（八）〈清溪詞〉

1. 編　年

此詞馮應榴《蘇詩合注》引查慎行按語云：「清溪在池州，先生作此詞，歲月莫考。」〔註61〕惟王文誥《總案》云：「元豐七年甲子，

〔註60〕與張方平、楊元素（繪）等書簡，議及派蘇邁赴荊南買田之事。
按東坡於元豐六年曾寫〈赤壁賦〉一本予傅欽之，有云：「軾去歲作此賦，未嘗輕出以示人，見者蓋一、二人而已。欽之有使至，求近文，遂親書以寄。多難畏事，欽之愛我，必深藏之不出也。」（見清・孫承澤《庚子銷夏錄》卷八，〈蘇東坡書前赤壁賦〉條，據曾棗莊編《蘇文彙評》頁 17 引。又見台北故宮博物院藏紙本《前赤壁賦卷》東坡眞蹟。
又東坡於紹聖四年於惠州曾答范純夫簡，並應純夫之請，書〈和陶時運〉詩寄范純夫，於信末云：「多難畏人，此詩慎勿示人也。」（見《蘇軾文集》卷 50「尺牘」，頁 1457）凡此，皆可見東坡於貶謫時恐懼之心情。

〔註61〕見《合注》卷五十〈清溪詞〉下題注，頁 2478。

三月告下，特授檢校尙書水部員外郎，汝州團練副使，本州安置，不得簽書公事。……四月一日將自黃移汝，留別雪堂二三君子。……五月……至筠，寓於東軒。……六月，參寥以詩留別，……至湖口，游石鐘山。……過池州，作〈清谿詞〉。」〔註62〕

按〈清溪詞〉開首云：「大江南兮九華西，泛秋浦兮亂清溪。」〔註63〕池州（今安徽省池州市），位於長江（大江）南岸，東有九華山。池州之南，九華山之西正有秋浦河、清溪。故〈清溪詞〉所描述者爲池州風景無疑。惟東坡此詞是否作元豐七年，考證如下。

考東坡一生游踪，江行過池州共三次。第一次即爲元豐七年自黃移汝，六月時經過。第二次爲紹聖元年四月，自定州謫知英州，南行至六月再謫惠州，復南行，約於六月末過池州。第三次爲徽宗建中靖國元年遇赦北歸途中，抵九江，再沿長江東行，約於四月中過池州。

今人孔凡禮編《蘇軾文集》，於《聖宋名賢五百家播芳大全文粹》卷五十四，輯得東坡與王文玉（琦）書簡十二首，第七簡云：

> 寓白沙，須接人而行，會合未可期，臨書惘惘。見張公翊，出《清溪圖》甚佳。謝生殊可賞，想亦由公指示也。曾與公翊作〈清溪詞〉，熱甚，文多，未暇錄去，後信寄呈也。…雲巢遂成茂草，言之辛酸，後事想公必一一照管也。〔註64〕

據孔凡禮考證，元豐七年時池州守爲王琦（文玉），係東坡之同榜，東坡本年過池州，曾與盤桓，並錄子由元豐三年過池州所作之〈池州蕭丞相樓二首〉詩贈王琦，並有跋。〔註65〕前述之第七簡係東坡離池

〔註62〕見《總案》卷二十三，頁910。

〔註63〕〈清溪詞〉見《蘇軾詩集》卷48，頁2644。

〔註64〕見《蘇軾文集》之《佚文彙編》卷三，〈與王文玉十二首〉之第七簡，頁2477。

〔註65〕見孔氏所撰《蘇軾年譜》頁632。蘇轍《池州蕭丞相樓二首》原詩，可參見《欒城集》卷十，（《蘇轍集》頁178）。東坡跋語見〈題子由蕭丞相樓詩贈王文玉〉，云：「元豐三年五月，家弟子由過池，元發令作此詩，到黃爲軾誦之也。七年六月，軾從文玉兄登斯樓，因爲錄出贈文玉。時子由在筠州，將復過此。汝州團練副使蘇軾書。」（據《蘇軾文集》之《蘇軾佚文彙編》頁2552。其乃據《寶眞齋法書贊》

州，繼續行程時所寫，孔凡禮據簡中所云「雲巢」（沈遼字）卒於元豐八年之語，考定此簡為八年作。則由信中言曾與張公翊作〈清溪詞〉云云，可知〈清溪詞〉當為元豐七年作於池州。

2. 述　要

本詞當為東坡過池州時遊賞之作，多敍清溪附近之山水風景，並抒發胸懷。如「水渺渺兮山無蹊，路重複兮居者迷。爛青紅兮粲高低，松十里兮稻千畦。山無人兮雲朝躋，靄濛濛兮滂淒淒。嘯林谷兮號水泥，走巀嶭兮下梟鷩。忽孤壘兮隱重堤，杳冥泄兮聞犬雞。……若有人兮帳幽棲，石為門兮雲為閨。塊虛堂兮法喜妻。呼猿狙兮子鹿麑。我欲往兮奉杖黎，獨長嘯兮謝阮嵇。」通篇皆用七字句，中夾「兮」字，共二十八句，196 字。句句押韻，猶若柏梁體詩，讀之輕快溫潤，無一般騷辭悲怨之情調，反有〈桃花源記〉暨〈歸去來兮辭〉之風味。

（九）〈和陶歸去來兮辭〉

1. 編　年

本和辭前有小序云：

> 子瞻謫居昌化，追和淵明〈歸去來辭〉，蓋以無何有之鄉為家，雖在海外，未嘗不歸云爾。〔註66〕

又蘇轍〈和子瞻歸去來詞〉前序文云：

> 昔予謫居海康，子瞻自海南以〈和淵明歸去來辭〉之篇要予同作。時予方再遷龍川，未暇也。辛巳歲，予既還潁川，子瞻渡海浮江至淮南而病，遂沒於晉陵。是歲十月，理家中舊書，復得此篇，乃泣而和之。蓋淵明之放與子瞻之辯，予皆莫及也。示不逆其遺意焉耳。〔註67〕

按東坡謫昌化（儋州），在紹聖四年（1097）七月至元符三年（1100）

卷十二，〈蘇文忠蕭丞相樓二詩帖〉輯出）

〔註66〕見《蘇軾詩集》卷47，頁 2560。

〔註67〕見《欒城後集》卷5。（《蘇轍集》頁 942）

六月之間，共約三年。而子由於紹聖四年貶雷州（海康），次年（本紹聖五年，六月改元符元年）三月末移循州（龍川），約於六月時離雷州赴循。由前引子由之言觀之，東坡此和辭當作於紹聖五年三至五月間，大抵不誤。王文誥、孔凡禮二譜繫於此年，是也。

2. 述 要

東坡此辭，全依陶淵明〈歸去來兮辭〉原韻和作，句式亦全部相同，猶若次韻詩。東坡於元祐七年（1092）知揚州時，曾作〈和陶飲酒二十首〉，為和陶詩之開始。按元祐年間，因有洛、蜀、朔黨之爭，東坡乃乞外郡，故曾知杭、潁、揚諸州，於知揚州時和陶飲酒詩，應已有慕陶之意。約二年後，謫居惠州，心境已大不相同，故開始大量和陶詩以為解脫，曾自云：「余在廣陵（揚州）和淵明〈飲酒二十首〉，今復為此（按：指〈和陶歸園田居六首〉），要當盡和其詩乃已耳！」〔註68〕宋代詩人，彼此唱和，極為普遍，但追和古人之詩，則起於東坡。蘇轍〈子瞻和陶淵明詩集引〉轉述東坡之言云：

> 古之詩人有擬古之作矣，未有追和古人者也。追和古人，
> 則始於東坡。

東坡之和陶詩，除欽佩其詩「質而實綺，癯而實腴，自曹、劉、鮑、謝、李、杜諸人皆莫及也」之外，對淵明之為人，「實有感焉，……所以深服淵明，欲以晚節而師範其萬一也。」〔註69〕故東坡和陶詩除其形式技巧外，正欲借陶公抒發其貶謫之心境也。

追和古人詩，固始於東坡，但追和古人辭賦，則前所未有，東坡和作，實為首篇。〈歸去來兮辭〉為淵明最後一次為官，辭彭澤令後所作，乃其一生歸隱不仕之宣示，文中表現出歸隱田園之快樂，亦曲折反映對時局、世俗之厭棄。坡公於和陶詩之同時，又和〈歸去來兮辭〉，其內容表現出雖處逆境，但可隨遇而安；雖遠離家鄉，但四海

〔註68〕見《蘇軾詩集》卷 39〈和陶歸園田居六首〉前小序，頁 103。
〔註69〕以上引文均見蘇轍〈子瞻和陶淵明詩集引〉，《欒城後集》卷 21「雜文」，（《蘇轍集》頁 1110）。

可以爲家之超然心境，似隱然以淵明歸隱田園之快樂自喻也。〔註70〕

東坡和〈歸去來兮辭〉後，追和者極多，蘇轍、晁補之、張耒均有和篇。其他和者亦多，但眞正如東坡能得陶公之眞意者蓋寡。〔註71〕

（十）〈鍾子翼哀詞〉

1. 編　年

哀詞前序文云：

> 軾年始十二，先君宮師歸自江南，曰：「吾南游至虔，有隱君子鍾君，與其弟從吾游」……其後五十有五年，軾自海南還，過贛上（按：指虔州），訪先君遺跡，而故老皆無在者，君之沒蓋三十有一年矣。見其子志仁、志行、志遠，相持而泣，念無以致其哀者，乃追作此詞。〔註72〕

〔註70〕按東坡於陶公早有寄意，對〈歸去來兮辭〉尤爲喜好，早於元豐間於黃州即曾隱括其辭爲〈哨徧〉，使就聲律。雖「微改其詞，而不改其意」（見《文集》卷59〈與朱康叔二十首〉之十三），但可見其對該辭之喜愛。（〈哨徧〉參見《東坡詞編年笺證》頁288）。東坡又曾作〈歸去來集字十首〉，其前小序云：「予喜讀淵明〈歸去來辭〉，因集其字爲十詩，令兒曹誦之。」此詩作年不詳，或云元豐四年作。（詩及考證見《蘇軾詩集》卷43，頁2356；又見《合注》卷43，頁2204）無論如何，坡公於〈歸去來兮辭〉之酷愛，爲世少見。

〔註71〕如宋・晁說之〈答李持國先輩書〉云：「足下愛淵明所賦〈歸去來辭〉，遂同東坡先生和之，是則僕之所未喻也。建中靖國間，東坡〈和歸去來〉初至京師，其門下賓客又從而和之者數人，皆自謂得意也。陶淵明紛然一日滿人目前矣。參寥忽以所和篇視予，率同賦，予謝之曰：『造之者富，隨之者貧。童子無居位，先生無並行。與吾師共推東坡一人於淵明間可也。』參寥即索其文袖之，出吳音曰：『罪過公，悔不先與公語』今輒以厚於參寥者厚於吾姪，何如？抑又聞焉，大宋相公（按：指歐陽脩）謂陶公〈歸去來〉是南北文章之絕唱，五經之鼓吹，近時繪畫〈歸去來〉者皆作大聖變，和其辭者如即時遣興小詩，皆不得正中者也。」（據《蘇文彙評》頁270引《嵩山文集》卷十五）又東坡之和陶，流風所及，元明清三代皆有仿之者，如元・劉因；明・戴良、周履靖、黃淳耀；清・方以智、舒夢蘭、姚椿、孔繼鑅等均有全部或部份之和陶詩；其中戴良及周履靖尚有〈和歸去來兮辭〉。自東坡以後，似乎追和陶詩已成爲一種文學之傳統現象。（以上元、明、清各人之和陶詩，可參見袁行霈著《陶淵明集笺注》之「附錄二」（頁619～844）。

〔註72〕見《蘇軾文集》卷63，頁1966。

由諸家年譜考之，東坡於元符三年二月以徽宗登極恩赦，六月渡海北歸，次年（建中靖國元年）二月過虔州（贛上）。自前引東坡序文觀之，哀詞作於建中靖國元年二月左右無疑，當年東坡六十六歲，亦與序文相合。

2. 述　要

因鍾子翼爲東坡父蘇洵之友人，東坡訪其遺孤，「念無以致其哀者」，故爲作哀詞。詞前序文有云：「君諱棐，字子翼，博學篤行，爲江南之秀。歐陽永叔、尹師魯、余安道、曾子固皆知之，然卒不遇以沒。」由東坡序文可知，鍾棐才德兼具，惟不爲世用，故深爲嗟歎之，正得哀辭之旨。又蘇洵當年與子翼游時「未爲時所知，旅游萬里，舍者常爭席，而君獨知敬異之」（亦見東坡序文）。因子翼當年對蘇洵敬重如此，故東坡作此哀辭時，特「別出新格」（見下引費袞《梁谿漫志》），全文均用「四、七」句式，且不用「兮」字，押入聲韻一韻到底，共 198 字。文中對子翼稱美有加，又隱含對其父蘇洵之懷念，全詞哀而不傷。此哀詞《宋文鑑》亦收入，可見其深具含意。茲引其中一段以觀：

> 矯矯鍾君，泳於德淵自澡濯。貧不怨天，困不求人老愈慤。
> 嘉言一發，排難解紛已殘剝。吾先君子，南游萬里道阻邈。
> 如金未鎔，木未繩墨玉未琢。君於眾中，一見定交陳禮樂。
> 曰子不欲，我醪甚甘醨此濁。覽觀江山，扣歷泉石步犖
> 确。……三子有立，移書問道過我數，我亦白首，感傷薰
> 心隕涕渥。是身虛空，俯仰變滅過電雹。何以寓哀，進頌
> 德人詔後覺。

宋・費袞《梁谿漫志》卷四「柳展如論東坡文」條載：

> 東坡歸自海南，遇其甥柳展如（閎），出文一卷示之曰：「此
> 吾在嶺南作也，甥試次第之。」展如曰：「〈天慶觀乳泉賦〉
> 詞意高妙，當在第一；〈鍾子翼哀詞〉別出新格，次之；他
> 文稱是。舅老筆，甥敢優劣邪？」坡嘆息以爲知言。〔註73〕

〔註73〕據《蘇軾資料彙編・上編》第二冊，頁 675 引。

本詞亦東坡晚年所作，文筆純熟，簡鍊有法。就費袞所言觀之，東坡亦自我欣賞如是。

（十一）〈山坡陀行〉

1. 編　年

〈山坡陀行〉與〈黃泥坂詞〉、〈清溪詞〉、〈上清詞〉、〈歸來引〉等之編輯相次，雖題曰「行」，實亦「辭」也。通篇皆爲採「兮」字之楚騷體。本辭無序文，撰作時間難考。惟《合注》馮應榴有案語云：「按詩意，當是在嶺南作。」〔註 74〕「嶺南」，指惠州，東坡謫居惠州，據諸家年譜，在紹聖元年十月至紹聖四年四月之間，約二年餘。

本辭於文中有言及仙人「偓佺」之事；又云：「若有人兮，夢中仇池我歸路。此非小有兮，噫乎何以樂此而不去？昔余遊于葛天兮，身非陶氏猶與偕。」其中言及「仇池」、「小有天」、「陶淵明」等，此等思想與在惠州所作之詩歌內容有相合處。

按東坡在惠州開始逐一和陶詩，如作於紹聖二年之〈和陶山海經〉其十三首多言及仙人，但對求仙者，多不認同，惟頗慕淵明之高風，其末首云：「東坡信畸人，涉世眞散材。仇池有歸路，羅浮豈徒來？踐蛇及茹蠱，心空了無猜。攜手葛與陶，歸哉復歸哉！」蓋以葛洪、淵明爲依歸，以仇池爲栗里羅浮，乃借養生家寓興也。

又如紹聖三年所作之〈和陶桃花源〉詩亦謂神仙之說不可恃，而頗慕淵明之桃花源，且以爲隨處可得，其詩中有句云：「桃源信不遠，杖藜可小憩。……高山不難越，淺水何足厲？不如我仇池，高舉復幾歲？從來一生死，近又等癡慧。蒲澗安期境，羅浮稚川界。夢往從之游，神交發吾蔽，桃花滿庭下，流水在戶外。」〔註 75〕

前二詩皆言及「仇池」，東坡詩中屢言及「仇池」，蓋以「仇池」

〔註 74〕見《合注》卷 50，頁 2481，〈山坡陀行〉題下按語。
〔註 75〕前引〈和陶讀山海經〉見《蘇軾詩集》卷 39，頁 2129；〈和陶花源〉見同書卷 40，頁 2196。

爲桃源之代稱。其於元祐七年知揚州時即有此心意，如〈雙石〉詩有句云：「一點空明是何處？老人眞欲住仇池。」〔註76〕

故由〈和陶山海經〉及〈和陶桃花源〉二詩，合〈山坡陀行〉觀之，其詩意內容相近，「山坡陀」之意亦可與羅浮山相應，故此詩或作於惠州，時約當紹聖二、三年左右。馮應榴既云：「按詩意，當是在嶺南作」，語氣頗肯定，今姑暫編於於此時，留俟詳考。

2. 述　要

本辭全採騷辭句式，共 36 句，272 字。但坡公以其才氣，使該辭飛騰變化，長短參差，有四字一句者，亦有長至十一字一句者，氣勢頗盛。如以下諸句：

> 山坡陀兮下屬江，勢崖絕兮游波所蕩如頹牆……上不見日兮下可依，吾曳杖兮吾僮亦吾之書隨。藐余望兮水中沚，頎然而長者黃冠而羽衣。澌頤坦腹盤石箕坐兮，山亦有趾安不危？四無人兮可忘飢。仙人偓佺自言其居瑤之圃，一日一夜飛相往來不可數。

其句式之瑰奇變化，無以復加矣。此外，就其內容而言，亦可見東坡貶惠州時，自我開悟之胸襟，如辭末有句云：

> 余論世兮千載一人猶並時，余行詰曲兮欲知余者稀。峨峨洋洋余方樂兮，譬余繫舟於水，魚潛鳥舉亦不知。何必每念輒得，應余若響，坐有如此兮人子期。〔註77〕

〔註76〕見《蘇軾詩集》卷35，頁 1880。按東坡〈雙石〉詩前小序有云：「忽憶在穎州日，夢人請住一官府，榜曰『仇池』。覺而誦杜子美詩曰：『萬古仇池穴，潛通小有天。』」又東坡〈和陶桃花源〉詩前小序亦云：「予在穎州，夢至一官府，人物與俗間無異，而山川清遠，有足樂者。顧視堂上，榜曰『仇池』。覺而念之，仇池武都氐故地，楊難當所保，余何爲居之？明日，以問客。客有趙令時德麟者，曰：『公何問此？此乃福地，小有洞天之附庸也。杜子美蓋云：萬古仇池穴，潛通小有天。』他日，工部侍郎王欽臣仲至謂余曰：『吾嘗奉使過仇池，有九十九泉，萬山環之，可以避世，如桃源也。』」此外，東坡曾將其奇石命名爲「仇池石」可見其對仇池之想望。

〔註77〕以上引〈山坡陀行〉之原文可見《蘇軾詩集》卷48，頁 2646。

按紹聖二、三年時，東坡正築宅白鶴峰，欲作久居之計，此時蓋已忘懷得失，將以白鶴峰爲「仇池」矣。

（十二）〈傷春詞〉

1. 編　年

本詞小序云：

> 去歲十二月，虞部郎呂君文甫喪其妻安氏，二月以書遺余曰：「安氏甚美，而有賢行。念之不忘，思有以爲不朽之託者，願求一言以弔之。」余悲其意，乃爲作〈傷春詞〉云。〔註78〕

按小序僅云「去歲十二月」，難考爲何年。虞部郎屬工部，呂文甫當係在京任職，惟呂文甫其人失考。序中有「思有以爲不朽之託者」之言，則所託之人應爲較有身分及文學名聲者，故此詞或東坡元祐間於京師所作，惟當再詳考。

2. 述　要

本詞大體均仿《離騷》體，以六言爲主，兩句一韻，前句皆加「兮」字。亦偶有八字句者，全詞共 266 字。今人曾棗莊將「辭（詞）」類之作品名之曰「騷體賦」，以爲此首〈傷春詞〉感人至深，可與歐陽脩〈哭女師辭〉媲美。〔註79〕按歐公該辭係爲八歲小女夭折而作，哀戚感人。而東坡〈傷春詞〉雖代人而作，惟以東坡之才出之，其哀惋動人，亦不下〈哭女師辭〉，今引數句以觀：

> 眾族出而侶游兮，獨向壁而永歎。淚熒熒而棲睫兮，花搖目而增眩。晝出門而不敢歸兮，畏空室之漫漫。忽入門而欲語兮，嗟猶意其今存。役魂魄於宵夢兮，追髣髴而無緣。訪臨邛之道士兮，從稠桑之老人。縱可得而復見兮，恐荒忽而非眞。

〔註78〕見《蘇軾文集》卷 63，頁 1967。

〔註79〕見曾棗莊〈論宋賦諸體〉一文，收入《中國古代近代文學研究》1999年 8 月號。又元·劉壎《隱居通議》卷五「古賦」選入歐陽脩〈哭女師辭〉，評價甚高，可參見。

寫出文甫喪妻之痛，讀之令人淚下。

（十三）〈王大年哀詞〉

1. 編　年

本哀詞有長序，今具引之，文云：

> 嘉祐末，予從事岐下，而太原王君諱彭，字大年，監府諸
> 軍。居相隣，日相從也。時太守陳公弼馭下嚴甚，威震旁
> 郡，僚吏不敢仰視。君獨侃侃自若，未嘗降色詞，公弼亦
> 敬焉。予始異之。問於知君者，皆曰：「此故武寧軍節度使
> 諱全斌之曾孫，而武勝軍節度觀察留後諱凱之子也。少時
> 從父討賊甘陵，搏戰城下，所部斬七十餘級，手射殺二人，
> 而奏功不賞。或勸君自言，君笑曰：『吾爲君父戰，豈爲賞
> 哉？』予聞而賢之，始與論交。君博學精練，書無所不通。
> 尤喜予文，每爲出一篇，輒拊掌歡然終日。予始未知佛法，
> 君爲言大略，皆推見至隱以自證耳，使人不疑。予之喜佛
> 書，蓋自君發之，其後君爲將，日有聞，乞自試於邊，而
> 韓魏公、文潞公皆以爲可用。先帝方欲盡其才，而君以病
> 卒。其子諶，以文議論有聞於世，亦從予游。予既悲君之
> 不遇，而喜其有子。於其葬也，作相挽之詩以餞之。〔註80〕

按東坡於嘉祐六年十二月至鳳翔府任，就前引序文觀之，東坡與王大
年當結識於嘉祐七、八年間（嘉祐末），而鳳翔守陳希亮於嘉祐八年
六月到任，東坡於次年（英宗治平元年）年末罷鳳翔任，與陳希亮相
處約年餘，與王大年交游之時間約爲兩年左右。序文有「先帝方欲盡
其才，而君以病卒」之字樣。考宋仁宗崩於嘉祐八年三月，時東坡正
方與大年交游，陳希亮亦尚未到任，序文所敍與大年交往云云頗詳，
故此「先帝」指仁宗之可能性不大。

　仁宗崩後，英宗即位，崩於治平四年正月，故東坡序中所云之「先
帝」，指英宗可能性較大；按東坡於治平二年回朝，其所敍大年「其

〔註80〕見《蘇軾文集》卷63，頁1966。

後君爲將，日有聞，乞自試於邊」等事，當係治平二、三年，英宗崩前之事。序中又云「而韓魏公，文潞公皆以爲可用」，考韓琦於治平元年加尙書右僕射，文彥博於治平二年爲樞密使，正此二、三年間事。

　　由上觀之，王大年可能卒於英宗崩之前，約當治平三年，東坡文中既云「先帝」，則哀詞必作於治平四年正月英宗崩殂之後。惟治平三年四月，蘇洵卒，東坡六月扶柩歸蜀，至神宗熙寧二年初方回朝。故此哀詞確切之撰作時地當再詳考，今姑暫繫於治平四年至熙寧二年之間作。

　　2. 述　要

　　王彭爲功臣之後，由東坡序文所云：「故武寧軍度使諱全斌之曾孫，而武勝軍節度觀察留後諱凱之子」可知。按王全斌於宋初平蜀有功，王凱曾數敗趙元昊，二人於《宋史》二百五十五同傳，王彭隨父殺敵，亦有邊功，但對於奏功不賞不以爲意，故東坡賢之。對其卓然之人品、豁達之心胸、廣博之學識深爲欣賞，對於其不遇而卒，更深爲悲痛，故頗得作哀詞之旨。

　　本哀詞甚短，不用楚騷體，而採用四言句，猶若詩體賦，全文僅64字。茲具引如下：

> 君之爲將，允武且仁。甚似其父，而輔以文，君之爲士，
> 涵泳書詩。議論慨然，其子似之。奔走四方，豪傑是友。
> 沒而無聞，朋友之咎。驥墮地走，虎生而斑，視其父子，
> 以考我言。

文精鍊簡短，然對於王彭之讚譽及惋惜，無以復加矣。

二、以「賦」爲名者

（一）〈灩澦堆賦〉、〈屈原廟賦〉、〈昆陽城賦〉

1. 編　年

　　東坡以賦爲名之作品，最早可考定者爲仁宗嘉祐四年至嘉祐五年，自蜀入京，沿途所作之三篇賦，即〈灩澦堆賦〉、〈屈原廟賦〉及

〈昆陽城賦〉。〔註81〕此三篇賦與東坡之出入蜀有關，茲將東坡一生，出入蜀之情況略述如下，以了解其背景。

（1）第一次出蜀

仁宗嘉祐元年，蘇洵率領東坡兄弟二人，赴京應試，約三月自眉州出發，北上經成都、劍門（四川劍閣），越秦嶺，至鳳翔（陝西鳳翔），東行過長安（陝西西安），出關中至澠池（河南澠池），約五、六月間抵京師（河南開封）。行約三月有餘，沿途應有詩文，但至今不存。〔註82〕

（2）第一次回蜀

嘉祐二年四月，東坡母程氏卒，蘇洵父子三人倉惶返蜀，此行不見任何詩文，大約循前次出蜀之路線，反向歸蜀，十一月末，葬程氏於眉山。

（3）第二次出蜀

嘉祐四年七、八月間，服除。十月初，父子三人連同東坡、子由之妻子及東坡兄弟之乳母等，自水路赴京。沿岷江經嘉州（四川樂山）、戎州（四川宜賓），入長江，再經渝州（四川重慶）、涪州（四川涪陵）、忠州（四川忠縣）、夔州（四川奉節），經灩澦堆入峽，過

〔註81〕三賦見《蘇軾文集》卷一，頁1～3。（按東坡以「賦」爲名之作品，均見前書卷一，頁1～30，本論文再引用時，均不再注出。）

又按今人馬德富云：「蘇軾在少年時也『學爲對偶聲律之文，求升斗之祿』（《上梅直講書》，《經進東坡文集事略》卷41），他的集子還保有〈延和殿奏新樂賦〉、〈明君可與爲忠言賦〉、〈濁醪有妙理賦〉等篇。」（見〈論蘇軾的賦〉，《東坡文論叢》頁102）。

此外，又有多人認爲東坡曾於十餘歲時作〈黠鼠賦〉，如朱靖華《蘇軾論》頁526所附《蘇軾簡明年譜》「慶曆七年」條即云：「人因以爲此賦（指〈黠鼠賦〉）即作於本年」。

按以上說法均誤，東坡少時或有賦作，但今無一存者，前數賦之編年詳見後述。

〔註82〕東坡嘉祐六年赴鳳翔途中所作〈和子由澠池懷舊〉詩有「老僧已死成新塔，壞壁無由見舊題」等句（見《蘇軾詩集》卷3，頁97），可以爲證。

巫山、歸州（湖北秭歸），出峽至峽州（湖北宜昌），抵江陵府（湖北江陵）。至江陵已十二月，遂在江陵度歲。對於此段經歷，東坡有〈南行前集敘〉一文，記載頗詳，敘云：

> 己亥（按即嘉祐四年）之歲，侍行適楚，舟中無事，博奕飲酒，非所以爲閨門之歡，而山川之秀美，風俗之朴陋，賢人君子之遺跡，與凡耳目之所接者，雜然有觸於中，而發於咏歎。蓋家君之作與弟轍之文皆在，凡一百篇，謂之《南行集》。將以識一時之事，爲他日之所尋繹，且以爲得於談笑之間，而非勉強所爲之文也。時十二月八日，江陵驛書。〔註83〕

《南行集》已無單行本，目前大多編入三蘇之詩文集，據孔凡禮考證，東坡存詩四十四首，賦二首；子由存詩二十四首，賦二首；蘇洵存詩十首，共計八十二首。〔註84〕據現存東坡及子由編年詩考之，其游踪歷歷可考，且同題詩甚多。而東坡之〈灩澦堆賦〉及〈屈原廟賦〉即作於此年，分別作於瞿塘峽口及秭歸（秭歸有屈原廟）。而蘇轍《欒城集》卷一在〈入峽〉詩前有〈灩澦堆〉詩；卷十七〈巫山賦〉後亦有〈屈原廟賦〉；兩兄弟亦有多首詠巫山及巫山廟之詩，可證明東坡作此二賦之時地不誤。

　　按《經進東坡文集事略》收此二賦，郎曄於〈屈原廟賦〉題注下引晁補之之言云：「〈屈原廟賦〉者，蘇公之所作也。公之初仕京師，遭父喪而浮江歸蜀也，過楚屈原之祠，爲賦以弔。」〔註85〕晁氏可能見〈屈原廟賦〉首句有「浮扁舟以適楚兮，過屈原之遺宮」故有此誤解。按蘇洵卒於英宗治平三年，英宗「敕有司具舟喪歸蜀」，〔註86〕故東坡兄弟二人於六月具舟載蘇洵靈柩返鄉，考二蘇編年詩治平三、

〔註83〕見《蘇軾文集》卷10，頁323。
〔註84〕見所著《蘇軾年譜》卷3，頁75。
〔註85〕見卷一「賦」，頁7。（據臺北世界書局《校正經進東坡文集事略》）
〔註86〕見孔本《蘇軾年譜》卷6，頁143引《續資治通鑑長編》卷208。

四年均無作品，且兩兄弟「居喪不作詩文」〔註87〕故斷無只作〈屈原廟賦〉之理，故晁无咎誤繫此賦年代，特予釐正。〔註88〕

在江陵度歲後，嘉祐五年正月，東坡全家改由陸行，自江陵北行至襄陽（湖北襄樊），經唐州（河南泌陽）、葉縣（河南葉縣）、潁昌（河南許昌），約二月中至汴京。葉縣北有昆陽故城，係劉秀與王莽作戰之戰場，故東坡弔古戰場作〈昆陽城賦〉。考東坡以後行跡，無過葉縣紀錄，本賦當作於嘉祐五年無疑。〔註89〕此段行程蘇轍亦作有〈南行後集引〉一文，惜己亡佚。

（4）第二次回蜀

治平三年四月，蘇洵卒，六月東坡兄弟以水陸載洵靈柩回蜀，循淮河經泗州（江蘇盱眙）、洪澤湖，南下入長江，再溯江西行，治平四年四月底眉州，十月葬父。此一、二年間均無詩。〈屈原廟賦〉可能作於此年之誤，已辨證於前。

（5）第三次出蜀

神宗熙寧元年七月，服除。約冬日，二蘇循嘉祐元年第一次出蜀

〔註87〕孔本《蘇軾年譜》卷一，頁 26，考定蘇洵於皇祐元年作〈名二子說〉；下引《霞外攟屑》卷三「居喪不作詩文」條云：「吳草廬題朱文公答陳正己講學墨帖云：眉山二蘇兄弟，文人也，再期之內，禁斷作詩作文，寂無一語，是亦嘗講乎喪禮也。」

〔註88〕按朱熹《楚辭後語》卷六選東坡〈服胡麻賦〉，於其題注言及〈屈原廟賦〉有「公自蜀而東，道出屈原祠下，嘗為之賦，以詆揚雄而申原志。」等句云云，可證朱子已辨晁補之之誤（見頁 598）。王文誥《總案》雖編於本年，但繫於過忠州時作，按忠州僅有「屈原塔」（東坡及子由此時均有〈屈原塔〉詩），且過忠州時尚未入峽，故王文誥偶誤。今人如孫民《東坡賦譯注》及孔凡禮《年譜》均編年不誤。而北京燕山書局《蘇東坡全集》楊嘉仁所注賦之部份，仍沿晁氏之誤，特予辨明。

〔註89〕按蘇洵有〈昆陽城〉詩一首，其中敘王莽與光武昆陽之戰，正與坡賦內容相契。蘇洵詩作不多，其〈初發嘉州〉等詩，多首均與二蘇兄弟《南行集》中編年詩內容相合，可知〈昆陽城〉詩係作於嘉祐 5 年過荊州北上之時，可佐證東坡作〈昆陽城賦〉之時地不誤。（蘇洵詩見見《嘉祐集箋註》，頁 506，上海古籍出版社）王文誥《總案》未將〈昆陽城賦〉考出，偶失；孔凡禮《年譜》不誤。

之路線陸行，於熙寧二年二月初，回抵京師，沿途詩文不多。此次出蜀，東坡從此仕宦四方，兼及貶謫流放，終生未再返回眉山故里。

以上不厭其煩，敍述東坡三次出蜀，二次回蜀之行跡，據此考定東坡最早之三篇賦作，計〈灩澦堆賦〉、〈屈原廟賦〉作於嘉祐四年，〈昆陽城賦〉作於嘉祐五年，應無疑義。

2. 述 要

（1）〈灩澦堆賦〉

本賦前有 177 字之長序，說明作賦之緣由。賦本文 257 字。此賦基本上採用騷體賦之形式，不用問答體，而用自陳式。賦中有數組騷賦之句式，但又不純以四、六言為主，有多至九言者，如「行千里而未嘗齟齬兮，其意驕逞而不可摧。」其他如五、六、七字句亦皆有，變化多端；此外，又夾雜許多散句，有押韻者，亦有不韻者，極似文賦。而最末一段云：「嗟夫！物固有以安而生變兮，亦有以用危而求安。得吾說而推之兮，亦足以知物理之固然。」又頗似騷賦常有之「亂曰」。

就其內容而言，騷體賦多以抒情為主，而本賦通篇以議論為主體，實已不類騷賦。故此賦可視為騷賦之變體，亦可謂騷賦與文賦之綜合體。東坡後來於黃州所作之著名文賦〈赤壁賦〉，此處已可看出機兆。本賦內容以翻案法稱讚灩澦堆之功用，並引出哲理，立論新奇。

（2）〈屈原廟賦〉

本賦無序，全文 382 字。兩句一韻，奇句末綴「兮」字，基本上為騷賦之體式。但每句之字數變化甚大，有五、六、七、八、九、十等多種句式參雜而用，與傳統騷體賦大多以四、六字為主者不同。本賦主要在讚頌屈原之愛國情操，及捨生取義之精神。賦中暗藏與屈原之對話，但亦不同於漢賦之假設問答，體裁千變。賦末最後一段云：「嗚呼！君子之道，豈必全兮。全身遠害，亦或然兮。嗟子區區，獨為其難兮。雖不適中，要以為賢兮。夫我何悲，子所安兮。」句式全

仿屈原《九章・懷沙》之「亂曰」，故「嗚呼」一段，亦頗似「亂曰」。此賦無論內容或形式均可視爲騷體賦。〔註90〕宋・郎曄曾引晁无咎之言注此賦云：

> 公（指東坡）嘗言古爲文譬造室，賦之於文，譬丹刻其楹桷也，無之不害於爲室。故公之文常以用爲主，賦亦不皆放《離騷》，雖然，非不及騷之辭也。〔註91〕

无咎此言謂東坡之文以「用」、以「意」爲主，形式乃其餘事，不必刻意學步，可謂深得坡心。

（3）〈昆陽城賦〉

　　本賦爲一短賦，共 240 字，除少數七言句外，大部份爲六言句，兩句一韻，全首未換韻。但其中亦雜有散句。如：「紛紛籍籍死於溝壑者，不知其何人，或金章而玉珮。」又有騷體句式一組：「貢符獻瑞一朝而成群兮，紛就死之何怪。」前句多至十字，氣勢旺盛。其六言句句式整齊，大多未對，亦間有對偶者。東坡此賦，以直陳敍述，未用主客問答，又大多採用六言句式，可說源於騷體；但不用「兮」字，而句式又類於駢賦，極難歸屬，可說介於漢賦、騷賦與駢賦之間，若以徐師曾之分類而言，可稱之爲「古賦」。

　　今人曹明綱氏曾認爲漢・張衡之〈歸田賦〉以四或六言之整齊句式組成，不用兮字，可說是「辭賦」（即漢大賦）與騷賦之融合體，亦可謂魏晉駢賦之先驅。東坡此賦之形式頗類之。茲試各引一段比較如下：

張衡〈歸田賦〉

　　游都邑以永久，無明略以佐時，徒臨川以羨魚，俟河清乎

〔註90〕按朱熹《楚辭後語》即將東坡「嗚呼」以下一段稱之曰「亂」。又《九章・懷沙》之「亂曰」云：「浩浩沅湘，分流汨兮。脩路幽蔽，道遠忽兮。懷質抱情，獨無匹兮。伯樂既沒，驥焉程兮。……知死不可讓，願勿愛兮。明告君子，吾將以爲類兮。」（見《屈原集校注》頁1553）東坡頗采其句。

〔註91〕見《校正經進東坡文集事略》卷一，頁8，〈屈原廟賦〉題下注。

未期。感蔡子之慷慨，從唐生以決疑。諒天道之微昧，追
漁父以同嬉。超埃塵以遐逝，與世事乎長辭。〔註92〕

東坡〈昆陽城賦〉

淡平野之靄靄，忽孤城之如塊。風吹沙以蒼莽，悵樓櫓之
安在？橫門豁以四達，故道宛其未改。

張衡〈歸田賦〉以抒情為主，而東坡〈昆陽城賦〉則弔古並兼評古事，
已雜入議論，不惟可見坡賦之題材多樣，不拘形式，宋代文學大環境
之影響亦可見之。

（二）〈後杞菊賦〉

1. 編　年

此賦前有 141 字之長序，有云：

余仕宦十有九年，家日益貧，衣食之奉，殆不如昔者。及
移守膠西，意且一飽，而齋廚索然，不堪其憂。日與通守
劉君廷式，循古城廢圃，求杞菊食之，捫腹而笑。……作
〈後杞菊賦〉以自嘲，且解之云。

膠西，指密州。據諸家年譜，東坡於神宗熙寧七年自杭州通判移知密
州（山東諸城），年底到任。按宋・郎曄《經進東坡文集事略》注云：
「公以丁酉年登第（按指仁宗嘉祐二年）至乙卯（神宗熙寧八年），
恰十九年矣。」〔註93〕由東坡序文「余仕宦十有九年」及郎曄之言考
之，此賦作於熙寧八年無疑。又東坡〈超然臺記〉有云：

余自錢塘移守膠西，……始至之日，歲比不登，盜賊充斥；
而齋廚索然，日食杞菊，人固疑余之不樂也。處之期年，
而貌加豐，髮之白者，日以反黑。〔註94〕

東坡於熙寧七年十一月到密州，既云「處之期年」，則〈超然臺記〉
作於熙寧八年末，確然可信。就〈超然臺記〉觀之，〈後杞菊賦〉當
作於其前。宋・王宗稷《年譜》及傅藻《紀年錄》均謂作於是年。清・

〔註92〕以上曹明綱所云暨所引〈歸田賦〉，見所著《賦學概論》頁 102。
〔註93〕見該書卷一，頁 11，〈後杞菊賦〉「及移守膠西」句下注。
〔註94〕見《蘇軾文集》卷 11，頁 3510。

王文誥《總案》及孔凡禮《年譜》均謂作於是年秋季。總之，作於熙寧八年不誤，月份作於秋季，大抵可從。〔註95〕

2. 述　要

本賦序文長 141 字，賦之本文僅 178 字，約略相當。故其序文有相當重要性。東坡序文最主要表示者爲密州之窮困，太守尚食杞菊，何況百姓？而東坡在此環境之下，惟有超然物外，以求自安，故序中云「自嘲」、「解之」其意在此。此賦必與〈超然臺記〉並觀，方可得其深意。熙寧八年，正王安石行新法之時，加以密州蝗蟲成災，百姓困苦。東坡或有諷刺朝政之意，但用心純爲百姓，並非訕謗朝廷。惟此賦及〈超然臺記〉日後均成爲東坡涉入「烏臺詩案」證據之一，良可歎息。

本賦在形式上採用太守與客（暗藏）之問答方式，文中三言、四言、六言大多用駢句，而又雜有散句，駢偶、用事雖多，但氣脈流暢。東坡此賦實自韓愈〈進學解〉脫胎而出，但飛騰變化，簡鍊流動，私意以爲無論內容、形式均優於〈進學解〉。

（三）〈服胡麻賦〉

1. 編　年

本賦前有 167 字之長序，但其中未有作於任何年代之敍述，惟有「子由賦〈伏苓〉以示余，乃作〈服胡麻賦〉以答之」數句，可證明此賦係答子由而作。考《欒城集》卷十七，收子由賦八首，其中有〈服茯苓賦〉一首，序文有「年三十有二，官於宛丘，或憐而受之以道士服氣法，行之期年，二疾良愈」云云，雖未言出作賦時地，但子由於神宗熙寧三年三月爲陳州（宛丘）教授，序中既有「期年」字樣，故〈服伏苓賦〉必作於熙寧四年以後。

按王文誥《總案》曾考定〈服胡麻賦〉作於神宗元豐五年。《總

〔註95〕　《王譜》及《紀年錄》分見《蘇軾資料彙編‧下編》頁 1721、1751。
　　　　　《總案》見「熙寧八年」，頁 700；《孔譜》見卷 14，頁 3170。

－64－

案》云：

> 〈胡麻〉乃答子由〈伏苓〉者。復取《欒城集》〈伏苓賦〉
> 考之，兩賦兩敍皆不及作賦之地，而子由使遼已有〈伏苓
> 賦〉，故〈伏苓賦〉載在《前集》。《本集》（按指《東坡集》）
> 〈胡麻賦〉列〈赤壁〉兩賦前，始知子由作於筠州監酒時，
> 而答之於齊安（黃州）者，了無疑義。〔註96〕

考子由使遼，在哲宗元祐四年，契丹人既能誦其〈服茯苓賦〉，則此賦
自作於元祐四年之前。但是否如王文誥云作於元豐五年，則有待商榷。
現存《東坡七集》之《前集》、《後集》，大抵皆東坡生前手定，其篇章
次序亦大多依編年排列，故王文誥據東坡集之次序，考其撰作年代，自
屬合理。就本章第一節所列東坡賦作之次序，〈服胡麻賦〉係列於〈後
杞菊賦〉與〈赤壁賦〉之間；〈後杞菊賦〉作於熙寧八年（見前），〈赤
壁賦〉作於元豐五年（詳後），故〈服胡麻賦〉作於熙寧八年至元豐五
年間之六、七年均有可能。王文誥遽定於元豐五年，實嫌武斷。

　　王文誥僅知《東坡集》爲編年，未思及子由《欒城集》全由其親
手校訂，排序更爲精確。《欒城集》卷十七收子由賦八首，依序爲〈巫
山賦〉、〈屈原廟賦〉、〈缸硯賦〉、〈登眞興寺樓賦〉、〈超然臺賦〉、〈服
茯苓賦〉、〈墨竹賦〉、〈黃樓賦〉。〔註97〕由其次序觀察，〈服茯苓賦〉
應作於〈超然臺賦〉之後，〈墨竹賦〉與〈黃樓賦〉之前。按東坡於
熙寧八年末作超然臺，並作〈超然臺記〉；子由於同時作〈超然台賦〉。
而子由〈黃樓賦〉則作於元豐元年九月東坡守徐州時。故子由〈服伏
苓賦〉當作於其後之熙寧九、十年，或元豐元年。又考子由〈墨竹賦〉
係爲文同而作，文同卒於元豐二年正月，〈墨竹賦〉既排序於〈黃樓
賦〉前，依理度之，當作於元豐元年九月「黃樓」落成之前。

　　按東坡熙寧九年在密州任，子由時在齊州（山東濟南），兩人書
信、詩歌往來頻繁。是年十一月，子由離齊州赴京師，熙寧十年二月，

〔註96〕見《總案》卷42，頁1422，哲宗元符二年〈老饕賦〉下案語。
〔註97〕見《欒城集》卷17。（《蘇轍集》頁328～336）

東坡知徐州，赴徐時曾與子由會於京師，子由並陪同至徐，盤桓至八月方赴南都，兩兄弟相處約半年之久。此後仍書信、詩歌往來密切。

自以上東坡兄弟游踪考之，子由〈伏苓賦〉當作於熙寧九年東坡守密州時；或熙寧十年至元豐元年東坡守徐州時，但不遲於元豐元年九月作黃樓之後。故可知東坡所和之〈服胡麻賦〉亦當作於熙寧九年至元豐元年守密州或守徐州時，惟無法確考。王文誥繫〈服胡麻賦〉於元豐五年，不確。又今人孫民編於熙寧四年，東坡通判杭州，赴陳州與子由相聚時，蓋惑於子由賦序「年三十有二，官於宛丘」之言，而未深考。〔註98〕今人鍾來茵編於約熙寧九年，則差近於是。〔註99〕

2. 述　要

〈服胡麻賦〉，除序文外，全文共 250 字。除末四句「嗟此區區，何與於其間兮；譬之膏油，火之所傳而已耶？」係騷、散句式外，通篇仿屈原《九章·橘頌》體，如：「我夢羽人，頎而長兮。惠而告我，藥之良兮。喬松千尺，老不僵兮。流膏入土，龜蛇藏兮。得而食之，壽莫量兮。」云云。朱子頗稱賞此賦，以為其近於〈橘頌〉，故將之選入《楚辭後語》。

子由〈服茯苓賦〉記載自己因體弱多病，故服茯苓以養生。東坡答賦，亦就養生著筆，論茯苓並兼及胡麻（即脂麻、芝麻）之養生效用。惟東坡不改其好議論之本色，賦中亦言及若干哲理。

（四）〈快哉此風賦〉

1. 編　年

賦前有短序云：

　　時與吳彥律、舒堯文、鄭彥能各賦兩韻，子瞻作第一、第五。

據諸家年譜，東坡於神宗熙寧十年知徐州，四月到任。據《孔譜》，時李清臣為京東提點刑獄，置司徐州。《孔譜》引賀鑄《慶湖遺老詩集》

〔註98〕見所著《東坡賦譯注》頁 150。
〔註99〕見所著《蘇東坡三部曲》，頁 519。

卷二〈快哉亭・序〉云李清臣曾建亭徐州城東南隅城上，太守蘇軾命名曰「快哉亭」。又賦序所言及之三人，吳彥律（瑄）爲監徐州酒稅、舒堯文（煥）爲徐州教授、鄭彥能（僅）爲徐州戶曹。東坡編年詩熙寧十年、元豐元年在徐州與舒堯文唱酬有九首之多。又元豐元年春有〈送鄭戶曹〉詩二首，蓋送鄭彥能移赴大名府戶曹作。與吳彥律則未見有詩歌唱酬，惟《孔譜》據宋李昭玘《樂靜集》卷二十九〈吳彥律墓誌銘〉云：

> 嘗有郡太守，喜文士，登樓燕集，曰『快哉此風』，屬公聯賦，辭氣警拔，一座盡傾。

孔凡禮云：「郡太守乃蘇軾，作者寫此文時，黨禍猖獗，諱言之也。」按吳彥律卒於徽宗政和四年，正黨禍方熾之時，李昭玘言有所諱，孔氏之言有理。據《四庫全書總目》卷一五五《樂靜集》提要云：「昭玘元祐中擢進士……坐元符黨奪官……崇寧初編入黨籍……，早爲蘇軾所知，耳擩目染，具有典型。北宋之末，翹然爲一作者。」〔註100〕就以上觀之，昭玘於〈吳彥律墓誌銘〉所言東坡於徐州快哉亭聯賦〈快哉此風賦〉應可信。

　　前述東坡〈送鄭戶曹〉詩作於元豐元年春，鄭彥能已離徐，自無法聯賦。而東坡於去年（熙寧十年）四月到任，至八月徐州大水，十月以後水方漸退，東坡忙於治水，當無暇作聯賦。故就時、地、亭名、人物考之，〈快哉此風賦〉作於熙寧十年六、七月，大抵不誤。今人孫民及揚嘉仁均以元豐六年東坡謫黃州時，張偓佺曾於江邊建亭，亦由東坡命名之「快哉亭」爲證據，以爲此賦作於元豐六年，今就前引資料觀之，人物均不合，故特予釐正。〔註101〕

2. 述　要

　　按本賦爲一律賦，宋代律賦，照例八韻。今所見者僅東坡之第一

〔註100〕見《四庫全書總目》卷 155，集部別集類，《樂靜集》提要，頁1338。

〔註101〕孫民之言見《東坡賦譯注》頁 39；楊嘉仁之言見北京燕山出版社《蘇東坡全集》，頁 19，〈快哉此風賦〉下注。

及第五韻。其他三人之賦均已亡佚。故無法見出全貌。東坡所賦之二韻僅 108 字，且屬燕集聯賦之作，與其個人際遇心境無關，但亦可看出其若干思想、用事廣博及對偶之精妙。今具引以觀：

> 賢者之樂，快哉此風。雖庶民之不共，眷佳客以攸同。穆如其來，既偃小人之德；颯然而至，豈獨大王之雄？若夫鷁退宋都之上，雲飛泗水之湄。寥寥南郭，怒號於萬竅；颯颯東海，鼓舞於四維。固陋晉人一唉之小，笑玉川兩腋之卑。野馬相吹，摶羽毛於汗漫；應龍作處，作鱗甲以參差。

第一韻當是以「風」字爲韻。〔註 102〕除破題兩句外，對偶工整。第一韻提出君子之風可感化小人，又云雄風並非君王所獨享。可見出東坡頗重君子之情操，亦可看出對百姓之關切。第二韻題韻不詳，東坡連用八個「風之典故」表現出各種不同「風」之神態。在宴集聯賦之時，東坡能出語迅快，儷對工整，其才學洵令人欽佩。

（五）〈赤壁賦〉、〈後赤壁賦〉

1. 編　年

〈赤壁賦〉開首有：「壬戌之秋，七月既望，蘇子與客泛舟遊於赤壁之下。」云云。按壬戌爲神宗元豐五年，東坡正貶於黃州。賦文有「既望」二字，則本賦作於元豐五年七月十六日無疑。又〈後赤壁賦〉開首云：「是歲十月之望，步自雪堂，將歸于臨皋。」則後賦元豐五年十月十五日作於黃州無疑。兩賦撰作時間，恰相差三月。此二賦之編年清晰可辨，諸本皆無異說。

2. 述　要

（1）〈赤壁賦〉

此爲東坡賦作名篇，係典型之文賦。爲宋代文賦成熟作品之最佳代表。賦采用漢賦主客問答之方式，將傳統賦之體式靈活融入其中。

〔註102〕此賦序下本有「韻占風字爲韻，餘皆不錄」十字，孔本《蘇軾文集》於點校時據明・萬曆刊《重編東坡先生外集》刪去。見《文集》頁 30。

全賦就形式而言，有散句、有駢句、有騷體句，用韻自由，毫無拘束。就內容而言，有敍事、有寫景、有懷古、有抒情、有議論。最後借「水」與「月」之變與不變，悟出曠達之人生哲理，使貶謫之苦悶心情得以解脫。元・祝堯曾評〈赤壁賦〉等宋代文賦「是一片之文，但押幾個韻耳」，又謂〈赤壁賦〉「以文視之，誠非古今所及，若以賦論之，恐坊雷大使舞劍，終非本色。」〔註103〕祝堯論賦以復古為尚，不知賦亦因時代而有變化，宋代文體，喜好互相滲透，即所謂之「破體」，「以文為賦」正文學之流變使然。

（2）〈後赤壁賦〉

後賦亦采主客問答之方式，尚保有一些賦之基本形式。其中敍多景及東坡攝衣攀巖一段，多用駢句。祝堯對於其敍景一段極為稱讚，認為是「敍景物妙處」，蓋「賦體物而瀏亮」也（陸機〈文賦〉語）。但祝氏對於後賦之內容仍不甚許可。宋代文賦多雜議論，但此賦卻不著議論，反而由獨自登巖之悲恐心情轉歸於虛幻之夢境，借道士化鶴，曲折反映出超絕塵俗之心境，期望能解除貶謫之痛苦。

（六）〈復改科賦〉、〈通其變使民不倦賦〉、〈明君可與為忠言賦〉、〈三法求民情賦〉、〈六事廉為本賦〉、〈延和殿奏新樂賦〉

1. 編　年

〈復改科賦〉開首有句云：「新天子兮，繼體承乾；老相國兮，更張孰先？憫科場之積弊，復詩賦以求賢。」

按元豐八年三月神宗崩，哲宗即位，由英宗皇后高太后垂簾聽政，東坡漸次起用。東坡於元豐末召還京師後，自哲宗元祐元年至四年四月出知杭州前，均在京師。陸續任中書舍人、翰林學士、知制誥；元祐二年起，並兼侍讀。時司馬光為相，盡廢新法，即所謂「元祐更化」。原於熙寧新法所廢除之科考詩賦科，此時亦倡議恢復。東坡於是作〈復

〔註103〕見《古賦辯體》卷8「宋體」，頁8180。

改科賦〉，贊同此事。賦開首之「新天子兮」，指哲宗；「老相國兮」，指司馬光（光於元年二月拜相），故此賦作於元祐元年無疑，司馬光卒於本年九月，故此賦當作於九月之前。惟今人孫民及楊嘉仁均以爲元祐四年方正式恢復詩賦科，故認爲坡賦當作於元祐四年。〔註104〕考賦文最末四句云：

> 羽翼成商山之父，謳歌歸吾君之子。諫必行言必聽，此道
> 飄飄而復起。

按「羽翼」句用漢高祖太子以商山四皓爲輔，而成羽翼之故事，喻哲宗已有隱居多年之賢者司馬光輔佐，此句與開首之「老相國兮」互爲呼應。「謳歌」句「吾君」指神宗，「子」指哲宗，謂其將恢復詩賦科，必得士子之歌頌也，與前「新天子兮」相呼應。觀文意，司馬光應尚在相位，若至元祐四年，光已卒三年餘，賦中口氣不應如是。又玩賦末二句，司馬光應尚未卒，且詩賦科之恢復亦尚未實施。故孫民等謂作於元祐四年，不確。《孔譜》謂作於元祐元年，不誤。又《孔譜》引《宋史·哲宗紀》云詩賦科之正式恢復在元祐八年三月，則時間更後，若依孫民等之看法，則應作於八年方是，則更不合賦文之口氣矣。

前述之〈復改科賦〉爲一律賦；東坡集中，另與治道有關之律賦，尚有五篇，即〈通其變使民不倦賦〉、〈明君可與爲忠言賦〉、〈三法求民情賦〉、〈六事廉爲本賦〉及〈延和殿奏新樂賦〉。〈延和殿〉一賦，內容性質與前四賦不同，且編年清楚，詳後述。前四賦均與帝王施政之治道有關，但又無明確編年，今試考之。

元祐期間，東坡蒙宣仁高太后重用，曾於元祐二年八月至四年四月間兼侍讀；元祐六年三月，自知杭州回京，至八月出知潁州前，又兼侍讀；元祐七年八月，自知揚州召還，至八年八月出知定州前又兼侍讀。且自元祐初以來，自中書舍人、翰林學士、知制誥、端明殿學士、翰林侍讀學士、兵部尚書、禮部尚書等，不次擢用，極爲恩寵。

〔註104〕孫民之言見《東坡賦譯注》頁84；楊嘉仁之言見《蘇東坡全集》頁4。

宣仁太后嘗諭東坡：「直須盡心官家，以報先帝知遇」。〔註105〕而東坡自小「奮厲有當世志」，且又常欲「致君堯舜」，在元祐之數年，位高權重，又極爲接近皇帝，一生理想幾可獲實現，理應隨時進諫也。〔註106〕《宋史本傳》即云：

> 每進讀至治亂興衰、邪正得失之際，未嘗不反覆開導，冀有所啓悟。哲宗雖恭默不言，輒首肯之。嘗讀祖宗《寶訓》，因及時事，軾歷言今賞罰不明，善惡無所勸沮。……

按〈通其變使民不倦賦〉等四首賦均爲律賦，東坡幼年習作及科考之律賦今皆不存，細玩四賦內容亦不似科考口吻。考東坡一生，治平、熙寧年間在京時，身份尚低，作四賦勸諫之可能性不大。外任州郡及貶放其間，作賦之可能性更小。又就前述之〈復改科賦〉，可知元祐時期將再開詩賦科，所考者正爲律賦。東坡極力作此六篇律賦（含〈復改科賦〉及下述之〈延和殿奏新樂賦〉），當有推波助瀾之意。

　　由上觀之，此四首律賦，以理衡之，當作於元祐時期，惟自元祐二年至八年，東坡曾三任侍讀，作賦之確切年代無法考出，諸家年譜對此四賦亦均無考。惟今人孫民、楊嘉仁及楊勝寬與私意相合，或英

〔註105〕　按《孔譜》頁826「元祐三年」條，引宋・王鞏《隨手雜錄》記載宣仁太后曾召東坡夜談，賜坐喫茶，云當年神宗極稱賞東坡事；又記載宣仁諭知東坡：「內翰！內翰！直須盡心官家，以報先帝知遇」，東坡爲之感泣事；又記宣仁撤金蓮燭送東坡歸院等事。王鞏與東坡極爲友善，謂以上事皆東坡親語，故《隨手雜錄》所記當爲可信。《宋史》本傳亦將此等事節引入傳，可參閱。

〔註106〕　「奮厲」句見蘇轍撰東坡《墓誌銘》。又東坡「致君堯舜」之意念自小有之，且一生不衰。自其熙寧七年赴密州寄子由之〈沁園春〉詞即可看出，詞有句云：「當時共客長安。似二陸初來俱少年。有筆頭千字，胸中萬卷，致君堯舜，此事何難！」。東坡當時因新法故外放密州，故於詞中自述無奈心境，但此等心思，應爲其一生之理想。今人曹樹銘評〈沁園春〉詞云：「東坡詞中有我，有眞性情，眞面目，一生壯志盡於此矣！」，曹氏之言甚是。（〈沁園春〉詞及曹氏之言，見所編《蘇東坡詞》頁149）。

雄所見略同，今四賦姑均暫繫於元祐年間。〔註107〕

　　東坡元祐年間尚有另一篇律賦，即〈延和殿奏新樂賦〉，賦開首有句云：

> 皇帝踐祚之三載也，治道旁達，王功告成。御延和之高拱，奏元祐之新聲。

此賦既有「元祐」及「皇帝踐祚之三載也」之言，作於元祐三年無疑。按東坡〈跋進士題目後〉一文云：

> 元祐三年十二月二十八日，上御延和殿，奏端明殿學士范鎮所進新樂，自太中大夫待制以上皆侍。時西夏方遣使款延州塞，而邊臣方持其議，相與往返未決也。故進士作〈延和殿奏新樂賦〉、〈款塞來享詩〉云。翰林學士蘇軾記。〔註108〕

據東坡文可知，此賦係因范鎮奏新樂而作者。又東坡同時亦作有〈款塞來享〉詩。《宋史‧樂志》亦載有范鎮進新樂事。〔註109〕

2. 述　要

　　前述五賦，均為律賦，且大多與治道有關。〈復改科賦〉無題韻，不知是否散佚。此賦通篇論以詩賦掄才之必要，且對王安石新制科舉及養士之三舍法提出批評，可視為東坡對科考之見解。〈通其變使民不倦賦〉題韻為「通物之變，民用無倦」，言施政貴變通，不可泥古。〈明君可與為忠言賦〉題韻為「明則知遠，能受忠告」，旨在闡述君明臣忠之理，措辭懇切，當為哲宗而發。〈三法求民情賦〉題韻為「王用三法，斷明得中」，主張獄政要寬減刑法，且須公正、清明。〈六事廉為本賦〉題韻為「先聖之貴，廉也如此」，主要係強調政府官員之施政皆要以「廉」為根本，賦中「功廢於貪，行成於廉」兩句是其主

〔註107〕　分見孫民《東坡賦譯注》、楊嘉仁《蘇東坡全集》各賦下注語，及楊勝寬〈筆勢彷彿離騷經～東坡賦考論〉一文。

〔註108〕　見《蘇軾文集》卷66「題跋」，頁2069。

〔註109〕　〈款塞來享〉詩見《蘇軾詩集》卷30，頁1615。《宋史‧樂志》見同卷〈范景仁和賜酒燭詩復次韻謝之〉詩，題下查慎行注引。查注又引《東都事略‧范鎮傳》詳述范鎮定樂事，可參閱。

意。以上各賦均可見東坡之惓惓忠心。惜後來哲宗親政後，不能體悟東坡之心，以致造成黨禍傾軋，國事陵夷，良可浩歎！至於〈延和殿奏新樂賦〉題韻爲「成德之老，來奏新樂」，通篇頌揚帝王之正雅樂，並稱美范鎭，應爲觀樂後奉敕所作，可謂「潤色鴻業」之作品，全篇與東坡之心境、思想無關。

（七）〈黠鼠賦〉

1. 編　年

本賦中有句云：

> 人能碎千金之璧，不能無失聲於破釜；能搏猛虎，不能無變色於蜂蠆。

按宋・王宗稷《東坡先生年譜》「慶曆五年」條云：

> 秦少章言東坡十來歲，老蘇曾今作〈夏侯太初論〉，有「人能碎千金之璧，不能無失聲於破釜；能搏猛虎，不能無變色於蜂蠆」之語。老蘇愛此論，年少所作故不傳。

又宋・吳曾《能改齋漫錄》卷八及吳开《優古堂詩話》均有類似之記載，且均云係東坡十歲所作。（慶曆五年，東坡正十歲）。又東坡於熙寧十年所作之〈顏樂亭〉詩，前有序云：「古之觀人也，必於小者觀之，大者容有僞焉。人能碎千金之璧，不能無失聲於破釜；能搏猛虎，不能無變色於蜂蠆。」〔註110〕

　　「人能」四句，或係蘇洵稱賞喜愛，故東坡終生記之。因此四句爲東坡約十歲時所作〈夏侯太初論〉中之語句，故諸多人因〈黠鼠賦〉中亦有此四句，遂不加詳考，均以爲〈黠鼠賦〉亦作於十餘歲左右。今人孫民注東坡賦即主此說，並採今人劉少泉之說法，引蘇籀《欒城遺言》謂東坡幼年曾作〈卻鼠刀銘〉，故旁證〈黠鼠賦〉亦作於約十

〔註110〕以上王宗稷《東坡先生年譜》見《蘇軾資料彙編・下編》頁1714。《能改齋漫錄》、《優古堂詩話》據《蘇軾佚文彙編》卷一〈夏侯太初論〉孔凡禮注語，頁2417。東坡〈顏樂亭〉詩序見《蘇軾詩集》卷15，頁776。

一歲時。若依此理，東坡熙寧十年（四十二歲）時作〈顏樂亭〉詩，序文亦有此四句，是否亦可證明該〈黠鼠賦〉作於熙寧十年？此均未詳考之故。

按宋・葉夢得《避暑錄話》卷下有云：

> 晏元獻為參知政事，仁宗親政，與同列皆罷知亳州；亳州有摘其為〈章懿太后墓誌〉，不言帝所生以自結者，然亦不免俱去。一日游渦水，見蛙有躍登木捕蟬者，既得之口，不能容，乃相與墜地，遂作〈蜩蛙賦〉云云。歐陽文忠滁州之貶，作〈憎蠅賦〉，晚以濮廟事，亦厭言者屢困不已，又作〈憎蚊賦〉。蘇子瞻揚州題詩之謗，作〈黠鼠賦〉，皆不能無芥蒂于中而發于言，欲茹之不可，故惟知道者能為忘心。〔註111〕

葉夢得所謂東坡「揚州題詩之謗」，謂元豐七年東坡自黃州量移汝州團練副使途中，元豐八年正月在南都（河南商丘）得神宗旨，允居常州，遂自南都南返常州，五月一日過揚州竹西寺時，自覺可脫離貶謫流放之生活，得歸田園（東坡於常州之宜興有田），心中欣喜，於是作〈歸宜興留題竹西寺三首〉云：

> 十年歸夢寄西風，此去真為田舍翁。剩覓蜀岡新井水，要攜鄉味過江東。

> 道人勸飲雞蘇水，童子能煎鶯粟湯，暫借藤牀與瓦枕，莫教辜負竹風涼。

> 此生已覺都無事，今歲仍逢大有年，山寺歸來聞好語，野花啼鳥亦欣然。〔註112〕

王文誥云：「公流竄七年，至是喘息稍定，勢不能無欣幸之意，此三詩皆發於情之正也。」王說甚是。其第三首之「山寺」一聯，據東坡元祐六年八月八日所寫之〈辨題詩箚子〉云，係百姓聞哲宗即位（按神宗於是年三月崩），謳歌歡喜，而坡亦聞之欣喜，故有此二句。東

〔註111〕據《四庫全書》本，子部雜家類雜說之屬。
〔註112〕見《蘇軾詩集》卷25，頁1346。

坡當時自覺可歸耕田園，時淮浙又大熟，復聞百姓歌頌「新少年官家」
故喜而賦詩，並題詩於壁。〔註 113〕不料時隔六年，竟被人誣爲有欣
幸神宗上仙之意，無人臣之禮。欲仿當年李定、舒亶等人興「烏臺詩
案」之例，彈奏東坡。終至掀起一大波瀾，此即葉夢得所謂之「揚州
題詩之謗」。

　　按東坡於元祐初回京後，與子由二人不次擢用，本已召人嫉妒。
後因司馬光喪禮事又得罪程頤、朱光庭等，造成洛、蜀之爭。元祐四年
劉摯爲相，東坡論事常直言，爲劉摯所恨，遂攻之不已，又形成朔、蜀
之爭。東坡爲避其鋒，曾外放杭州。元祐六年東坡還朝，劉摯乃唆使侍
御史賈易、御史中丞趙君錫等以〈竹西寺〉詩之第三首，誣劾東坡，謂
其昔在揚州，聞神宗厭代，欣喜不已，乃作是詩，欲因此興起大獄。幸
宣仁高太后最後裁決題詩事爲誣謗，方平息此事。東坡經此案後，畏懼
黨爭，乃迭乞外郡，遂於元祐六年八月知潁州。如非宣仁太后之明智，
東坡恐又將涉入一與「烏臺詩案」一般之「竹西詩案」也。

　　據前引葉夢得《避暑錄話》所云，昔年晏殊、歐陽脩與東坡三人，
皆因小人之摘章析句而遭謗，且均作動物類之詠物賦以自明。雖夢得
評三人心中皆有芥蒂而發于言，尚不能稱「知道者」，但東坡〈黠鼠
賦〉作於此時應可信。

　　按葉夢得小於東坡約四十歲，徽宗時在朝，當南、北宋之間，與
東坡子蘇迨、蘇過有往來。《四庫提要》謂其「在南渡之初，歸然耆
宿，……通悉古今，所論著多有根柢。惟本爲蔡京門客，不免以門戶
之故，多陰抑元祐而曲解紹聖。……然終怵於公論，隱約其文，尚不
似陳善《捫蝨新話》顛倒是非，黨邪醜正，一概肆其狂詆。其所收錄，

<hr>

〔註 113〕〈辨題詩箚子〉見《蘇軾文集》卷 33，頁 937。箚子中敍揚州題
　　　　詩始末甚詳，可參閱。箚子末云：「君錫等輒敢挾詞，公然誣罔。
　　　　伏乞付外施行，稍正國法。所貴今後臣子，不爲仇人無故加以
　　　　惡逆之罪。」可見東坡當時之激憤。又《避暑錄話》卷上亦有
　　　　辯證，可參看。

亦多足考證，而裨見聞。」〔註114〕

　　故夢得既與東坡時代相近，且對見聞之收錄有其根據，其既云東坡〈黠鼠賦〉作於元祐六年遭題詩之謗時，當可信。

　　〈黠鼠賦〉之形式全仿歐陽脩〈秋聲賦〉，賦中自稱「蘇子」又有一「童子」，賦中二人展開對黠鼠之對話，一眼即可看出模仿〈秋聲賦〉之痕跡。歐公〈秋聲賦〉作於仁宗嘉祐四年，東坡時年二十四，以意度之，此賦當作於二十四歲之後。故作於十餘歲之可能性極小，特述此以作旁證。

　　今人李博認為〈黠鼠賦〉作於嶺海時期；楊勝寬認為作於黃州時期，均屬臆度，無據。陳韻竹認為作於元祐間，雖未言年代，大抵不誤。孔凡禮及曾棗莊則明言作於元祐六年竹西詩謗時，正與私意相合〔註115〕〈黠鼠賦〉經本論文考證後，作年確切，當可一斷葛藤，盡釋諸疑。

2. 述　要

　　〈黠鼠賦〉為一僅287字之短篇文賦，以寓言之體裁、賦體主客問答之型態，借「蘇子」與「童子」之對話，由佯死逃走之狡猾老鼠，使萬物最智之人類亦墮其計中，引出人宜專一之哲理。實暗喻卑鄙鼠輩小人之防不勝防，吾人不宜疏於防範。當時劉摯、賈易等人，權勢極大，東坡故借寓言之方式，將主意深藏其中，實亦無奈。葉夢得謂

〔註114〕見《四庫全書總目》卷121《暑錄錄話》提要，頁1041。
〔註115〕孔凡禮之言見《孔譜》卷30，頁991。曾棗莊氏有〈蘇軾點鼠賦作年辨證〉一文，刊於《藝文志》第三輯，惟該文無緣得見。但其於1991年與曾弢合編之《蘇軾詩文詞選譯》（四川巴蜀書社出版）於〈點鼠賦〉注云：「有人說這篇賦是蘇軾少年之作，不對。葉夢得《避暑錄話》卷下說：『蘇子瞻揚州題詩之謗，作〈點鼠賦〉』揚州題詩之謗，指元祐六年（1019）政敵攻擊蘇軾的〈歸宜興留題竹西寺〉詩是慶幸神宗去世，這時蘇軾已五十六歲，以文中自稱蘇子，並有童子使喚。弄清這篇賦的背景，才能懂得它的主旨。」（見頁295）由此可見，曾氏亦主此賦作於元祐六年。

其「不能無芥蒂于中而發于言」，應屬實情。本篇為極少見之寓言賦，對賦體文學題材之開拓有其意義。

（八）〈秋陽賦〉、〈洞庭春色賦〉

1. 編　年

〈秋陽賦〉開首云；「越王之孫，有賢公子，宅於不土之里，而詠無言之詩。」又〈洞庭春色賦〉前小序云：「安定郡王以黃柑釀酒，名之曰『洞庭春色』。其猶子德麟得之以餉予，戲作賦。」

按郎曄《經進東坡文集事略》〈秋陽賦〉題下注引晁補之之言云：「〈秋陽賦〉者，蘇公之所作也。或曰，越王孫者，蓋趙令時，學於公，恭儉如寒士，有文義慷慨，……令時乃世曼之子。」郎曄又於「宅於不土之里」二句下引王直方《詩文發源》云：「東坡為令時德麟作〈秋陽賦〉云：『越王之孫有賢公子，宅於不土之里，而詠無言之詩』蓋為「時」字也。坡云：『只教人別處偷使不得。』」〔註116〕

由上可知，東坡〈秋陽賦〉乃為趙令時作，賦文開首之「宅於不土之里」暗寓「田」字；「而詠無言之詩」暗寓「寺」字，合之乃「時」也。東坡於元祐六年出知潁州，時趙令時為「簽書潁州節度判官廳公事」，為東坡之幕僚，東坡始與遊。東坡所作之〈趙德麟字說〉一文云：「元祐六年，予自禁中出守汝南（按指潁州），始與越王之孫、華原公之子簽書君令時遊。」〔註117〕可以為證。

東坡在潁約半年即移知揚州，惟與令時詩酒流連，唱和頗多，東坡編年詩中歷歷可考。令時為宗室，但才德兼備，東坡甚為賞識，並將令時原字「景貺」改為「德麟」，認為令時有麟之德與形，乃宋帝之「獲麟」也，有薦舉之意。後東坡數上書推薦令時，令時終能為時所用。〈秋陽賦〉中借貴公子與東坡居士之對話，隱喻貴族宜知民間

〔註116〕見《校正經進東坡文集事略》頁15。
〔註117〕〈趙德麟字說〉見《蘇軾文集》卷10，頁336。又卷34，頁956，有〈薦宗室令時狀〉敍令時事頗詳。

疾苦，東坡對令時之寄望深矣。據前諸說考之，〈秋陽賦〉作於元祐六年東坡知潁州時，了無疑義。〔註118〕

　　令時爲安定郡王之猶子（兄弟之子），令時曾將安定郡王所釀之「洞庭春色酒」餉東坡，東坡曾賦〈洞庭春色〉詩以答之，詩序云：

　　　　安定郡王以黃甘釀酒，謂之「洞庭春色」，色香味三絕。以

　　　　餉其猶子德麟，德麟以飲余，爲作此詩。〔註119〕

此序文與〈洞庭春色賦〉前序文大同小異，蓋同時所作，均作於元祐六年。

　　綜上合觀，〈秋陽〉、〈洞庭〉二賦均作於東坡元祐六年知潁州時；因東坡元祐七年二月得移揚州除命，三月即離潁赴揚，時間短促，故作於元祐七年可能性較小。《總案》、《孔譜》均繫二賦於元祐六年十一月左右，可從。

2. 述　要

（1）〈秋陽賦〉

　　本賦採貴公子與東坡居士主客問答之四段對話組成，全賦韻散夾雜；韻文多用駢句，賦中鋪述夏潦淫雨一段，多用四、六句式。全賦502字，爲東坡賦較長之作品。就形式而言，極似具體而微之漢代《子虛》、《上林》等大賦。故今人王水照將之歸類爲「辭賦」（按即漢代「設辭問答，韻散配合」之大賦）。〔註120〕廣義言之，此賦實可歸於宋代之文賦，惟不似《赤壁》二賦之散化。本賦主要借主與客之對話，闡明貴族養尊處優，並不能眞正了解民間疾苦。百姓經過潦雨水災之困窮，才眞正知道秋陽之可喜。本賦其實係東坡對於廣大農民之關懷，有積極之意義。

〔註118〕宋・魏了翁《鶴山題跋》亦云：「趙德麟始以僚屬受知於蘇公，有〈字說〉與〈秋陽〉、〈春色〉二賦，世之賢德麟者以此。」（據《總案》頁1176引）

〔註119〕詩及序文見《蘇軾詩集》卷34，頁1835。

〔註120〕有關「辭賦」之種種，可參閱曹明綱《賦學概論》頁65～85。

（2）〈洞庭春色賦〉

本賦共 280 字，主要由六言句組成，另雜有部份四言句，亦有二句騷體句式：「嫋嫋兮秋風，泛天宇兮清閒」。前後則均爲押韻之散句。四、六言句式中駢句亦多。本賦可謂介於漢賦、騷賦、駢賦之間，與前述〈昆陽城賦〉相似，可歸之於「古賦」一類。此賦可見東坡對傳統賦體，融合新舊，創新形式之一斑。

本賦既爲「酒」而作，則自以酒爲主體，除鋪寫「洞庭春色酒」之特異以及稱美安定郡王外，並借飲酒後神游千載八荒之夢境，作夸張荒誕之聯想。全賦鋪寫華麗，用典眾多，可見東坡才氣。通篇詼諧幽默，實有借酒以寓人生如夢之曠達思想。此賦據東坡與趙令時簡云：「甘釀佳貺，輒踐前言，作賦，可轉呈安定否？」〔註121〕可知爲一篇應酬賦，且因須呈安定郡王，賦中自不宜作過多有關個人心境之描述。

（九）〈酒隱賦〉

1. 編　年

賦前有序，惟不易考其所作時地，序文云：

> 鳳山之陽，有逸人焉，以酒自晦。久之，士大夫知其名，謂之酒隱君，目其居曰酒隱堂，從而歌詠者不可勝紀。隱者患其名之著也，於是投迹仕途，即以混世，官於合肥郡之舒城。嘗與遊，因與作賦，歸書其堂云。

本賦有數位學者曾考證撰作之年代，茲臚列之：

◎孫民云：「此賦大約寫于元豐三年至元豐七年之間，作者貶居黃州。……鳳山，又名「鳳棲山」，位於今湖北鄂城縣東與大冶縣交界處。」（見《東坡賦譯注》）

◎楊嘉仁云：「有說（按指孫民）此賦作于元豐三～七年間，東坡謫居黃州之時。但敍中已言：『酒隱君患其名之著而投迹仕

〔註121〕見《蘇軾文集》卷 52〈與趙德麟十七首〉之第十六簡，頁 1548。

途，官于合肥郡之舒城。』那末，東坡『嘗與之遊』，即使在隱於鳳山時期，而作賦之時，則必在其出仕舒城以後。因此更可能是元祐六年東坡知潁州（今安徽阜陽）任上。繫年尚待深考。」（見《蘇東坡全集》賦注部份）

◎鍾來茵云：「這篇賦，從全文來看，是蘇軾作潁州知州時的作品。此鳳山，當在潁州附近，靠近今安徽合肥。」（見《蘇東坡三部曲》）

◎楊勝寬云：「嶺海時作」（見〈筆勢彷彿離騷經——東坡賦考論〉）

〔註122〕

經查考《中文大辭典》，中國有多處「鳳山」，去除與東坡行跡無關者，東坡能得知酒隱君其人，有三處可能。其一即孫民所謂黃州附近之鳳棲山。惟賦序既有官舒城字樣，並且「嘗與游，因與作賦，歸書其堂云」，則賦必作於東坡赴舒城與之會面後，而東坡謫黃，視同流放，且有地方郡守監管，自黃州赴舒城，路途不近，可能性不大。上引楊嘉仁之言，言之有理。

此外，杭州附近，今浙江海寧亦有鳳山。按東坡曾二次至杭，一為熙寧四至七年作杭州通判時，可能得見酒隱君；一為元祐四至六年任杭州知州之年餘間，亦可能得見其人。熙寧年間，東坡仕宦經歷尚少，就賦作內容之隱遁思想考之，作賦可能性不大。元祐在杭時，已歷過烏臺詩案及京中洛、蜀黨爭，或有不如歸去之歎，惟是否曾赴舒城，不見紀錄，此賦是否當時所作，亦無法確定。

又定州附近，今河北井陘縣亦有鳳山；東坡元祐八年至紹聖元年曾出知定州約半年，或於此處得見酒隱君；惟東坡不久即南遷嶺南，即或後來得知酒隱君官於合肥，亦無由往見，若賦作於嶺南，又何能「歸書其堂」？前引楊勝寬云，東坡此賦作於「嶺海時」，並未見提

〔註122〕以上分見《東坡賦譯注》頁 24；《蘇東坡全集》頁 50；《蘇東坡三部曲》頁 249。

出任何證據。私意以爲，東坡南貶，形同流放，較黃州更爲偏遠，已無所謂「在官隱居」之問題，此時心境與元祐外放杭、潁亦大不相同，就賦意考之，撰作可能性不大。

　　按東坡元祐六、七年間在潁州（安徽阜陽）約半年，離舒城較近，或思及昔日於鳳山（黃州或杭州）所見之人，而前往游焉而作賦，亦有可能。東坡於元祐間雖獲重用，惟涉於洛、朔、蜀黨之爭，先後出知杭、潁兩州；復加「烏臺詩案」曾有之慘痛經驗，雖不得不爲官，惟隱遁之思想應相當強烈。元祐三年東坡在京時，黃山谷曾爲作〈蘇李畫枯木道士賦〉有「東坡先生佩玉而心若槁木，立朝而意在東山」之言，〔註123〕可見東坡雖在朝，但心中隱逸之念甚濃。元祐四年在知杭州任時，曾以小楷自書陶淵明〈歸去來兮辭〉，並集歸去來辭字十詩，並隱括〈歸去來兮辭〉爲〈哨遍〉。〔註124〕東坡此時雖尚未開始「和陶」之作，然似早已有「歸去來兮」之意。

　　故私意以爲〈酒隱賦〉作於元祐六、七年知潁州之可能性頗大，亦有可能作於元祐四、五年知杭州時。前引楊嘉仁及鍾來茵謂作於潁州，雖證據不足，可以參考。又按賦類作品本即有所謂假設問答之作法，故〈酒隱賦〉序文之「鳳山」、「酒隱君」云云，可能均爲假託，東坡蓋借以表達心境而已。且賦之遠源與隱語有關，東坡或將其思想藏於其中。鍾來茵氏即云：

> 〈酒隱賦〉歌頌了「酒隱君」。「酒隱君」是誰？實在是潁州太守蘇東坡自己。鳳山之陽、合肥舒城，都是文人狡獪文筆罷了！〔註125〕

鍾氏之言可供參考。此賦之確切寫作年代，實難詳考。惟作於元祐杭、潁時期，大抵可從。姑暫編此數年間，留俟深考。

〔註123〕見《黃文節公全集》正集卷12。（四川大學校點本《黃庭堅全集》頁298）

〔註124〕見〈自書歸去來兮辭及自作後〉及孔凡禮注語，《蘇軾佚文彙編》卷六，「題跋」，頁2571。

〔註125〕見《蘇東坡三部曲》，頁249。（上海文匯出版社）

2. 述　要

本賦有若干散句，其他大多以四、六言句組成，大部份儷對工整。賦中以「且曰」、「至於」、「與夫」、「於是」、「若乃」等領出各段。全賦僅 232 字，極似六朝小賦，流暢而不刻板，本賦可以駢賦視之。

本賦內容敍及建功立業而不知隱退者，皆有兔死狗烹之下場；而隱居不仕以求美名，或借酒排泄鬱悶者，皆非賢者。眞正之隱者，不在隱居之形式，而在於心中眞能返璞歸眞。此賦曲折表示出東坡內心厭世求隱之心態，後東坡於惠、儋時大量作和陶詩，此時已可窺其端倪。

（十）〈中山松醪賦〉

1. 編　年

中山，即定州，定州戰國時爲中山國，故云。東坡於元祐八年九月貶知定州，時有〈東府雨中別子由〉詩云：「去年秋雨時，我自廣陵歸；今年中山去，白首歸無期。」〔註 126〕東坡於元祐七年八月自揚州（廣陵）召還，八年九月出知定州（中山），故詩云如此。

又東坡〈書松醪賦後〉云：

> 予在資善堂，與吳傳正爲世外之遊。及將赴中山，傳正贈予張遇易水供堂墨一丸而別。紹聖元年閏四月十五日，予赴英州，過韋城，而傳正之甥歐陽思仲在焉，相與談傳正高風，歎息久之。予嘗作〈洞庭春色賦〉，傳正獨愛重之，求予親書其本。近又作〈中山松醪賦〉，不減前作，獨恨傳正未見。乃……錄本以授思仲，使面授傳正，且祝深藏之。〔註 127〕

又東坡〈自跋洞庭春色賦、中山松醪賦〉云：

> 始，安定郡王以黃柑釀酒，命之曰「洞庭春色」。其猶子德麟，得之以餉余，戲爲作賦。後余爲中山守，以松節釀酒，

〔註 126〕見《蘇軾詩集》卷 27，頁 1992。
〔註 127〕見《蘇軾文集》卷 66，「題跋」，頁 2071。

復爲賦之。以其事同而文類，故錄爲一卷。紹聖元年閏四
月廿一日，將適嶺表，遇大雨，留襄邑，書此。東坡居士
記。〔註128〕

又《經進東坡文集事略》，郎曄注引晁補之之言云：

松醪賦者，蘇公之所作也。公帥定武，飭廚傳，斷松節以
釀酒，云飲之愈風扶衰。〔註129〕

按東坡自元祐八年九月出知定州，約十月底到任。次年（本元祐九年，
四月十二日改紹聖元年）四月初即責知英州，在定州不及半年。據前引
資料合觀，〈中山松醪賦〉應此段時間作於定州無疑。宋・王宗稷《年
譜》謂作於元祐八年歲末；清・王文誥《總案》從之。宋・傅藻《紀年
錄》則謂作於紹聖元年二月二十三日。蓋據《金石續編》卷十六著錄此
賦之末云「元祐九年二月二十三日，中山雪浪齋書」所定。

　　按此賦實際作於何時無法詳考，惟作於元祐八年末至九年（紹聖
元年）二、三月間，大抵不誤。

2. 述　要

　　本賦無序，全賦共 307 字，除少數散句外，大多以六字句組成，
通首一韻，有少量駢句。可謂省去「兮」字之變體騷賦，與前〈洞庭
春色賦〉相類，可屬古賦。

　　本賦表面敍述以松木製酒，以及該松醪酒之功用。其實暗喻松木
本爲建大廈之材料，或燒之以照明，或以之製酒，均爲大材小用，替
松木惋惜。故賦中云「豈千歲之妙質，而死斤斧於鴻毛」；又云「嗟
構廈其已遠，尙藥石而可曹」，嗟歎深矣。東坡以犖犖大才，出守定
州，而朝中卻小人充斥，本賦實有自況自歎之意。

（十一）海外五賦

　　東坡於紹聖元年四月自定州貶知英州，六月，於赴英州途中又以
譏斥先朝罪名，再貶寧遠軍節度副使、惠州安置，於十月到貶所，在

〔註128〕見《蘇軾佚文彙編》卷 5「題跋」，頁 2547。
〔註129〕見《校正經進東坡文集事略》卷 2，頁 21。

惠州約二年半。紹聖四年又再貶瓊州別駕、昌化軍安置。東坡於六月渡海，七月至儋州貶所，在儋約三年，至元符三年五月方北歸。東坡於嶺海時期，賦作頗多，捨辭體之〈和歸去來分辭〉不計，賦尚有六篇之多，其名稱爲：〈酒子賦〉、〈沉香山子賦〉、〈天慶觀乳泉賦〉、〈老饕賦〉、〈菜羹賦〉、〈濁醪有妙理賦〉。

按宋・何薳《春渚紀聞》卷六「翰墨之富」條云：

> 先生（指東坡）翰墨之妙，既經崇寧、大觀焚毀之餘，人間所藏，蓋一、二數也。……紹興之初，余於中貴任源家見其所藏幾三百軸，最佳者有徑寸字書〈宸奎閣記〉、行書〈南遷乞乘舟表〉與〈酒子賦〉。又於先生諸孫處見海外五賦，字皆如〈醉翁亭記〉而加老放。〔註130〕

據《四庫提要》云，何薳父以東坡薦得官，故《春渚紀聞》記東坡事特詳，其卷六即有《東坡事實》一卷。何薳既云「海外五賦」；海外，指儋州，則儋耳所作應有此數。王文誥《總案》及《孔譜》對海外五賦皆有考辨，惟兩人說法不同。茲先引以觀。

王文誥《總案》於「元符二年」〈老饕賦〉下案語云：

> 海外所作賦確然可見者，〈沉香山子賦〉、〈天慶觀乳泉賦〉、〈酒子賦〉三篇也。及閱何薳所記，始知海外五賦，而薳則親見家藏手蹟，其言可信。因悉取本集諸賦考之，檢出〈胡麻〉、〈菜羹〉、〈老饕〉三賦皆似海外作，而此賦（按指〈老饕賦〉）有「瓊艘」爲證（按指〈老饕賦〉「倒一缸之雪乳，列百栀之瓊艘」兩句）。復又檢出餘二賦，以〈菜羹〉爲尤近。而〈胡麻〉乃答子由〈伏苓〉者。…《本集》（按指〈東坡集〉）〈胡麻賦〉列〈赤壁〉兩賦前，始知子由作於筠州監酒時，公答之於齊安（黃州）者，了無疑義。又《本集》目錄〈老饕賦〉與四賦類載一處，亦海外五賦之一證也。〔註131〕

〔註130〕據《蘇軾資料彙編・上編》，頁159。
〔註131〕見《總案》「元符二年」，頁1422。

王文誥所云之海外五賦爲〈沉香山子賦〉、〈天慶觀乳泉賦〉、〈酒子賦〉、〈老饕賦〉、〈菜羹賦〉。其將〈服胡麻賦〉屏於海外五賦之外，甚爲正確，惟編於黃州仍誤，考辯已見前述。又東坡尚有一首〈濁醪有妙理賦〉，王文誥則均未提及，《總案》亦未見編年，不知何故遺佚。

孔凡禮《年譜》亦有述及海外五賦，「元符三年」云：

在儋，嘗作〈老饕賦〉、〈濁醪有妙理賦〉等五賦。《文集》卷一〈老饕賦〉云：「列百枙之瓊艘」，爲海外作。《冷齋夜話》卷一〈鳳翔壁上題詩〉謂〈濁醪有妙理賦〉乃海上作。《春渚紀聞》卷六〈翰墨之富〉：「於先生諸孫處，見海外五賦。」其他三賦爲〈沉香山子〉、〈天慶觀乳泉〉、〈酒子〉前已敍。〔註132〕

由上可知，孔凡禮所云之海外五賦爲：〈沉香山子賦〉、〈天慶觀乳泉賦〉、〈酒子賦〉、〈老饕賦〉、〈濁醪有妙理賦〉。而另一首〈菜羹賦〉則未言及。惟《孔譜》於「元符元年」有云：

〈菜羹賦〉或爲今年作。與友人簡謂視蘇武啖氈、食鼠爲太靡麗，或亦今年作，賦見《文集》卷一，敍菜羹有自然之味，可常享。簡見《佚文彙編》卷四，旨意有同處。〔註133〕

孔氏既云〈菜羹賦〉或元符元年作，則是有「海外六賦」矣。《孔譜》不詳考〈菜羹賦〉，與王文誥視〈濁醪有妙理賦〉一賦如不見，皆有缺失。二人所謂之海外五賦又有異同，實應將各賦再予詳考。茲試述如下：

（1）〈沉香山子賦〉

此賦題下有東坡自注云：「子由生日作。」賦文中亦有句云：「往壽子之生朝，以寫我之老勸。」此賦子由有和賦，〈和子瞻沉香山子賦〉序文云：

仲春中休，子由於是始生。東坡老人居於海南，以沉水香山遺之，示之以賦，曰：「以爲子壽」，乃和而復之。〔註134〕

〔註132〕見《孔譜》卷39，頁1333。

〔註133〕見《孔譜》卷39，頁1302。

〔註134〕見《欒城後集》卷5，（《蘇轍集》頁941）。

故知東坡此賦乃賀子由生日作。子由賦中又云：「我生斯晨，閱歲六十。」又云：「失足隕墜，南海之北。」考《蘇轍年譜》，子由六十歲為元符元年，正貶於雷州，故云「南海之北」。可知蘇轍和作於元符元年，而東坡賀賦亦必作於是年。前引子由序文有「東坡老人居於海南」之句，東坡賦中又有「矧儋崖之異產，實超然而不群」及「蓋非獨以飲東坡之壽，亦所以食黎人之芹也」等句，均可證明東坡時正貶於儋州，故東坡此賦作於元符元年無疑，且必作於子由生日二月二十日之前。〔註135〕〈沉香山子賦〉，《總案》及《孔譜》均編於元符元年二月，無誤。

（2）〈天慶觀乳泉賦〉

賦文中有云：「吾謫居儋耳，卜築城南，隣於司命之宮，百井皆鹹，而醽醴渾乳，獨發於宮中，給吾飲食酒茗之用，蓋沛然而無窮。」可知作於儋州。

按東坡於紹聖四年七月至儋，初僦官舍以居，元符元年董必察訪廣西，遣人至儋將東坡逐出官舍，東坡遂於城南買地築屋。〔註136〕東坡在儋州與人之書簡及詩歌屢言及此事，如：

◎〈與程全父〉第九簡云：「海外窮獨，人事斷絕，莫由通問。……某與兒子粗無病，但黎、蜑雜居，無復人理。……初至，僦官舍數椽，近復遭迫逐，不免買地結茅，僅免露處，而囊為一空。」

◎〈與程秀才〉第一簡云：「去歲僧舍屢會，當時不知為樂，今者海外豈復夢見。……僕離惠州後，大兒房下亦失一男孫，亦

〔註135〕子由和賦云：生於「仲春中休」。宋·孫汝聽《蘇穎濱年表》云：生於「寶元二年二月丁亥」（見《蘇轍集》附錄，頁 1372）；孔凡禮《蘇轍年譜》引東坡〈十八大阿羅漢頌〉之跋文云：「子由以二月二十日生。」（見頁3）

〔註136〕按子由撰東坡《墓誌銘》、《宋史·本傳》、《王譜》、《紀年錄》均載董必逐東坡，及東坡買地築宅事。董必查訪廣西，據宋·施宿《東坡先生年譜》，在元符元年。（見《蘇軾資料彙編·下編》頁 1707。）

悲愴久之，今則已矣。……近與小兒子結茅數椽居之，僅庇風雨，然勞費已不貲矣。」

◎〈與程秀才〉第二簡云：「新居在軍城南，極湫隘，粗有竹樹，烟雨濛晦，眞蜒塢獠洞也。」

◎〈與鄭靖老〉第一簡云：「近舶人回，奉狀必達。……某與過亦幸如昨。初賃官屋數間居之，既不可住，又不欲與官員交涉。近買地起屋五間一龜頭，在南污池之側，茂林之下，亦蕭然可以杜門壁少休也。但勞費窘迫爾。」

◎〈和陶劉柴桑〉詩云：「漂流四十年，今乃言卜居；且喜天壤間，一席亦吾廬。……竹屋從低深，山窗自明疎。一飽便終日，高眠忘百須，自笑四壁空，無妻老相如。」

◎〈新居〉詩云：「舊居無一席，逐客猶遭屏，結茅得茲地，翳翳村巷永。」〔註137〕

由東坡詩文觀之，東坡對章惇等一再遣人迫虐之事，實憤憤然，亦足證東坡元符元年，於昌化軍城南買地築屋事。據坡賦序文「隣於司命之宮」（按即天慶觀）之句，可知〈天慶觀乳泉賦〉作於元符元年。《總案》、《孔譜》均編於本年四、五月間，不誤。

（3）〈菜羹賦〉

賦序云：「東坡先生卜居南山之下，服食器用，稱家之有無。水陸之味，貧不能致，煮蔓菁、蘆菔、苦薺而食之。其法不用醯醬，而有自然之味，蓋易具而可常享，乃為之賦。」

東坡一生，首次眞正買地築屋，即元符元年貶儋耳時，由前引〈和陶劉柴桑〉詩「漂流四十年，今乃言卜居」可知。（按東坡自嘉祐四年最後一次離蜀赴京，至元符元年，恰約四十年）再參見前引其他資

〔註137〕〈與程全父〉第九簡、〈與程秀才〉第一簡、〈與程秀才〉第二簡、〈與鄭靖老〉第一簡，均見《文集》卷56，頁1674。〈和陶劉柴桑〉、〈新居〉詩，均見《蘇軾詩集》卷42，頁2311，2312。

料，可知東坡係築屋昌化軍城南。又蘇過同年所作之〈夜獵行〉詩序
文云：

> 海南多鹿豨，土人捕取，率以夜分月出，度其要寢，則合
> 圍而周阹之，獸無逸者。余寓城南，戶外即山林，夜聞獵
> 聲，旦有饋肉者，作〈夜獵行〉以紀之。〔註138〕

就叔黨此詩序文考之，東坡居於昌化軍城南之住宅，應靠近山邊。前
引〈和陶劉柴桑〉詩有「竹屋從低深，山窗自明疎」之句亦可證。〈菜
羹賦〉賦序既云「卜居南山之下」，則元符元年作於儋耳應無疑。

　　東坡主要貶地黃州、惠州、儋州三處，以儋州環境最為惡劣。東
坡曾自云：「此間食無肉、病無藥、居無室、出無友、冬無炭、夏無
寒泉，然亦未易悉數，大率皆無耳！」（此段文字亦見於前引之〈與
程秀才〉第一簡），因百物欠缺，故煮食菜羹亦宜然矣；〈菜羹賦〉序
有句云：「水陸之味，貧不能致，煮蔓菁、蘆菔、苦薺而食之。」當
為實錄。本賦《總案》編於元符元年十月，不誤。《孔譜》云：「或為
今年作」，有認同之意，惟其未將其歸入海外五賦，乃其疏失。

　　（4）〈老饕賦〉

　　本賦無序文，《總案》及《孔譜》均以其賦中有「列百柂之瓊艘」
句，以為作於貶儋時期。按此句於賦中係形容酒杯眾多，排列如百艘
船一般，或東坡於海南常見船舶而有此聯想，惟僅能列於旁證。按本
賦多敍老饕享受美食及酒宴歌舞盛況，惟均係以遊戲之筆寫幻境，表
示美食飲宴之虛幻，而喻示其曠達心胸者。故賦末云：「先生一笑而
起，渺海闊而天高。」按東坡貶黃州、惠州，境況雖艱，但均不如儋
州之惡劣，故〈老饕賦〉以反筆撰作以示心境也。按蘇轍曾云：

> 東坡先生謫居儋耳，置家羅浮之下，獨與幼子過負擔渡
> 海。茸茅竹而居之，日啖藷芋，而華屋玉食之念不存於胸
> 中。〔註139〕

〔註138〕　見《斜川集校注》卷2，頁98。
〔註139〕　見〈子瞻和陶淵明詩集引〉，《欒城後集》卷 21，（《蘇轍集》頁

又明・王如錫《東坡養生集》引王聖俞評此賦曰：

> 雖標艷賞，意不屑屑。〔註140〕

由子由及王聖俞之言，可窺見東坡在儋州對於飲食之意念如何。此賦與〈菜羹賦〉實爲姐妹篇，〈菜羹〉敍眞境，爲莊重之作；〈老饕〉敍幻境，爲遊戲之作；二者均能喻示東坡於儋耳之痛苦、無奈以及隨緣自適、曠達開闊之心境。若非曾居於儋耳之絕境，不易有此作品。又除王文誥所云賦文之「列百柁之瓊艘」句外，賦中尚有「引南海之玻瓈」及「渺海闊而天高」等句，可旁證此賦與海南應有關係；故〈老饕賦〉當作于儋州，惟確切年份不可考，當作於〈菜羹賦〉之前後。

（5）〈濁醪有妙理賦〉

本賦《總案》略而不見。按宋・釋惠洪《冷齋夜話》卷一〈鳳翔壁上題詩〉條云：

> 東坡云：「予少官鳳翔，行山邸，見壁間有詩曰：『人間無漏仙，兀兀三杯醉；世上沒眼禪，昏昏一覺睡；雖然沒交涉，其奈略相似，相似尚如此，何況眞箇是。』故其海上作〈濁醪有妙理賦〉曰：「嘗因既醉之適，方識此心之正。」
> 然此老言人心之正，如孟子言人性善，何以異哉？〔註141〕

按惠洪少東坡三十五歲，與黃山谷交往密切，《冷齋夜話》多記山谷事，及於東坡者亦多，本段記載應可信，故此賦作於海外應無疑。今人馬德富認爲係東坡少年時代習聲律對偶之作品，固誤。（因宋代科舉所考之律賦，率爲政治性之題目，本賦言「酒」，不類。且此賦含意頗深，非少年人能體會）。而揚勝寬則獨排眾議，認爲作於黃州，雖亦提出若干看法，惟非確切證據，以惠洪一言即足以破之。又〈濁醪有妙理賦〉爲一首律賦，東坡貶黃州，正朝廷積極行新法之時，東

1110）

〔註140〕見《東坡養生集》卷一「飲食」，頁103。

〔註141〕據《蘇軾資料彙編・上編》頁215引。又宋・郎曄曾將惠洪此條引入《經進東坡文集事略》本賦注下，是宋人已認同惠洪之言。

坡「文字獄」之恐懼猶在，斷不會以廢除之律體作賦，以便再爲小人曲解之，此依常理可知。〔註142〕

按〈濁醪〉一賦，係東坡借「酒」喻示對人生「浮沉」之總體看法，非於大起大落，盡歷艱險，且年紀較大時，不易寫出。東坡於儋州未及三年，捨元祐之治道賦不計，在儋州作之辭賦數量最多，並非無因。私意以爲「海外五賦」實爲研究東坡貶儋心境之重要資料。

綜前觀之，海外五賦應爲：〈沉香山子賦〉、〈天慶觀乳泉賦〉、〈菜羹賦〉、〈老饕賦〉及〈濁醪有妙理賦〉。王文誥、孔凡禮皆有所是，亦皆有所非，今特予釐正。又兩人有一共同之錯誤，乃〈酒子賦〉。此賦私意以爲係作於惠州，而非作於儋州。按該賦前有序云：

> 南方釀酒，未大熟，取其膏液，謂之酒子，率得十一。既熟，則反之醅中。而潮人王介石、泉人許玨，乃以是餉予。
>
> 寧其醅之漓，以蘄予一醉。此意豈可忘哉，乃爲賦之。

據序文，「南方」，當指嶺南惠州，因東坡於儋州之詩文多習用「海上」、「海南」、「海外」等字樣。又潮人王介石、泉人許玨皆爲船商，經常往來於泉州、潮州、惠州、廣州、儋州等地。或二人於惠州初見東坡，乃餉以「酒子」，故東坡感而賦之也。《總案》謂東坡在儋時，舶信皆許玨爲之往來；而《孔譜》則云東坡於昌化城南築屋時，王介石曾「躬其勞辱，甚於家隸」，〔註143〕以此考定〈酒子賦〉作於儋州，此僅可證明東坡在儋與二人有往來，並不能云〈酒子賦〉作於儋州之確證。

考東坡於惠州喜製酒，曾親釀桂酒及眞一酒，並作有〈桂酒頌〉、〈新釀桂酒〉詩、〈眞一酒〉詩、〈記授眞一酒法〉、〈眞一酒法（寄建安徐得之）〉、〈書東皋子傳後〉、〈東坡酒經〉等詩文。東坡於以上詩文中屢言「嶺南不禁酒」，加以嶺南米、麵頗充裕，故東坡亦隨百姓

〔註142〕馬德富之言見〈論蘇軾的賦〉（四川文藝出版社《東坡文論叢》頁102）；楊勝寬所云見〈筆勢彷彿騷經──東坡賦考論〉一文。

〔註143〕詳見《總案》「元符元年」頁1410之「詁案」，及《孔譜》卷37，頁1292～1293。

之習而製酒。至儋州以後，環境、心情皆大不相同，東坡已少製酒。今試觀〈酒子賦〉，其中敍述酒子（亦稱「稚酒」）之美，如嬰兒、如少女、如白蜜、如小鵝之絨毛等，語氣輕快。賦末又敍酒醉之樂，並向送酒子之二位友人酬之以賦，又自喻自己之賦作如瓊瑰珠璧，可使友人帶回誇耀其妻，並可讀之以忘飢。賦文在活潑幽默之語氣中，表達對一般庶民之親切與感念之心，頗見眞情。

故就賦文內容觀之，與在儋州鬱悶之心情不類，賦當作於惠州。近人林語堂氏曾云：

> 到了惠州，他特釀桂酒，而且第一次嚐到南方的特產「酒
> 子」。〔註144〕

林氏未提出東坡見「酒子」之證據；惟其撰作《蘇東坡傳》，用力甚勤，應有其看法，茲引之以作參考。〈酒子賦〉今人孫民、楊嘉仁、鍾來茵等，亦主張作於惠州，當有共同之認知。東坡貶謫惠州在紹聖元年十月至紹聖四年四月之間，約二年半，賦當作於此段時間，大抵不誤。

2. 述 要

〈酒子賦〉及海外五賦，前於編年時均已稍述其內容，茲再補充言之。

(1)〈酒子賦〉

除序文外，本賦共 199 字。賦文開首之十句皆用三字句，如「米爲母，麴其父。烝羔豚，出髓乳。憐二子，自節口，餉滑甘，輔衰朽。先生醉，二子舞。」句式頗爲奇特。似暗採謝惠連〈雪賦〉「歲將暮，時既昏；寒風積，愁雲繁」及杜牧〈阿房宮賦〉「六王畢，四海一；蜀山兀，阿房出」之句法，而更加靈動。以下則全用兩句一組，奇句用「兮」字之騷體句式，故本賦可謂之爲騷體賦，賦文大多爲六、七字句。全賦寫讚美「酒子」、醉後心情及感謝送酒子之二人，流麗可誦。賦末並自云讀此賦可忘食療飢，語涉幽默。

〔註144〕見所著《蘇東坡傳》頁 347。

（2）〈沉香山子賦〉

本賦無序，賦文共 240 字。除少數為散句外，大多以四、六言句組成，且多駢句，通首一韻。此賦與〈洞庭春色〉、〈中山松醪〉相似，皆屬古賦一類。本賦係為子由生日而作，東坡以沉香木製之山子（假山）寄贈子由為壽，懇懇切切，頗見友于深情，亦有以沉香木之特異，比子由人格高超之意。

（3）〈天慶觀乳泉賦〉

本賦較長，全賦共 465 字。本賦為文賦，前面大半均以散句議論，自陰陽相化言及水「甘生鹹死」之道理，再由人身之水及於自然之江、湖、雨、雪等水。此賦前半押韻鬆散，極似散文，乃東坡暢言對「水」之認知。末段乃及於天慶觀乳泉，用工整之四、六言句式抒發飲用天慶觀乳泉之感受，並有悟道成仙之遐想，本賦可作東坡之養生觀讀。

（4）〈菜羹賦〉

本賦除序文外，賦文共 292 字。全賦均以六字句組成，通首一韻，間雜駢句。本賦乃騷賦之變體，無「兮」字，可以古賦視之。本賦自敘述菜羹之作法、稱贊菜羹之美味，引出對貪美飲食、熱衷富貴者之嘲弄，全賦有樂天知命之曠達胸懷。

（5）〈老饕賦〉

本賦共 240 字，全賦以四、六言句居多，亦間雜七言句，通首一韻，兩句一組，對偶工整，乃一標準之駢賦。全賦寫老饕飲食之美，歌舞之樂，最後以夢醒作結，乃知前所言者，皆幻境也。東坡以遊戲之筆，寫出身處逆境，而能超然物外之胸懷。

（6）〈濁醪有妙理賦〉

本賦為一律賦，題韻為「神聖功用，無捷於酒」，可見其主題之所在。全賦共 475 字，於坡賦中亦屬較長之作品。賦文共八段，以題韻之八字，依序押韻，絲毫不亂；賦中儷對工整，以四字、六字為多，另三字、五字、七字、八字、九字之對句間出其中；再雜以「乃知」、

「今夫」、「又何必」、「殊不知」等領字，使氣脈流暢，無板重之弊。東坡曾自云：「不能曲折於作賦」，蓋自謂不善作試賦（律賦）。試觀此賦對偶工整、用事繁多，聲律鏘然；東坡於儋耳，偶試手筆，以律賦寫「內全其天，外寓于酒」之心境，胸懷灑然，令人佩服。

　　為醒眉目，茲將前述所有辭賦，以編年為序，並註明撰作地點、體裁、字數等，表列如下，以便參閱。

東坡現存辭賦一覽表（以編年為序）

宋曆紀年 （西元）	辭賦作品		撰作地點	體裁	字數	備　註
	辭	賦				
宋仁宗 嘉祐四 （1059）		灩澦堆賦	瞿塘峽	騷賦（騷散混合體）	序117 文257	赴京途中（眉州至夔州）
〃		屈原廟賦	秭歸	騷賦	382	赴京途中（夔州至江陵）
嘉祐五 （1060）		昆陽城賦	汝州葉縣	古賦	240	赴京途中（江陵至京師）
嘉祐七 （1062）	太白詞 （五首）		鳳翔	三言句式（《詩經·有駜》體）	140	簽書鳳翔府判官
嘉祐八 （1063）	上清詞		鳳翔	騷辭	455	簽書鳳翔府判官
宋英宗治平四～神宗熙寧二之間 （1067～1069）	王大年哀詞		眉州或京師	四言句式（《詩經》體）	序300 文64	直史館【本辭有待詳考，暫編於此】
宋神宗熙寧二 （1069）	李仲蒙哀詞		京師	騷辭（《九章·橘頌》體）	序260 文128	殿中丞、直史館授官告院
熙寧七 （1074）	錢君倚哀詞		常州	騷辭	258	杭州通判
熙寧八 （1075）		後杞菊賦	密州	古賦	序141 文178	知密州

熙寧九～元豐元（1076～1078）		服胡麻賦	密州或徐州	騷賦（《九章・橘頌》體）	序167 文205	知密州、知徐州
熙寧十（1077）		快哉此風賦	徐州	律賦	序22 文108	知徐州
元豐五（1082）	歸來引（送王子立歸筠州）		黃州	騷辭	234	黃州團練副使、本州安置
〃	黃泥坂辭		黃州	騷辭	269	〃
〃	蘇世美哀詞		黃州	騷辭（《九章・橘頌》體）	192	〃
〃		赤壁賦	黃州	文賦	537	〃
〃		後赤壁賦	黃州	文賦	353	〃
元豐七（1084）	清溪詞		池州	騷辭	196	汝州團練副使（自黃赴汝途中）
宋哲宗元祐元（1086）		復改科賦	京師	律賦	609	翰林學士、知制誥
元祐三（1088）		延和殿奏新樂賦	京師	律賦	479	翰林學士、知制誥兼侍讀
元祐年間		通其變使民不倦賦	京師	律賦	348	〃
元祐年間		明君可與為忠言賦	京師	律賦	476	〃
〃		三法求民情賦	京師	律賦	566	翰林學士、知制誥兼侍讀
〃		六事廉為本賦	京師	律賦	428	〃
〃	傷春詞		京師	騷辭	266	〃【本辭有待詳考，暫編於此】
元祐六（1091）		黠鼠賦	京師	文賦	287	翰林學士、知制誥兼侍讀
〃		秋陽賦	潁州	文賦	502	知潁州

時間	辭	賦	地點	體裁	出處	備註
〃		洞庭春色賦	潁州	古賦	序30 文280	知潁州
元祐四～元祐七（1089～1092）		酒隱賦	杭州或潁州	駢賦	序79 文232	知杭州、知潁州
元祐八～紹聖元之間（1093～1094）		中山松醪賦	定州	古賦	307	知定州
紹聖元～紹聖四之間（1094～1097）		酒子賦	惠州	騷賦	序61 文199	寧遠軍節度副使，惠州安置
紹聖二～紹聖三之間（1095～1096）	山陂陀行		惠州	騷辭	272	〃
元符元（1098）	和陶歸去來兮辭		儋州	句法、韻腳全同陶淵明〈歸去來兮辭〉	337	瓊州別駕，昌化軍安置
元符元（1098）		沉香山子賦	儋州	古賦	240	瓊州別駕，昌化軍安置（海外五賦）
〃		天慶觀乳泉賦	儋州	文賦	465	〃（海外五賦）
〃		菜羹賦	儋州	古賦	序62 文229	〃（海外五賦）
元符元～元符三之間（1098～1100）		老饕賦	儋州	駢賦	240	〃（海外五賦）
元符元～元符三之間（1098～1100）		濁醪有妙理賦	儋州	律賦	475	〃（海外五賦）
宋徽宗建中靖國元（1101）	鍾子翼哀詞		虔州	騷辭（四、七句式，無「兮」字）	序281 文198	朝奉郎、提舉成都府玉局觀（北歸過虔州時）
合計	（辭）13	（賦）25				

第三章　東坡辭賦之情志內涵

　　前章已將東坡之辭賦編年並綜述，應可得其大略。本章擬將其辭賦，依內容之性質，作概括之分類，分別敘述，以見其賦中所涵蘊之思想、感情或心境。本章分類以賦體作品為主，若其中有涉及辭體作品者，兼述於其中。分類未必周延，僅便於敘述而已。茲分遊賞賦、弔古賦、詠物賦、寓言賦、養生賦、飲食賦、詠酒賦、治道賦等八大類試述如下。

第一節　遊賞賦

一、灩澦堆前，議論哲理

　　仁宗嘉祐四年（1059），東坡父子三人以及兩兄弟之家眷，自家鄉眉州出發，沿岷江、長江出蜀赴京，在將入三峽之瞿塘峽口，見有一大礁石聳立江中，知即所謂之「灩澦堆」，東坡見江水衝激，白浪滔天，有所感乃作〈灩澦堆賦〉。本年東坡二十四歲，此賦為其可考最早之一篇賦作，其中思想穎異，已甚不凡。賦開首有 117 字之長序，序云：

　　　　世以瞿塘峽口灩澦堆為天下之至險，凡覆舟者，皆歸咎於
　　　　此石。以余觀之，蓋有功於斯人者。夫蜀江會百水而至於
　　　　夔，瀰漫浩汗，橫放於大野，而峽之大小，曾不及其十一。
　　　　苟先無以齟齬於其間，則江之遠來，奔騰迅快，盡銳於瞿

塘之口，則其嶮悍可畏，當不啻於今耳。因爲之賦，以待
好事者試觀而思之。〔註1〕

由序文即可看出此賦之大旨。灩澦堆爲「天下之至險」，人皆認同。
而東坡卻謂之「有功於斯人者」，實盡翻天下公案。東坡日後詩、文
多喜作翻案文字，此可見出端倪，亦可見其思想之矯然出奇。東坡所
謂「有功於斯人者」，係認爲灩澦大石對瞿塘峽口會集之眾水有阻擋、
剎車之功用，否則瞿塘峽口之危險，將不止於此。

東坡於賦文開首，除以「因物賦形」言出水之特性外，又言及大
禹治水之神話，賦文云：

掀騰勃怒，萬夫不敢前兮；宛然聽命，惟聖人之所使。余
泊舟乎瞿塘之口，而觀乎灩澦之崔嵬，然後知其所以開峽
而不去者，固有以也。

意謂昔日大禹治水，令萬水聽命，而開峽卻不去此巨石而獨留於江
中，當有深意。東坡述及大禹，除以傳說作爲導引，增加灩澦堆之神
秘外，似亦有借大禹以支持個人看法之意。又郎曄注東坡此賦云：「杜
甫〈灩澦堆詩〉云：『沉牛答雲雨，如馬戒舟航，天意存傾覆，神功
接混茫。』公之此賦，頗采其意。」〔註2〕

按杜甫晚年在嚴武卒後，自成都南下，經戎州、渝州至忠州，大
曆元年抵夔州居之，因臨近瞿塘峽，曾作〈灩澦堆〉詩云：

巨石水中央，江寒出水長。沉牛答雲雨，如馬戒舟航。天
意存傾覆，神功接混茫。干戈連解纜，行止憶垂堂。

清・仇兆鰲注云：「舟人過此，必沉牛以祭者，蓋見堆溺如馬而有戒
心耳。此皆天意所在，欲使行舟者知所傾覆，故造物神功，特留此石
以接於混茫水中也。」〔註3〕

出此觀之，東坡此賦，實採杜甫詩意；按東坡本年浮江出蜀，至

〔註1〕 見《蘇軾文集》卷1。按本章以下各節凡引東坡之「賦」，其原文均
　　　　見此書卷一，頁1～32。仍本前章之例，皆不再注出。
〔註2〕 見《校正經進東坡文集事略》卷1，頁6。
〔註3〕 杜甫詩及仇注均見《杜詩詳注》卷15，頁1281。

此皆與杜甫路途相同，應是過灩澦堆時，思及杜公，故以同題作賦，不免稍用其意。但東坡提出「有功於斯人者」，已較杜詩進一層，而又暗伏賦末之議論，較杜公更勝矣。（詳下）

　　本文爲賦，按「賦者，鋪也，鋪采摛文，體物寫志也。」〔註4〕又「賦體物而瀏亮。」，〔註5〕東坡此賦既名「灩澦堆」，自不可失其主題，故於賦中主要一段，敘江水衝擊灩澦堆之情景，至爲精彩傳神，賦文云：

> 蜀江遠來兮，浩漫漫之平沙。行千里而未嘗齟齬兮，其意驕逞而不可摧。忽峽口之逼窄兮，納萬頃於一盃。方其未知有峽也，而戰乎灩澦之下，喧豗震掉，盡力以與石鬥，勃乎若萬騎之西來。忽孤城之當道，鉤援臨衝，畢至於其下兮，城堅而不可取。矢盡劍折兮，逶邐循城而東去。於是滔滔汨汨，相與入峽，安行而不敢怒。

本段以擬人爲法，以戰爭爲喻，將蜀江百水會合之大水，比爲驕逞之軍隊；將阻擋於峽口之灩澦巨石，比爲一座孤城；將水之衝激巨石，比爲兩軍大戰，命意新穎不凡。其中「喧豗震掉」，形容水浪滔天；「矢盡劍折」，形容水受阻而減緩，極富形象性。此段文字雖短，但賦體文學之鋪排夸飾，盡在於是。體式用騷體而有變化，又多雜散句，氣勢極爲滂薄。後日文賦開展之機兆，已見於此。騷體賦本多以抒情爲內涵，東坡此賦卻以之鋪排、說理，其對於開創宋賦特色之用心，似亦見於此。宋・李耆卿《文章精義》云：「子瞻〈灩澦堆賦〉辭到。」〔註6〕所謂之「辭到」，即指本段之鋪排而言，洵見其筆力。

　　或宋代好議論之風氣使然，或東坡對事理之看法特殊，東坡於江水衝石之後，在此賦之末段（猶似騷賦之「亂曰」），又宕出一段新意，使此賦之境界更爲深廣，賦末段云：

> 嗟夫！物固有以安而生變兮，亦有以用危而求安。得吾說

〔註4〕　見《文心雕龍・詮賦》。
〔註5〕　陸機〈文賦〉語，見《文選》卷17。
〔註6〕　據《蘇文彙評》引，見卷下，頁266。

而推之兮，亦足以知物理之固然。

東坡時雖僅二十四歲，但對萬物之觀察體認，實令人折服，不愧犖犖大才。蓋任何平安之狀態皆不可久恃；而當遭遇艱危時，奮厲自強，亦可轉危為安，此實天下之至理。東坡此觀點，固亦有襲用《老子》「禍福相倚」之痕跡，惟其以灩澦巨石引出之哲理，仍令人印象深刻。灩澦堆看似多餘無用，且會製造危險，惟因東坡之「有功」說，使人思及《莊子》「無用之用」之思想，以及李白「天生我才必有用」之詩句，可使人蓬蓬然起奮厲之心。故東坡此賦敘事、寫景、說理俱全，尤其其中之理趣含意無限，值得深思。

按清聖祖康熙皇帝嘗評此賦云：

> 以神禹之力，奚難去此江中之石，以安行旅。物固有留其患而患小，去其患而患反大者。則其患非患，乃為吾捍患者也。宋患遼，窮國之力以滅遼，遼滅遂無可以屏金者，遂有北狩、南渡之禍。向使遼在，金固不得越遼而取宋也。
>
> 軾其有見於此，而託意於灩澦石歟？〔註7〕

康熙詮釋東坡賦意頗佳。惟文後半論遼、金之事，其理固可通，但東坡當時年紀不大，又尚未出仕，是否有此識見，令人存疑。以宋代強本弱末、重用文臣等國策看之，終將滅於夷狄之手，即使遼在，宋未必不滅。康熙之評，雖屬臆想，亦足見東坡此賦之膾炙人口矣。又明·陳明卿曾評此賦云：「毒藥利病，毒天下而民從之，何獨石也？」〔註8〕則又另有所悟，另有所感歟矣。

作賦之本年，即編《南行集》之時，東坡與子由，有多首同題共作之詩、賦作品。惟子由無〈灩澦堆賦〉，但有〈灩澦堆詩〉，茲引之以為比較，子由〈灩澦堆（或云上有古碑）〉詩云：

> 江中石屏灩澦堆，鱉靈夏禹不能摧。深根百丈無敢近，落日紛紛鳧雁來。何人磊落不畏死？為我赤腳登崔嵬。上有古碑刻奇篆，當使盡讀磨蒼苔。此碑若見必有怪，恐至絕

〔註7〕 見《御選唐宋文醇》卷38，《四庫全書》本頁572。
〔註8〕 見《東坡養生集》卷8，頁400。

　　　　頂遭風雷。〔註9〕

子由此詩僅述灩澦堆之景色及對石上古碑之臆想，並無深刻之含意。
與東坡同題賦比之，相差頗遠。二蘇兄弟之才華、見識實有軒輊。東
坡之後，宋人薛紱亦有〈灩澦堆賦〉，蓋亦仿東坡賦，而借灩澦堆議
論人心，通篇大多爲散句，純是文賦體式。其謂灩澦堆「洪水滔天不
爲之移，狂濤卷空不爲之動，潦盡漲涸，岌乎峭堅，亙宇宙而長存。」
而萬物之靈之人類，常「乃誘於知，乃逐於物；利之趨，如水斯下；
欲之熾，如火斯然；曾莫得而止過者，反茲石之不若。」賦意頗佳，
惟不若東坡新警。又明人陸深，嘗過灩澦堆，思及東坡，有〈後灩澦
賦〉，其序文云：

> 昔蘇公子瞻賦灩澦，蓋曰江會百川，勢易驕逞，不先之以
> 齟齬，盡其快銳，爲害斯大。嗟乎！是誠有之，夫當國家
> 豐亨豫大之時，必有風靡波蕩之俗，使無正人法家出氣力
> 以扞之，則末流有不可救者矣。此公作賦之旨也，嘉靖丁
> 酉二月初，余將出峽，舟過瞿塘，春水未生，孤根欲露，
> 盤旋其下，有感於心，作〈後灩澦賦〉。

由陸深賦之序文考之，其蓋受東坡之影響而作後賦者，且有新角度之
解讀，可見東坡此賦對後人之沾溉。而其所謂之「正人法家」似又在
喻東坡也。〔註10〕

二、赤壁磯下，抒發胸懷

（一）江山風月，變與不變

　　宋神宗熙寧二年（1069），王安石除參知政事，開始議行新法，
東坡雖不反對改革，但不認同安石之急進，故曾向神宗建言改革不宜
「求治太急，聽言太廣，進人太銳」（見蘇轍撰東坡《墓誌銘》），使
安石之黨皆不悅。自熙寧二年起，東坡又連上〈議學校貢舉狀〉、〈上

〔註9〕見《欒城集》卷1（《蘇轍集》頁6）。
〔註10〕薛紱及陸深之賦見《御定歷代賦彙》卷20，「地理」類，日本中文出
　　　　版社本，頁335、336。

神宗皇帝書〉及〈再上皇帝書〉等論新法之不可行，此等議論皆使王安石及其黨人嫉恨不已．但神宗對東坡聖眷仍隆，更引起安石等人之不悅，遂埋下他日「烏臺詩案」之遠因。其後哲宗元祐六年（1091）東坡自知杭州被召回京師時，曾上〈杭州召還乞郡狀〉追述此時之事，因係東坡自述，最足見其實情，茲引錄以觀，文云：

> 及服闋入覲，便蒙神宗皇帝召對，面賜獎激，許臣職外言事……是時王安石新得政，變易法度，臣若少加附會，進用可必。自惟遠人，蒙二帝非常之知，不忍欺天負心，欲具論安石所爲不可施行狀，以裨萬一。……上疏六千餘言，極論新法不便。後復因考試進士，擬對御試策進上，並言安石不知人，不可大用。先帝雖未聽從，但亦嘉臣愚直，初不譴問。而安石大怒，其黨無不切齒，爭欲傾臣。御史知雜謝景溫，首出死力，彈奏臣丁憂歸鄉日，舟中曾販私鹽，遂下諸路體量追捕當時梢工篙手等，考掠取證，但以實無其事，故鍛鍊不成而止。臣緣此懼禍乞出，連三任外補。〔註11〕

由東坡所述當時新黨人之心態及謝景溫之行爲，可見其時情況之險惡。東坡在任外郡期間，「見事有不便於民者不敢言，亦不敢默視也，緣詩人之義，託事以諷，庶幾有補於國。」（〈墓誌銘〉）此類詩篇，自亦又引起變法黨人之不快。東坡倅杭期間，沈括曾查訪兩浙，神宗雖交代沈括必善遇東坡，但括至杭與東坡論舊時，求手錄近詩一通，回京即籤貼以進云：「詞皆訕懟。」〔註12〕幸神宗明智，並未釀成禍端，但彼等人之用心已可知。

至元豐二年（1079），東坡知湖州時，禍卒不免，首由監察御史裏行何正臣上箚子劾東坡〈湖州謝上表〉有「愚不識時，難以追陪新進；老不生事，或能牧養小民」等句，係「愚弄朝廷，妄自尊大，宣

〔註11〕見《蘇軾文集》卷 32「奏議」，頁 912。
〔註12〕沈括誣陷東坡事，見宋・施宿《東坡先生年譜》「元豐二年」「出處」欄，引王銍《元祐補錄・沈括傳》。（據《蘇軾資料彙編・下編》，頁 1672。

傳中外，孰不歎驚！」認為「如軾之惡，可以止而勿治乎！」隨即監察御史舒亶亦上箚子謂東坡「包藏禍心，怨望其上，訕讟慢罵，而無復人臣之節。」並列舉東坡詩歌四首，謂其譏謗國君，期望神宗「用治世之重典，付軾有司，論如大不敬，以戒天下之為人臣子者。」而國子博士李宜之更上狀摭取東坡〈靈壁張氏園亭記〉中文句謂東坡「無尊君之義，虧大忠之節。」最後御史中丞李定上箚謂東坡「銜怨懷怒，恣行醜詆」、「訕上罵下，法所不宥」，而後列其四大可廢之罪，伏望神宗能「斷自天衷，特行典憲」。〔註13〕

　　因李定等人「構造飛語，醞釀百端」（東坡〈杭州召還乞郡狀〉），對於其等之彈劾，「上初薄其過，而浸潤不止，至是不得己而從其請。」（〈墓誌銘〉）。東坡終於在元豐二年八月十八日入御史臺獄，李定等人必欲置之於死，幸賴仁宗皇后曹太后、王安禮、吳充、章惇等人多方救援，蘇轍甚至乞以己官贖兄之罪，「上終憐之」（〈墓誌銘〉），遂於元豐二年十二月二十六日，由神宗下聖旨，以「責授檢校水部員外郎、黃州團練副使、本州安置、不得簽書公事。」結案。

　　東坡於元豐三年（1080）二月一日，抵達黃州，開始為期四年餘之貶謫生涯（實即形同流放），在歷經「烏臺詩案」殘酷而沉痛之打擊後，此時東坡對整個人生態度，產生明顯之轉折，詩、文等作品中所反映之思想、感情及風格亦均有明顯之變化。抒寫貶謫生活、思索人生感慨等成為主要題材，且其中又雜有許多佛老思想之色彩，此時各種文體創作之質、量均高，不乏傳世名作。今人王水照稱此時期為東坡「創作的變化期、豐收期」〔註14〕饒學剛亦認為係東坡文藝創作之高峰期〔註15〕。二位學者均頗有見地，此段時期東坡無論詩、詞、文、賦均佳篇如湧。以辭賦作品而言，其流傳千古，至今仍膾炙人口

〔註13〕以上何正臣（一本作「大正」）、舒亶、李宜之及李定等之箚子等，可詳見《烏臺詩案》（據《蘇軾資料彙編·上編》，頁579～582）。
〔註14〕見所編選《蘇軾選集》之「前言」，頁8。（上海古籍出版社）
〔註15〕見所著《蘇東坡在黃州》第二編〈東坡文藝創作高峰在黃州〉一文，頁185～197。（北京京華出版社）

之〈赤壁賦〉及〈後赤壁賦〉即作於此時。東坡暮年自儋州北歸，過金山寺時，曾作〈自題金山畫像〉詩云：

> 心似已灰之木，身如不繫之舟。問汝平生功業，黃州惠州
> 儋州。〔註16〕

此詩有諸多意涵，除以自諷之諧語，慨歎一生貶謫心情外；末二句更有以黃州、惠州、儋州三地諸多文學創作自許之意。其貶居三地十餘年間所創作之詩文，在東坡文學作品中，無疑乃成就最高者，而其發軔，即始於黃州。

東坡至黃州之後，爲抒散貶謫鬱悶之心情，除躬耕「東坡」、營建「雪堂」、整修「南堂」，爲勞役之事外；遊覽山水、造訪名勝、流連古跡，更爲其生活之一大重心。曾自云：「得罪以來，深自閉塞，扁舟單履，放浪山水間，與漁樵雜處，往往爲醉人所推罵。」〔註17〕可見其生活形態之改變。故黃州附近之諸山、湖泊、大江、寺廟、亭閣、古跡等均留下東坡之足跡。以「赤壁」附近而言，據今人饒學剛統計，東坡至少往遊十次，或登附近高山、或泛舟大江、或登赤壁磯、或遊徐公洞，每次地點雖不甚相同，但均留下文、賦、詩、詞等作品。〔註18〕

東坡遊赤壁諸景所遺留之詩、詞、文等，大多於遊覽日期，同遊者何人、遊覽經過等，均記敍甚詳。惟於〈赤壁〉二賦，則敍述較不

〔註16〕見《蘇軾詩集》卷48，頁2641。按此詩清·翁方綱注引宋·周必大《乾道庚寅奏事錄》作「目若新生之犢，心如不繫之舟。要問平生功業，黃州惠州崖州。」並謂「蜀人傳之」，錄供參考。

〔註17〕見「答李端叔書」，《蘇軾文集》卷49，頁1432。又〈與范子豐八首〉之第八首云：「江山風月，本無常主，閒者便是主人。」亦可表達黃州時期模山範水之心境。（見《蘇軾文集》卷49，頁1453）

〔註18〕東坡赤壁遊踪，可參閱饒氏所著《蘇東坡在黃州》一書之第一編〈東坡赤壁游踪考〉一文（見頁81～93）。該文據〈秦太虛題名記〉、〈南鄉子（霜降水痕收）〉詞、〈記赤壁〉、〈怪石供〉、〈赤壁賦〉、〈念奴嬌（赤壁懷古）〉詞、〈醉蓬萊（笑勞生一夢）〉詞、〈後赤壁賦〉、〈李委吹笛〉詩及序、〈與范子豐八首〉之七、〈西江月（點點樓頭細雨）〉詞等，詳細考訂東坡於黃州赤壁之踪跡，頗便參閱。

清晰。東坡何以如此？又何以採用賦體，殊堪令人玩味。按東坡貶黃，係因文字得罪，故其至黃州後，屢有「不復作文字」、「不復作詩與文字」等言，〔註19〕但遭此莫大冤屈，欲不抒發實難，作〈赤壁賦〉時爲元豐五年（1082），至黃州已二年餘，但東坡對於朝政仍有關懷，對人生態度亦有新之體悟，實不吐不快，爲求避禍，乃採主客問答之賦體，含蓄表露心境，實可理會。賦本即有「諷諫」、「隱語」及「體物寫志」之特質，東坡作〈赤壁賦〉時，當未預謀有後賦之作，但在時隔三月，又有新之心境待抒發時，遂有〈後赤壁賦〉之作。兩賦自然成爲考察東坡於黃州（元豐五年）心境之最佳作品。

〈赤壁〉二賦因寫作時間不同，東坡欲表達之心情亦有異，茲先就文本，探討〈赤壁賦〉之意涵，再及於後賦，最後再論述二賦之關聯性，期能略窺東坡於黃州之心境於萬一。

〈赤壁賦〉可概分四大段，首段云：

> 壬戌之秋，七月既望，蘇子與客泛舟遊於赤壁之下。清風徐來，水波不興，舉酒屬客，誦明月之詩，歌窈窕之章。少焉，月出於東山之上，徘徊於斗牛之間。白露橫江，水光接天。縱一葦之所如，凌萬頃之茫然。浩浩乎如憑虛御風，而不知其所止，飄飄乎如遺世獨立，羽化而登仙。

本段先以敍事開端，隨即接寫景，此後敍事、寫景交替出之。以寫景而言，「清風徐來，水波不興」、「白露橫江，水光接光」等句，頗盡體物之妙。本段敍秋夜月下泛舟，在如畫之景色中，東坡與客均甚喜悅而飄飄欲仙。本段雖尚未進入主題，但道出「赤壁」、「窈窕之章」，

〔註19〕如「多難畏人，不作一字者，已三年矣」（與〈與上官彝三首〉之三；《蘇軾文集》頁 1713）；「某自竄逐以來，不復作詩與文字」（〈與陳朝請二首〉之二，頁 1709）；「某自得罪，不復作詩文，公所知也」（〈與沈睿達二首〉之二，頁 1745）；「所要亭記，豈敢於吾兄有所惜，但多難畏人，不復作文字，惟時作僧佛語耳！」（〈與程彝仲六首〉之六，頁 1752）；「自得罪以來，不復作文字，自持頗嚴，若復一作，則決壞藩牆，今後仍復衰衰多言矣。」（〈答秦太虛七首〉之四，頁 1536）。

已爲下二段肇端；而「江水」、「清風」、「明月」等意念，亦爲末段之議論理下伏筆。本段雖敍寫遊賞之樂，但於誦「明月之詩」後，卻由「樂」中引出「哀」之心境。賦文次段云：

> 於是飲酒樂甚，扣舷而歌之。歌曰：「桂棹兮蘭槳，擊空明兮泝流光，渺渺兮予懷，望美人兮天一方。」客有吹洞簫者，倚歌而和之，其聲嗚嗚然，如怨如慕，如泣如訴。餘音嫋嫋，不絕如縷，舞幽壑之潛蛟，泣孤舟之嫠婦。

按前段所謂之「明月之詩」、「窈窕之章」，係指《詩經·陳風·月出》之首章；按〈月出〉全詩云：

> 月出皎兮，佼人僚兮。舒窈糾兮，勞心悄兮。
>
> 月出皓兮，佼人懰兮。舒懮受兮，勞心慅兮。
>
> 月出照兮，佼人燎兮。舒夭紹兮，勞心慘兮。

首章之「佼人」，即「美人」；「窈糾」即「窈窕」（幽遠）；「悄」，憂也。三章文字雖稍有異同，而意思均相類。朱子注首章云：「此亦男女相悅而相念之辭。言月出則皎潔矣，佼人則僚然矣，安得見之而舒窈糾之情乎？是以爲之勞心而悄然也。」〔註20〕東坡既歌「窈窕之章」而有不見「美人」之憂心，是以本段叩舷而歌，遂有「渺渺兮予懷，望美人兮天一方」之句。東坡何以於泛舟之際，突屢有思「美人」之情懷？「美人」究係何指？按「桂棹」以下四句之歌詞，乃採用楚騷體，「桂棹兮蘭槳」襲用《九歌·湘君》「桂櫂兮蘭枻」之句法；而「望美人兮天一方」則暗用《九歌·思美人》之含意。〈思美人〉係屈原斥居漢北時思念懷王而作（或謂放江南時思頃襄王作）。〔註21〕東坡採楚辭句法，且明言「思美人」，則「美人」何指，已甚爲清楚。清·金聖歎曾云：

> 美人，君恩。此先生眷眷不忘朝廷之心也。若言與末段意思不類者，須知末段正即曾點暮春一副心期；自來眞正經綸大手，未有不從此處流出者。〔註22〕

〔註20〕見《詩經集註》卷3，頁65。（臺南北一出版社《國學基本叢書》）

〔註21〕《九章·思美人》及相關詮解，可參見《屈原賦校注》頁560。

〔註22〕見《天下才子必讀書》卷15，頁892。（安徽文藝出版社）

由金聖歎之言可探知，東坡所謂之「美人」，正指「宋神宗」。昔屈原
為小人所讒，為君王所斥，但從無一日忘君，《楚辭》中以「美人」
喻君者甚多。東坡採《楚辭》句法，又明言「美人」，寄託之意甚明。
　　此種觀點，今人多有言之者，如鍾來因氏即認為東坡遭烏臺詩案
下獄，御史欲置之死地，幸賴神宗哀憫得以不死，而東坡貶黃州後，
神宗常思及東坡，屢欲起用，但均為權臣所沮，故東坡對神宗之恩情，
常縈掛於心，賦中云「渺渺兮予懷，望美人兮天一方」，對神宗仍有
期盼之心也。〔註23〕東坡其後於元祐六年（1091）上哲宗之〈杭州召
還乞郡狀〉曾追述此時心情，可作一證，狀有句云：

　　臣緣此懼禍乞出，連三任外補。而先帝眷臣不衰，時因賀謝
　　表章，即對左右稱道。黨人疑臣復用，而李定、何正臣、舒
　　亶三人，構造飛語，醞釀百端，必欲置臣於死。先帝初不聽，
　　而此三人執奏不已，故臣得罪下獄。……到獄，即欲不食求
　　死，而先帝（指神宗）遣使就獄，有所約敕，故獄吏不敢別
　　加非橫。臣亦覺知先帝無意殺臣，故復留殘喘，得至今日。
　　及竄黃州，每有表疏，先帝復對左右稱道，哀憐獎激，意欲
　　復用，而左右固爭，以為不可。臣雖在遠，亦具聞之。古人
　　有言，聚蚊成雷，積羽沉舟，言寡不勝眾也。以先帝知臣特
　　達如此，而臣終不免於患難者，以左右疾臣者眾也。〔註24〕

此狀中多處敘及神宗之恩遇，故金聖歎謂「美人，君恩」云云，及鍾
來因氏所謂之感念神宗，冀望再用，均極正確。但就狀中所云，神宗
為小人包圍，而此等小人輩對東坡多所傾軋，東坡又頗為激憤。今人
朱靖華對此頗有體會，認為賦文「渺渺兮予懷，望美兮天一方」係「哀
怨宋神宗被讒佞包圍，『尊主澤民』的報國壯志難酬」。朱氏認為東坡
自幼即有書劍報國及致君堯舜之大志，在貶謫黃州以後，並未真正走
向意志消沉及超然物外，仍關心國事，當時因王安石已罷相，投機政

〔註23〕鍾來因闡述東坡思神宗（美人）一段頗詳，可參閱〈蘇軾的崇道名
　　　　作赤壁賦〉一文，《國文天地》8卷6期。
〔註24〕見《蘇軾文集》卷32「奏議」，頁912。

客如呂惠卿、章惇、蔡確等人相繼爲相，朝政混亂，民怨沸騰，新法事實上已變質。而神宗卻被阿諛、逢迎之權奸所包圍，無法有所爲。東坡感於一己今日之情況與當年之屈原相似，故以「望美人兮天一方」哀歎無法見國君之痛苦，以及政治理想之幻滅。〔註25〕

由上可知，東坡泛舟赤壁，見秋月之景，先吟《詩經·月出》詩以抒懷，再仿屈原《楚辭》句法，以「望美人」寄託抑鬱心境，表達君恩難忘、關懷朝廷，雖貶荒遠又不甘心沉淪，並期望再起用等複雜之情懷，當屬無疑。金聖歎云：「此先生眷眷不忘朝廷之心也」，實一語道盡。

與東坡同遊赤壁之「客」，頗能體會東坡心中幽怨悲憤之胸懷，遂以簫聲和歌而表達哀怨之思。描繪洞簫鳴咽之聲所用之語詞——「如怨、如慕、如泣、如訴」，實一段好文字，能充分表現出「體物」之妙，而「舞幽壑之潛蛟，泣孤舟之嫠婦」更生動而形像地表達出哀悽之情，可謂曲折含蓄地寫出東坡之「志」。

賦中之「客」東坡未言出姓名，但自宋代以來，皆認爲或係西蜀道士楊世昌，按楊世昌約元豐五年五月間自廬山至黃州探望東坡，在黃居留約一年，據東坡是年所作〈次韻孔毅夫久旱已而甚雨三首〉其三有句云：

> 天公號令不再出，十日愁霖并爲一。君家有田水冒田，我家無田憂入室。不如西州楊道士，萬里隨身惟兩膝。沿流不惡泝亦佳，一葉扁舟任飄突。……楊生自言識音律，洞簫入手清且哀。

此詩馮應榴《合注》引施注云：「先生爲楊道士書一帖云：『僕謫居黃岡，綿竹武都山道士楊世昌子京自廬山來過余，□□（按孔凡禮疑爲「近一」兩字，見《孔譜》頁543）年乃去。……明日當舍余去，爲之悵然，浮屠不三宿木下，眞有以也。元豐六年五月八日，東坡居士

〔註25〕朱氏觀點可詳見〈前後赤壁賦題旨新探〉一文，本文收於《蘇軾論》，可參見頁338～340。（北京京華出版社）

—108—

書』。又一帖云：『十月十五日夜，與楊道士泛舟赤壁。飲醉，夜半有
一鶴自江南來，翅如車輪，嘎然長鳴，掠余舟而西，不知其爲何祥也。
聊復記云。』」

　　按東坡同年六月所作之〈蜜酒歌〉序文云：

　　　西蜀道士楊世昌，善作蜜酒，絕醇釅。余既得此方，作此
　　　歌以遺之。〔註26〕

由〈次韻孔毅夫詩〉、〈蜜酒歌〉序及施注所引東坡兩帖觀之，楊世昌
確曾至黃逗留約一年，〔註27〕且其人善吹簫，亦參與東坡十月十五赤
壁之遊（〈後赤壁賦〉），則前〈赤壁賦〉中之「客」，爲楊世昌斯人之
可能性極大，故前引施宿注，其後又云〈赤壁賦〉之客「殆是楊也」。
按東坡〈赤壁賦〉，除「望美人兮天一方」有隱喻外，其故意采主客
問答之賦體，將「客」之名掩去，以迂迴曲折之法出之，應尙有其他
寄意，或爲求避文字之禍，方如此也。惟私意以爲，楊世昌雖留黃州
一年，或曾與東坡游赤壁多次，但壬戌七月既望之游，無論世昌是否
參與，當無賦中主客問答之事實，賦中所謂之答問云云，純係東坡各
種心境之顯現，特以賦體託之以「客」而已，凡賦採問答體者皆假設
無事實；故吾人固可考證楊世昌其人如何如何，但不可拘泥之，因此
乃借「客」發論，「客」者爲誰，並無重要性。

　　賦文借哀怨之簫聲，使情境轉悲，自然引出下段之主客答問，賦
文云：

　　　蘇子愀然，正襟危坐，而問客曰：「何爲其然也？」客曰：
　　　「月明星稀，烏鵲南飛。」此非曹孟德之詩乎？西望夏口，
　　　東望武昌。山川相繆，鬱乎蒼蒼。此非孟德之困於周郎者
　　　乎？方其破荊州，下江陵，順流而東也，舳艫千里，旌旗

─────────────

〔註26〕前引〈次韻孔毅夫久旱已而甚雨〉詩、施宿注及〈蜜酒歌〉見《蘇
　　　軾詩集合注》卷21，頁1084、1091（上海古籍出版社）。又孔本《蘇
　　　軾文集》將施注移置〈蜜酒歌〉下，見卷21，頁1115。

〔註27〕按東坡元豐六年四月〈與滕達道〉第58簡亦云：「楊道人名世昌，綿
　　　竹人，多藝。然可閑考驗，亦足以遣憊也。留此幾一年。」（見《蘇
　　　軾文集》卷51，頁1493。

蔽空，釃酒臨江，橫槊賦詩，固一世之雄也，而今安在哉？況吾與子漁樵於江渚之上，侶魚蝦而友麋鹿。駕一葉之扁舟，舉匏尊以相屬。寄蜉蝣於天地，渺滄海之一粟。哀吾生之須臾，羨長江之無窮。挾飛仙以遨遊，抱明月而長終。知不可乎驟得，託遺響於悲風。

因所遊之地為「赤壁」，故賦文自然思及歷史之「赤壁之戰」。「黃州赤壁」係州城西面臨江之赤壁磯（赤鼻磯），東坡歷次所游者皆為此磯附近。因湖北地區名「赤壁」者不下五處之多，黃州赤壁是否為周瑜破曹操之處，不易確定。故東坡同年（元豐五年）所作之〈念奴嬌（赤壁懷古）〉詞，即云「故壘西邊，人道是、三國周郎赤壁」，蓋疑而未定之辭，又東坡〈記赤壁〉一文云：

黃州守居之數百步為赤壁，或言即周瑜破曹公處，不知果是否？斷崖壁立，江水深碧，二鶻巢其上，上有二蛇，或見之。〔註28〕

又〈與范子豐八首〉其七云：

黃州少西山麓，斗入江中，石室如丹。《傳》云「曹公敗所」所謂赤壁者。或曰：非也。時曹公敗歸華容路，路多泥濘，使老弱先行，踐之而過曰：「劉備智過人而見事遲，華容夾道皆葭葦，使縱火，則吾無遺類矣。」今赤壁少西對岸，即華容鎮，庶幾是也。然岳州復有華容縣，竟不知孰是？今日李委秀才來相別，因以小舟載酒飲赤壁下，李善吹笛，酒酣作數弄，大魚皆出，上有栖鶻，亦驚起，坐念孟德、公瑾如昨日耳！〔註29〕

〔註28〕見《蘇軾文集》卷71，「題跋」，頁2255。
〔註29〕見《蘇軾文集》卷50「尺牘」，頁1452。按東坡有〈李委吹笛〉詩，其序文亦云游赤壁事，同在赤壁磯。序云：「元豐五年十二月十九日，東坡生日。置酒赤壁磯下，踞高峰，俯鵲巢。酒酣，笛聲起於江上。客有郭、古二生，頗知音，謂坡曰：『笛聲有新意，非俗工也。』使人問之，則進士李委，聞坡生日，作新曲曰《鶴南飛》以獻。呼之使前，則青巾、紫裘、腰笛而已。既奏新曲，又快作數弄，嘹然有穿雲裂石之聲。坐客皆引滿醉倒。委袖出嘉紙一幅，曰：『吾無求於公，得一句足矣。』坡笑而從之。（見《蘇軾詩集》卷21，頁1136）

東坡所游之黃州赤壁磯，經多人考證，並非赤壁之戰所在地，〔註30〕
就前引東坡諸文觀之，東坡亦無法肯定，然該地既有「赤壁」之名，
則借曹公、周郎事發論，正所宜然。文學作品常借弔古以抒懷，未必
須一一與事實求核。除〈赤壁賦〉、〈念奴嬌〉外，前引〈與范子豐書〉
中亦有「坐念孟德、公瑾如昨日耳」之言，可見其不必盡拘地理與史
事之相合否。昔人有詩云：「赤壁何須問出處，東坡本是借山川。」
〔註31〕可謂一言中的。

　　本段東坡借客之口，以憑弔曹操發端，慨歎人生之無常，生命之
短暫，個體之渺小。而將身處逆境，時光漸逝，功業難就之悲怨心情
推至極致。一則表示出此時在黃州之心境，亦爲下段之自我抒解、達
觀開悟、探討宇宙人生之哲理開其端緒，一般解讀東坡此賦者，大抵
若是。

　　昔人弔古詠史之作，往往有寄託，東坡游赤壁作賦，是否僅借曹
公表達「哀吾生之須臾」之心境而己？或另有寄意？按宋·晁補之《續
離騷序》云：

　　　　赤壁前後賦者，蘇公之所作也。曹操氣吞宇內，樓船浮江，
　　　　以謂遂無吳矣。而周瑜少年，黃蓋禆將，一炬以焚之。公
　　　　謫黃岡，數遊赤壁之下，蓋忘意於世矣！觀江濤洶湧，慨
　　　　然懷古，猶壯瑜事而賦之云。〔註32〕

晁補之爲蘇門弟子，對東坡心境理應甚爲了解。元祐年間東坡與諸弟
子均在京師，常雅集會飲，或曾言及黃州作〈赤壁賦〉之事；故補之

〔註30〕有關東坡所游赤壁及「赤壁之戰」地點之考證，清·吳景旭列舉
　　　　多種說法，敘述頗詳，可參見《歷代詩話》卷 20（丙集八），頁
　　　　228（臺北世界書局）。又薛瑞生云「赤壁之戰」在今湖北嘉魚縣
　　　　東北江濱（見《東坡詞編年箋證》頁 358，西安三秦出版社）。鄒
　　　　同慶、王宗堂則云在鄂州蒲圻縣西北一百二十里長江南岸（又云
　　　　「一說在湖北武昌縣西南赤磯山」）（見《蘇軾詞編年校注》頁 400，
　　　　北京中華書局）。
〔註31〕見《黃州赤壁集》藝文志，清·朱日浚所作〈赤壁懷古〉詩（據饒
　　　　學剛《蘇東坡在黃州》頁 101 引）。
〔註32〕據《校正經進東坡文集事略》卷 1，頁 1，宋·郎曄注引。

所謂之曹公兵敗，壯美周瑜云云，似可稍窺東坡用心，惟補之用語仍嫌隱晦。其後有多人對東坡借曹操等發論之用意，提出看法，可助於吾人了解東坡此等心境，如元・吳澄〈題赤壁圖後〉云：

坡公以卓犖之才，瑰偉之器，一時爲群小所擠，幾陷死地，賴人主保其生，謫處荒僻。公嘗痛恨曹孟德害孔文舉，謂文舉不死，必能誅操，其胸中志氣爲何如哉？身之所經，苟有阿瞞遺跡，則因之以發其感憤。此壬戌泛江之遊，所以睠睠於赤壁而不能忘也。不然，夫豈不知黃州之非赤壁哉？一世之雄，而今安在？…公之所造如此，而猶不能不有所託以泄其感憤者，何耶？殆亦示吾善者機爾。公視操如鬼，鬼猶可也，當時害公者，沙蟲糞蛆而己矣。〔註33〕

又如明・王直〈題赤壁圖後〉亦云：

東坡先生謫黃州，以李定輩之譖也。〈赤壁〉二賦，其用意邈矣。當曹操欲東下時，視吳已若無有，而卒僨於赤壁。今江山猶在，而操已影滅蹟絕，然則英雄如操者，果何道，況李定輩邪？先生雖爲所困，然胸次悠然，無適而非樂，其直節自足以照映千古，不特文章之美也，而定輩皆已潰敗臭腐而無餘矣。先生嘗憤操害孔北海，謂北海如龍而操如鬼，予於定輩亦云。〔註34〕

吳澄及王直均以爲東坡在赤壁係借曹操發論，曹操固一世之雄，然東坡以爲不過「陰賊險狠，特蟻之雄者耳」，且又誅殺孔融，留千載之惡名，〔註35〕早己煙消雲散。而李定、舒亶輩，殘害忠良，英雄又不若曹操，又何足道哉！吳澄謂定等如「沙蟲糞蛆」、王直謂其「潰敗臭腐」，可謂能將東坡對當時將其加害者，厭惡、譏諷、不屑之心境探出。

〔註33〕見《吳文正集》卷 59（據《蘇文彙評》頁 11）
〔註34〕見《抑菴文集》卷 12（據《蘇文彙評》頁 15）
〔註35〕東坡評論曹操殺孔融事，可見〈孔北海贊〉，其贊文有「文舉在天，雖亡不死。我宗若人，尚友千祀。視公如龍，視操如鬼。」之句。（《蘇軾文集》卷 21，頁 601）。

又明・楊愼所編《三蘇文範》引文衡山之言云：

東坡先生元豐三年謫黃州，二賦作於五年壬戌，蓋謫黃之
第三年，其言曹孟德氣勢皆已消滅無餘，譏當時用事者。
嘗見墨迹寄傅欽之者云：「多事畏人，幸無輕出」，蓋有所
諱也。然二賦竟傳不泯，而一時用事之人何在？〔註36〕

文衡山認爲東坡係借曹操暗譏當時用事者，則不僅謂李定等人，尚包
括包圍於神宗身旁之權奸政要。今人朱靖華氏亦認爲「在〈赤壁賦〉
（包括〈赤壁詞〉）中的曹操，則顯然是指包圍、蒙蔽宋神宗的權奸
小人如呂惠卿、章惇、蔡確，乃至舒亶、李定等一班權奸佞臣們，正
是由於他們的愚弄『聖上』，操柄弄權，才把國家社稷推進到蒙恥受
辱，日暮途窮的可悲境地。」〔註37〕又今人饒學剛亦有相同之看法，
其云：

作者由眼前的赤壁、西山景色，浮現出了三國赤壁戰場的
壯麗圖景，聯想到自己圖謀經世濟時的壯志難酬，哀嘆自
己一種憤世嫉俗的政治處境，懷古傷今，叫他不能不譏諷
當政的趙宋王朝！……『譏當時用事者』，即哀怨被佞臣包
圍的神宗皇帝，並喻以曹操，發出昔日之英雄，而今安在
哉的嘲笑。〔註38〕

由以上古、今諸人之看法觀之，「蘇子愀然」一段，東坡借赤壁史事
發論，實有深意。清・儲欣亦曾云：「行歌笑傲，憤世嫉邪。」〔註39〕
儲氏言簡意賅，頗能發東坡微意。東坡貶黃，本即因文字得罪，〈赤
壁賦〉雖極盡隱晦，但東坡仍恐有人借機生出是非。元豐六年，東坡
友人傅堯俞（字欽之）派人至黃州求近文，東坡遂手書〈赤壁賦〉贈
之，並於卷後附「跋」一篇云：

〔註36〕據朱靖華〈前後赤壁賦題旨新探〉轉引，見《蘇軾論》頁348。
〔註37〕見《蘇軾論》頁343。
〔註38〕見〈東坡赤壁二賦不是天生的姊妹篇〉一文，收入《蘇東坡在黃州》
　　　　一書頁204。
〔註39〕見《唐宋十大家全集錄》之《東坡先生全集錄》卷1（《四庫全書存
　　　　目叢書》集部405，頁334）

> 軾去歲作此賦，未嘗輕出以示人，見者蓋一、二人而已。
> 欽之有使至，求近文，遂親書以寄。多難畏事，欽之愛我，
> 必深藏之不出也。又有〈後赤壁賦〉筆倦未能寫，當俟後
> 信。軾白。〔註40〕

今河南郟縣小峨眉山「三蘇墳陳列館」，藏有東坡致傅欽之之另一短
文，有類似之記載，其文云：

> 去歲作〈赤壁賦〉，未嘗輕出以示人。欽之有使至，求近文，
> 遂楷書前賦以寄，後賦筆倦未寫。今日欽之來，持七卷索
> 二書二賦，故復走筆，此二卷雖一揮而就，然幾不能勝其
> 任。欽之加意密藏，方見愛我之深也。〔註41〕

由此文可見，傅欽之曾二次向東坡求近文，第二次之眞跡今未見。惟
由前文云「多難畏事，欽之愛我，必深藏之不出也」；而後文又云「欽
之加意密藏，方見愛我之深也。」等句觀之，東坡對以文字得罪，仍
深有餘悸，亦由此可證其賦中必有深刻而不欲人知之意涵也。

　　此外，朱靖華氏認爲東坡〈赤壁賦〉中用曹操故事，尚有「借古
諷今，諷刺宋神宗和變法派在邊事戰爭中急功好利，喪權辱國」之意。
朱氏認爲神宗於元豐四年曾調集大軍三十五萬攻擊西夏，結果因驕縱
輕敵，以致潰不成軍，死傷慘重。東坡聞訊後悲憤感慨，故於賦中暗
有譏諷，因事涉敏感，故作賦後「不輕以示人」。朱氏此論，別有所
見，惟東坡此賦是否有此幽微之內涵，無由得知，僅敍朱氏觀點供參
考。〔註42〕

　　東坡遊赤壁，心境極爲複雜，既蒙受不白之冤，又身處貶謫惡劣

〔註40〕見臺北故宮博物院藏蘇軾《前赤壁賦卷》後跋語。又孔凡禮《蘇軾
　　　佚文彙編》卷二收此文，題作〈與欽之書一首〉（見《蘇軾文集》頁
　　　2455）。

〔註41〕此段文字（或亦係跋語），不見今《蘇軾文集》。此據饒學剛〈東坡
　　　赤壁二賦不是天生的姊妹篇〉一文轉引（見《蘇東坡在黃州》頁207）。
　　　饒氏既引用此文，當係於河南郟城「三蘇墳陳列館」親見之。

〔註42〕朱靖華氏對東坡此賦借古事諷神宗西夏戰爭失敗一事，以多篇東坡
　　　詩文證明東坡有此託喻，可詳見〈前後赤壁賦題旨新探〉一文，收
　　　入《蘇軾論》頁341～344。

之環境，是以百般無奈。復加以憂思君國，志業難成；而人之生命又短如蜉蝣，轉瞬即逝，是以在弔古詠史之際，難免有悲歡之聲。因東坡學博而雜，平日於儒、釋、道之思想均有涉獵，故當儒家之道不可行時，東坡之釋、道思想即隨之而出。今人王水照曾云：

> 儒家入世，佛家超世，道家避世，三者原有矛盾，蘇軾卻以「外儒內道」的形式將其統一起來……蘇軾有詩云：「定似香山老居士，世緣終淺道根深。」署名王十朋的《集注分類東坡詩》卷二引師（尹）曰：「白居易晚年自稱香山居士，言以儒教飾其身，佛教治其心，道教養其壽。」……在宋代三教合一日益成爲思想界一般潮流的情勢下，蘇軾對此染濡甚深，並具體化爲以下形式：任職期間，以儒家思想爲主；貶居時期，以佛老思想爲主。兩件思想武器，隨著生活遭遇的不同而交替使用。〔註43〕

王氏所言，可將東坡於黃州之心態盡行道出。故東坡在「吹簫客」一段悲咽之簫聲及傾訴後，隨即提出一段深刻而超拔之人生哲理爲「客」開脫（實即爲己），使賦文題旨深化，境界又宕出一層。此段哲理之言，可說深受佛、道思想影響，不僅可使東坡自寬自解，心靈有所寄託，且成爲具有普遍意義之處世理念。賦文云：

> 蘇子曰：「客亦知夫水與月乎？逝者如斯，而未嘗往也。盈虛者如彼，而卒莫消長也。蓋將自其變者而觀之，則天地曾不能以一瞬。自其不變者而觀之，則物與我皆無盡也，而又何羨乎？且夫天地之間，物各有主，苟非吾之所有，雖一毫而莫取。惟江上之清風，與山間之明月，耳得之而爲聲，目遇之而成色。取之無禁，用之不竭，是造物者之無盡藏也，而吾與子之所共食。」客喜而笑，洗盞更酌。
> 肴核既盡，杯盤狼籍。相與枕藉乎舟中，不知東方之既白。

此段議論，東坡將人生之悲歡，昇華於宇宙自然之中，借水與月之變化，闡明萬物皆有變與不變之雙重性。因既然「天地曾不能一瞬」，

〔註43〕見所著《蘇軾選集》之〈前言〉，頁8～9。

故人生之渺小可知，而功名、得失轉瞬如昨日，又何足道哉？反之，自不變之角度而言，人亦可以如長江之無窮，有不朽之價值，又何必悲歎？此段論述事物「變」與「不變」之哲理，表現出極爲超然而曠達之胸懷，可謂東坡在逆境中心靈慰藉之主要支柱。此段立論，前人多以爲語意出於《莊子》，如宋·吳子良《荊溪林下偶談》曾云：

> 《莊子·內篇·德充符》云：「自其異者視之，肝膽楚越也；自其同者視之，萬物皆一也。」東坡〈赤壁賦〉云：「蓋將自其變者觀之，雖天地曾不能一瞬；自其不變者觀之，則物與我皆無盡也，而又何羨乎？」蓋用莊子語意。〔註44〕

按吳子良所引《莊子·德充符》一段，出自該篇「魯有兀者王駘」一段。莊子本借兀者王駘之視死生如一，處於無所待而不受外物之變遷，而且「物視其所一，而不見其所喪」之觀點，破除外形殘全之觀念。東坡言萬物自不變之角度觀之，可永久無盡，其意涵即自莊子脫胎而出，同時亦襲用「肝膽楚越」之句法。可見此段「變」與「不變」之觀點，確有受道家之影響。又宋·周密認爲東坡此等思想亦兼用佛家之意，其云：

> 〈赤壁賦〉……又用《楞嚴經》意：「佛告波斯匿王言：『汝今自傷，髮白面皺。其面必定皺於童年。則汝今時，觀此恒河，與昔童時，觀河之見，有童耄不？』王言：『不也，世尊。』佛言：『汝面雖皺，而此見情性未曾皺。皺者爲變。不皺非變；變者受生滅。彼不變者，元無生滅。』」〔註45〕

周密研讀〈赤壁賦〉極爲用心，曾云該賦多用〈史記〉語；〔註46〕其既云東坡除用《莊子》句法外，又兼用《楞嚴經》意，當可供吾人作爲研究東坡思想之參考。大抵而言，東坡以爲萬物自其不變者而觀之，皆可永恆不朽，其受佛、道思想之濡染，當可信之。

〔註44〕見〈坡賦祖莊子〉條，據《蘇文彙評》頁6。

〔註45〕見《浩然齋雅談》卷上，據《蘇文彙評》頁8。

〔註46〕如「杯盤狼藉」，「歸而謀諸婦」用《滑稽傳》；「正襟危坐」用《日者傳》；「舉網得魚」用《龜策傳》等。見《浩然齋雅談》卷上，據《蘇文彙評》頁8。

　　東坡於言出「不變」之觀點後，又提出「苟非吾之所有，雖一毫而莫取」，惟清風、明月可取之無禁、用之不竭，乃眞正天地之無盡藏，人人皆可享用之寬廣豁達胸懷。終使自己能融合於天地美景之中，忘懷得失，而得以慰藉、解脫。故賦文末段由悲轉喜，其故在此。清·金聖歎曾云：

> 遊赤壁，受用現今無邊風月，乃是此老一生本領。卻因平平寫不出來，故特借洞簫嗚咽，忽然從曹公發議，然後接口一句喝倒，痛陳其胸前一片空濶了悟，妙甚！〔註47〕

金聖歎對於〈赤壁賦〉末段，東坡了悟之境界一語道破，可謂對此賦體會甚深。其實東坡寫〈赤壁賦〉時，心境極爲複雜，賦中有慕景處、有寄情處、有感慨處、有灑脫處、有了悟處，自不同角度解讀，對其心境均可有不同體會。今人朱靖華氏曾云：

> 蘇軾的〈赤壁賦〉是在模山範水之際，把他鬱結在内心的報國無路，壯志難酬的悲憤和哀傷等複雜感情給予了對藝術的概括的總結。他是在痛定思痛的大幻滅之後譜出的血淚交織的大樂章，他是借山水景物言志詠懷的慷慨悲歌，故而全賦充滿了蒼涼激越的格調，也表現了深沈而積極的文思。〔註48〕

朱氏之論，可說眞正道出東坡當日作賦心境，值得吾人於研讀〈赤壁賦〉時，再多方仔細探究。本賦歷代評論者極多，或探其心境、或評其作法、或析其結構、或論其本事、或究其典故，不一而足。今舍其內容、思想不論，其行文猶如行雲流水，文理自然、姿態橫生，當行則行，當止則止，眞令人一唱而三歎！清·方苞曾云：

> 所見無絕殊者，而文境邈不可攀。良由身閒地曠，胸無雜物，觸處流露，斟酌飽滿，不知其所以然而然。豈惟他人不能摹倣，使子瞻更爲之，亦不能如此調適而鬯遂也。〔註49〕

〔註47〕見《天下才子必讀書》卷15。（安徽文藝出版社朱一清、程自信校注本，頁892）
〔註48〕見〈前後赤壁賦題旨新探〉，《蘇軾論》頁348。
〔註49〕見《評註古文辭類纂》卷71。（臺北華正書局本，頁1789）

方氏之言，似可作爲此賦流傳千古不衰之註腳。

（二）道士化鶴，天地空濶

　　東坡於元豐五年七月十六日遊赤壁並作〈赤壁賦〉後，於同年十月十五日又再遊赤壁，並作〈後赤壁賦〉。後賦有主與客、主與婦、主與道士（夢中）之若干對答，基本上似仍有若干賦體之痕跡，惟與一般主客對答之賦體已大不相同。而句式之散化、韻腳之鬆散，較前賦尤甚。質言之，已不似賦體，頗似雜文。惟就散文賦之蛻變而言，亦可謂另出新境。賦文首段云：

> 是歲十月之望，步自雪堂，將歸於臨皋。二客從予，過黃泥之坂。霜露既降，木葉盡脫。人影在地，仰見明月。顧而樂之，行歌相答。已而歎曰：「有客無酒，有酒無肴，月白風清，如此良夜何！」客曰：「今者薄暮，舉網得魚，巨口細鱗，狀如松江之鱸。顧安所得酒乎？」歸而謀諸婦。
> 婦曰：「我有斗酒，藏之久矣，以待子不時之須。

本段以敍事爲主，兼及寫景，將再遊赤壁之偶然機緣寫出，韻腳暗藏，不似辭賦，猶如雜文。本段尚未敍及主要部份，但寫法與前賦不同，頗能見出東坡行文筆法之多變。第二次遊赤壁爲十月中旬，已爲冬天，與前次不同，故賦文中多敍多景，如本段「霜露既降，木葉盡脫，人影在地，仰見明月。」以及下段之「江流有聲，斷岸千尺；山高月小，水落石出。」均敍景如畫。元・祝堯云：「篇中如人影在地……水落石出等句，更是賦景物妙處。」〔註50〕明・張伯行亦云：「上文字字是秋景，此文字字是冬景，體物之工，其妙難言。」〔註51〕按賦體文學，「體物」亦爲其一大範疇，東坡於此，可謂極盡其妙矣。

　　賦文次段寫遊赤壁之經過，逐漸引出心境，文云：

> 於是攜酒與魚，復遊於赤壁之下。江流有聲，斷岸千尺；山高月小，水落石出。曾日月之幾何，而江山不可復識矣。

〔註50〕見《古賦辯體》卷8，〈後赤壁賦〉前評語（《四庫全書》本，頁823）。
〔註51〕見《唐宋八大家文鈔》卷8。（據《蘇文彙評》頁27）

予乃攝衣而上，履巉岩，披蒙茸，踞虎豹，登虬龍，攀棲
鶻之危巢，俯馮夷之幽宮。蓋二客不能從焉。劃然長嘯，
草木震動，山鳴谷應，風起水湧。予亦悄然而悲，肅然而
恐，凜乎其不可久留也。反而登舟，放乎中流，聽其所止
而休焉。時夜將半，四顧寂寥。適有孤鶴，橫江東來。翅
如車輪，玄裳縞衣，戛然長鳴，掠予舟而西也。

由敍赤壁多景，引出「曾日月之幾何，而江山不可復識矣！」之慨歎，
既呼應前賦「自其變者而觀之，則天地曾不能以一瞬」之哲思，亦傷
歎人世之滄桑。金聖歎云：「賦赤壁，人間世大抵如此矣。」頗得其
旨。〔註52〕惟東坡慨歎江山之多變，是否僅有此意？值得深究。

　　按今人牛寶彤、朱靖華均認為東坡所謂「江山不可復識」云云，
係暗傷元豐五年九月、十月宋神宗在開邊戰爭中，為西夏大敗之事。
〔註53〕按《宋史・夏國趙秉常傳》記載，元豐五年沈括議築永樂城（在
今陝西米脂縣北，北宋時接近西夏邊境），雖有种諤等人此極言不可，
但神宗仍令沈括、徐禧建城完成，並賜名「銀川砦」。因永樂城西倚
橫山山脈，上接西夏宥州，為夏人必爭之地；故元豐五年九月，夏人
來攻，徐禧死於亂兵，將校戰死者數百人，士卒夫役死者三十餘萬，
宋之元氣因而大傷。徐禧本為呂惠卿所推荐於神宗者，好言兵，永樂
之役，《東都事略》謂其「寡謀輕敵，以至于敗」。曾鞏曾賦〈兵間〉
詩，謂其「小人傾險何不至」，又謂其「吁嗟忍易萬人生，冀幸將徼
一身利」，蓋徐禧自恃有兵才，附和沈括以邊事迎合神宗，妄圖求功，
以致有永樂之大敗，實令人痛惜。〔註54〕

〔註52〕見《天下才子必讀書》卷15，〈後赤壁賦〉評點。（安徽文藝出版社，
　　　　朱一清、程自信校注本，頁897）
〔註53〕牛寶彤之言見《中國文學總欣賞》之《散文——唐宋八大家新賞》
　　　　第12冊《蘇軾》，頁24（台北錦繡出版社）。朱靖華之言見〈前後赤
　　　　壁賦題旨新探〉，《蘇軾論》頁349。
〔註54〕以上《宋史・夏國趙秉常傳》、《東都事略》、曾鞏〈兵間〉詩等，見
　　　　《蘇軾詩集合注》卷21頁1101，蘇軾〈吊徐德占〉詩查慎行注及馮
　　　　應榴案語。

東坡貶於黃州，不得簽書公事，對朝廷政策亦無法建言，但仍極關心國事，在黃州聞此次大敗，心中之傷痛可知，惟以當時之身份，豈敢多言。因徐禧元豐五年曾於黃州過訪東坡，有一面之緣，故東坡於十月徐禧遇禍後，曾作〈弔徐德占〉詩一首（按徐禧字德占），以迂迴隱晦方式，表達心中激憤之情，詩云：

> 美人種松柏，欲使低映門。栽培雖易長，流惡病其根。哀哉歲寒姿，骯髒誰與倫。竟爲明所誤，不免刀斧痕。一遭兒女污，始覺山林尊。從來覓棟梁，未省傍籬藩。南山隔秦嶺，千樹龍蛇奔。大廈若畏傾，萬牛何足言。不然老巖壑，合抱枝生孫。死者不可悔，吾將遺後昆。

此詩查慎行注云：「宋自熙寧以來，用兵西陲，所得葭蘆、吳保、義合、米脂、浮圖、塞門六砦而已。靈州永樂之役，官軍、熟羌死者，前後約六十萬人，雖其後復通和好，而中國財力耗弊已極。追原禍首，皆自喜功好事諸臣致之。公於德占之沒，不一及邊事，獨惜其以有用之身，不知自愛，輕于授首，其喪師辱國之罪，固隱然言外矣。」又馮應榴亦云：「通首傷德占之聰明自誤，小材大任，以致此也。」〔註55〕

東坡關心國事，在弔徐禧之詩中，藉詠物之方式，除惋惜徐禧外，亦曲折表現出對宋朝國土損失及國勢衰微之傷痛無奈。故「江山不可復識矣」當有其深刻之寄意。

因身處罪人，又遠離君王，在危疑震恐之心情下，東坡以極形象之文字，描繪出一段個人登山之歷程，象徵出其人生道路之坎坷不平以及政治漩渦之驚險可怖。「蓋二客不能從焉」正顯示他人不能體會之心情。而「劃然長嘯，草木震動；山鳴谷應，風起水涌」以及「悄然而悲，肅然而恐，凜乎其不可久留也」又反映出東坡對時局之無能爲力，以及企圖遠避塵世之悲憤心情。此段文字狀赤壁磯之景色，用「巉巖」、「蒙茸」、「虎豹」、「虬龍」等，用語奇特險峻，正象徵處境之險惡；而寫心情者如「劃然」、「悄然」、「恐」、「肅然」、「悲」、「凜

〔註55〕東坡〈弔徐德占〉詩，及查注、馮案等見同註上。

乎」等，則隱現胸中不平之氣。因無從著力於時政，無奈中惟有「反而登舟，放乎中流，聽其所止而休焉。」復返於自然以求解脫。而有鶴東來，掠舟而西，則爲末段夢境中之道士與鶴埋下伏筆。按賦文末段云：

> 須臾客去，予亦就睡，夢一道士，羽衣蹁躚，過臨皋之下，揖予而言曰：「赤壁之遊樂乎？」問其姓名，俛而不答。「嗚呼噫嘻！我知之矣，疇昔之夜，飛鳴而過我者，非子也耶？」道士顧笑，予亦驚悟。開戶視之，不見其處。

東坡在現實世界中，既無法實現理想，解脫之道不禁有化鶴高飛、羽化登仙之遐想。此段文字道家思想頗濃厚。全段實即由《莊子·齊物論》之〈莊周夢蝶〉一段化出，按〈齊物論〉云：

> 昔者莊周夢爲胡蝶，栩栩然胡蝶也。自喻適志與！不知周也。俄然覺，則蘧蘧然周也。不知周之夢爲胡蝶，胡蝶之夢爲周與？周與胡蝶，則必有分矣。此之謂「物化」。

東坡將莊周與胡蝶，轉化爲道士及孤鶴。道士與孤鶴雖有分別，但夢中則不知分矣；謂孤鶴爲道士可，謂道士爲孤鶴亦可，已一而化之。故東坡此處很顯然乃採莊子「物化」之思想。人、物既化爲一，則萬物一體，已無彼我是非之分，一切是非利害，貴賤死生，不入胸中，可浩然與天地精神相往來，此可謂東坡體會「齊物」之極致境界。

　　今人衣若芬曾就東坡集各版本及北宋喬仲常所繪《後赤壁賦圖卷》，認定賦文中「夢一道士」，當作「夢二道士」。以爲「孤鶴」與「二道士」並無衝突，因在夢境之中，「一」可化爲「二」，變化多端；而「二道士」或一爲孤鶴所化，另一則確實爲一道士，或另一道士係東坡所化？其中有諸多空間可供詮釋，亦更可發揮東坡之情思。其實夢境之中，恍惚迷離，時乖常理，或一或二，並無差別，東坡主要係借莊子之「物化」思想，發抒胸懷而已。衣氏主張之「夢二道士」，或更可顯示夢境之虛幻，可供參考。〔註56〕賦文末云東坡「驚悟」後，

───────────

〔註56〕按〈後赤壁賦〉末段「夢一道士」一句。宋·郎曄《經進東坡文集

「開戶視之，不見其處」顯示東坡「覺」後已大悟。清·金聖歎云：

> 豈惟無鶴無道士，并無魚，并無酒，并無客，并無赤壁，
> 只有一片光明空濶。〔註57〕

金聖歎評點東坡《赤壁》二賦，多有心得，此言極可發坡公微意。又宋·黃震云：「東坡再遊赤壁，霜露既降時也，盈虛消息之妙，至此嶄然畢露。坡之逆順兩忘，浩然與造物者游，蓋契之矣。」〔註58〕黃氏之言亦可作爲東坡後賦心境之註腳。

賦文中所謂孤鶴化爲道士一事，宋·郎曄及胡仔均認爲係暗使《高道傳》青城山道士徐佐卿化鶴事。按據胡仔引《高道傳》云：

> 天寶十三年重陽日，明皇獵于沙苑，雲間有孤鶴徘翔，上親射之，其鶴帶箭着於西南，眾極目久之，不見。益州城西有道觀，徐佐卿嘗自稱青城山道士，一歲凡三四至觀，一日，忽自外歸，攜一箭，謂人曰：『吾行山中，偶爲此矢所中，已無恙矣。』然此箭非人間所有，越明年，箭主至此，當付之。』復題其時云：『十三載九月九日也』明皇狩蜀，至觀，見其箭，命取閱，驚異之，乃知沙苑所射之鶴，即佐卿也。〔註59〕

事略》卷一云：「諸本多云：『夢二道士』，二當作一，疑傳寫之誤。」又胡仔《苕溪漁隱叢話·後集》卷28云：「此賦初言『適有孤鶴，橫江東來』；中言『夢二道士，羽衣翩躚』；末言『疇昔之夜，飛鳴而過我者』；前後皆言孤鶴，則道士不應言二矣。」（見臺北世界書局本，頁621）。又《朱子語類》卷130云：「碑本〈後赤壁賦〉，夢二道士，二字當作一字，疑筆誤也。」（見臺北漢京文化事業公司本，頁1249）。又《弘治黃州府志》卷8引朱熹之言云：「後賦前言二道士，後言孤鶴，東坡親蹟亦然，則或是筆誤也」（據《蘇軾選集》頁396引）。又明·萬曆本《蘇長公合作》卷1引朱熹之言云：「當以『一』字爲是。」（據《蘇軾選集》頁392引）。

由以上諸人所言綜觀，自宋代以來即有多人主張當作「夢一道士」，惟今人衣若芬認爲當作「夢二道士」，詳見所撰〈談蘇軾後赤壁賦中所夢道士人數之問題〉一文（臺大中文學報第6期，頁333～356）。

〔註57〕見《天下才子必讀書》卷15（安徽文藝出版社校注本，頁898）。
〔註58〕見《黃氏日鈔》卷91《跋赤壁後賦圖》。（據《蘇文彙評》頁24）。
〔註59〕見《苕溪漁隱叢話·後集》卷28（臺北世界書局本，頁621）。

由此段記載，可見鶴與道士頗有關聯性。故東坡以《莊子》道家超然
思想解脫心中之痛苦；又特借孤鶴與道士之形像出之，其受濃厚道家
思想之影響，可以窺見之。其實〈前赤壁賦〉中之「變與不變」、「無
盡藏」、「而吾與子之所共食」之「食」字等均有道家思想之色彩。（「食」
字尚有佛教之影響）〔註60〕故東坡於貶謫黃州期間，其自我解脫，排
除逆境之基調於此可知。清・吳楚材曾云：

> 前篇（指〈赤壁賦〉）寫實情實景，從「樂」字領出歌來。
> 此篇（指〈後赤壁賦〉）作幻境幻想，從「樂」字領出嘆來。
> 一路奇情逸致，相逼而出。與前賦同一機軸，而無一筆相
> 似。讀此兩賦，勝讀《南華》一部。〔註61〕

《南華》，即《莊子》；吳楚材於赤壁二賦之意涵，特就其《莊子》思
想之角度詮釋，可謂深得坡心。

　　總而觀之，東坡以「烏臺詩案」貶於黃州，其精神、肉體均打擊
甚大，以東坡少時即有「奮厲有當世志」及「致君堯舜」之理想觀之，
其雖受貶謫，但惓惓君國之心，無一日忘之。因「烏臺詩案」係以文
字招禍，故東坡於黃州對國事已不敢暢所欲言，而多有隱諱，由其詩
歌多借詠物託志可以見之。元豐五年宋神宗受喜功佞臣之鼓動，連續
開邊，後均歸於慘敗。東坡在黃，傷痛無已，遂借屢遊赤壁，先後作
賦二篇，以賦體文學「體物寫志」之功能以及含有隱語之特性，借寫
景、紋事發舒抑鬱胸懷，並隱約含有思君、憂國之意。惟東坡身為罪

〔註60〕按「吾與子之所共食」，之「食」字，諸本多作「適」，亦有作「樂」
　　　　者。今人孔凡禮《蘇軾文集》據北京圖書館藏殘宋本《東坡集》、《宋
　　　　文鑑》、《三希堂石刻》、《朱子語類》及元・李冶《敬齋古今黈》等
　　　　考定為「食」字。（可參見《蘇軾文集》頁7）。今台北故宮博物院藏
　　　　東坡手書《前赤壁賦卷》亦作「食」。按李冶《敬齋古今黈》謂東坡
　　　　用「食」字，係出於《素問》：「精食氣，形食味」及「壯火食氣，
　　　　氣食少火」之意。（見該書卷8，據《蘇文彙評》頁9）。又明・婁堅
　　　　《學古緒言》卷24云，東坡「食」字蓋用釋氏書「聲是耳之食，色
　　　　是眼之食」之意（據《蘇文彙評》頁16）。
〔註61〕見與吳調侯共編之《古文觀止》卷11（據《唐宋八大家散文廣選、
　　　　新註、集評》《蘇軾卷》頁383引）

人，在報國無路、壯志難酬之下，爲求解脫，不免墜入佛、道之哲思中，但此皆所以發胸中曠達之思，使身心得以平衡，並未使東坡墮入消極頹廢之中，其心中所懷抱之理想仍爲積極而奮進者。故〈赤壁〉二賦可謂研究東坡於黃州心境之最佳作品。至於其行文之流暢、寫景之精妙、哲理之高超，以及奠定宋代文賦之地位，猶其餘事也。

第二節　弔古賦

一、屈原遺宮，論定靈均

戰國時代，楚國屈原忠而受讒，一再被君王所逐，最後投汨羅江自沈而死。其忠鯁之心，千古稱美。最早對屈原表示哀弔之賦作，爲漢初賈誼之〈弔屈原賦〉。〔註62〕賈生於漢文帝時，爲絳侯、灌嬰、東陽侯、馮敬等人所讒害，天子疏之，貶爲長沙王太傅。賈誼渡湘水，自感處境與屈原相似，故作〈弔屈原賦〉以自喻，並明志（見《漢書·賈誼傳》）。迄後至唐代時，柳宗元以王叔文案，累貶爲永州司馬，渡湘水時作〈弔屈原文〉名雖爲文，實採《楚辭》體式，可稱之爲〈弔屈原賦〉。惟宗元係因得罪遭貶，並非罹讒去國，爲文以弔屈，固有傷歎屈原而自歎之意，惟後代以爲不類。〔註63〕

嘉祐四年（1059），東坡父子三人浮江出蜀，過湖北秭歸屈原之

〔註62〕按《史記·屈原賈生列傳》及《漢書·賈誼傳》皆云：「及渡湘水，爲賦以弔屈原。」而《文選》不收於「賦」類，收於「弔文」，稱之曰〈弔屈原文〉。按賈誼文係仿《離騷》之「騷體賦」，自宜以賦視之。元·祝堯《古賦辯體》賈誼〈弔屈原賦〉下注云：「《文選》因史傳有投文弔屈原之語，故以爲〈弔屈原文〉，而諸家則以爲賦。要之，篇中實皆比、賦之義，宜從諸家。」（見頁748）

〔註63〕按宋·晁補之云：「及子厚得罪，與昔人離讒去國者異；太史公所謂虞卿非窮愁，亦不能著書以自見於世者。」又云：「子厚之弔原，殆因而知悔者，其辭懟矣。」（見四庫本《五百家註柳先生集》卷19；又見朱熹《楚辭後語》卷5）。惟元·祝堯則曰：「其迹原之心，亦頗得之。」（見《古賦辯體》《外錄》下，頁852）

故居，東坡感而作賦，對屈原重新予以評價。東坡時年二十四歲，尚未出仕，無所謂憂讒畏譏或不為世用之情況。僅對屈原之忠愛作出評價，賦中議論性極強，可見東坡年青時期之思想。弔屈之賦多采騷體，東坡此賦亦然，騷體賦係直陳敍述，不采主客問答形式。東坡此賦卻暗用其個人與屈原對話之方式，以發原心，作法特殊，可見東坡對賦體文學融合變化之功力，亦可見東坡對賦體文學開拓創新之貢獻。

　　本賦在開首以四句敍述：「浮扁舟以適楚兮，過屈原之遺宮。覽江上之重山兮，曰惟子之故鄉。」交待作賦之地點，隨即進入主題。東坡以敍述雜以議論之口吻，描繪出屈原將死之心情，似在詢問屈原之靈魂，君何以如此？文云：

> 伊昔放逐兮，渡江濤而南遷。去家千里兮，生無所歸而死無以為墳。悲夫！人固有一死兮，處死之為難。徘徊江上欲去而未決兮，俯千仞之驚湍。賦〈懷沙〉以自傷兮，嗟子獨何以為心。忽終章之慘烈兮，逝將去此而沉吟。

賦文將屈原臨死前之矛盾心情與場景，鋪述頗為傳神。其中「人固有一死兮，處死之為難」，道出千古英雄志士，對何時當死、如何赴死方有價值，其艱艱抉擇之心聲。而屈原終於以〈懷沙〉明志，不再留戀生命，並明告天下人，將以捨生取義為法則。按《九章・懷沙》之「亂」云：

> 浩浩沅湘，分流汨兮。脩路幽蔽，道遠忽兮。懷質抱情，獨無匹兮。伯樂既沒，驥焉程兮。萬民之生，各有所錯兮。定心廣志，余何畏懼兮。曾傷爰哀，永歎喟兮。世溷濁莫吾知，人心不可謂兮。知死不可讓，願勿愛兮。明告君子，吾將以為類兮。〔註64〕

此「亂」，即賦文中所云之「忽終章之慘烈兮」，屈原此「亂辭」明確表示俗世污濁，人不己知，自己不再吝惜死亡，死亦不可逃，意志堅決而悲憤。史遷將〈懷沙〉全文引入〈屈原傳〉中，實深明其心。而

〔註64〕見《屈原集校注》頁553。

東坡賦文亦對屈原之死節，高度肯定。賦文下又以屈原口吻代替屈原
回答吾何以如此之故，文云：

> 吾豈不能高舉而遠遊兮，又豈不能退默而深居？獨嗷嗷其
> 怨慕兮，恐君臣之愈疏。生既不能力爭而強諫兮，死猶冀
> 其感發而改行。苟宗國之顛覆兮，吾亦獨何愛於久生。託
> 江神以告冤兮，馮夷教之以上訴。歷九關而見帝兮，帝亦
> 悲傷而不能救。懷瑾佩蘭而無所歸兮，獨悻悻乎中浦。

本段東坡以屈原之口吻，描述當年屈原雖有高舉遠遊，退默深居兩條
路可作選擇，但當君臣疏遠，宗國顛覆之時，苟全偷生又有何意義？
甚至當天帝亦無法挽救楚國之危亡時，亦只有自沉一途而已。本段以
模擬之口吻代屈原回答，實際即是東坡對屈原心志完全之抒發。元·
祝堯云：

> 〈屈原廟賦〉雖不規規於《楚辭》之步驟，中間描寫原心，
> 如親見之。〔註65〕

由祝堯之言觀之，東坡此賦未全合祝氏騷體賦之標準，惟對東坡能發
屈原之心，則深為肯定。

　　賦文下段，東坡又告之屈原，其死後千載，世道之難行，比當年
尤甚，甚至有人詆其行為為不智者。使文義又宕出一層，賦文云：

> 自子之逝今千載兮，世愈狹而難存。賢者畏譏而改度兮，
> 隨俗變化斷方以為圓。黽勉於亂世而不能去兮，又或為之
> 臣佐。變丹青於玉瑩兮，彼乃謂子為非智。

東坡用字極為銳利，「世愈狹而難存」，概歎世道之衰微愈為嚴重。後
世因畏譏讒而改度，變方正為圓滑者有之；奔走於亂世。且為邪惡勢
力奴臣者有之；人皆為易變之丹青，而如屈原一般如玉、如瑩者，已
藐乎其微矣。本段東坡以告訴屈原靈魂之口吻，說出屈原千年後之世
況，以此反襯屈原高潔之情操，實難有人企及，對於屈原心志之闡發
又進一層。

〔註65〕見所著《古賦辯體》卷八「宋體」，頁821。

　　按屈原忠愛之行，漢代以後，評價頗有異同，漢初淮南王劉安於
《離騷傳》中，極力稱揚屈原，斯傳今雖不傳，惟史遷於《史記・屈
原賈生傳》採入，猶見其意。而史公亦極力稱讚之，文云：

　　其文約、其辭微、其志絜、其行廉。其稱文小，而其指大。
　　舉類邇，而見義遠。其志絜，故其稱物芳。其行廉，故死
　　而不容。自疏濯淖污泥之中，蟬蛻於濁穢，以浮游塵埃之
　　外，不獲世之滋垢，皭然泥而不滓者也。推此志也，雖與
　　日月爭光可也。〔註66〕

此段文字雖敍於屈原作《離騷》之後，但史公對於屈原一生之總評，
亦不外如是。史公於〈屈原傳〉後之「太史公曰」云：「余讀《離騷》、
〈天問〉、〈招魂〉、〈哀郢〉，悲其志。適長沙，觀屈原所自沈淵，未
嘗不垂涕想見其爲人。」觀此言，可知史遷對屈原人格之評價矣。

　　劉安、史遷之後，至漢末揚雄對屈原頗爲傾仰，惟對其心志則不
甚明瞭，按《漢書・揚雄傳》云：

　　雄少而好學，……顧嘗好辭賦。先是時，蜀有司馬相如，
　　作賦甚弘麗溫雅，雄心壯之，每作賦，常擬之以爲式。又
　　怪屈原文過相如，至不容，作《離騷》，自投江而死，悲其
　　文，讀之未嘗不流涕也。以爲君子得時則大行，不得時則
　　龍蛇，遇不遇命也，何必湛身哉？乃作書，往往摭《離騷》
　　文而反之，自岷山投諸江流以弔屈原，名曰〈反離騷〉；又
　　旁《離騷》作重一篇，名曰《廣騷》；又旁〈惜誦〉以下至
　　〈懷沙〉一卷，名曰《畔牢愁》。《畔牢愁》、《廣騷》文多
　　不載，獨載〈反離騷〉。

自揚雄傳觀之，揚雄對屈原之作品頗爲認同，亦被其身世所感動而流

─────────────────

〔註66〕見《史記會注考證》卷84，頁983。又班固〈離騷序〉亦引淮南王
　　　　劉安《離騷傳》所云「國風好色而不淫，小雅怨悱而不亂，若《離
　　　　騷》者可謂兼之。蟬蛻濁穢之中，浮游塵埃之外，皭然泥而不滓，
　　　　推此志，雖與日月爭光可也。」等句（見《四部叢刊》初編宋・洪
　　　　興《楚辭補注》卷一王逸〈離騷序〉注下引）。又《文心雕龍・辨騷》
　　　　及朱熹《楚辭集注》《離騷》題注下，亦引淮南王此數言，惟文辭微
　　　　有小異。

涕，故模仿多篇。惟其對於屈原忠愛君國，以死諫諍之作法不能了解，故有「君子得時則大行，不得時則龍蛇，遇不遇命也，何必湛身哉？」之質疑。揚雄以好辭賦之故，深好屈原文章，但對其心志則不甚了了，對原之評價可謂毀譽參半。可謂僅看到屈原表面之情況，而未及其內心之深處。

南宋朱熹《楚辭集注》之《楚辭後語》選錄揚雄〈反離騷〉，於篇前敍論謂揚雄初始好學博覽，恬於勢利，仕漢三世不徒官。但自王莽得勢即作〈法言〉以稱美之，比於伊尹、周公；及莽篡漢稱帝，又臣事之，並仿司馬相如〈封禪文〉獻〈劇秦美新〉以媚莽。後莽以符命事誅甄尋、劉棻等，辭連及雄，雄恐懼，自天祿閣投下幾死。時人譏之曰：「爰清靜，作符命；唯寂寞，自投閣。」故朱子以爲揚雄之出處，大節已虧，故其於敍論之末云：

（揚雄）……竟死莽朝，其出處大致本末如此，豈其所謂龍蛇者邪？然則雄固爲屈原之罪人，而此文（按指〈反離騷〉）乃《離騷》之讒賊矣！尚何說哉？〔註67〕

朱子以揚雄評論屈原之言，並同其出處而深責之，固有過激之處。〔註68〕然揚雄之不能深悟屈原之心，亦可由此見之。

此後，對於屈原之心志，甚至文章，譏評最烈者，厥爲東漢之班固。班固對屈原之評論，主要見於其〈離騷序〉及〈離騷贊序〉兩文

〔註67〕 以上敍揚雄出處大略及朱子之言，均見《楚辭後語》卷2。（《楚辭集注》頁473～475），

〔註68〕 按明·胡應麟《詩藪》〈雜編〉卷一有爲揚雄開脫之言，錄供參考。胡氏云：「揚子雲〈反離騷〉，蓋深悼三閭之淪沒，非愛原極切，不至有斯文。長沙、龍門（按指賈誼、司馬遷）並有此意。班孟堅獨載此於〈雄傳〉，其義可知。第子雲但以此命名，亦何不可。本其情出于慕說傷痛，豈薰蕕岐趣者。紫陽（按指朱熹）之抨擊，亦未悉其由。」又云：「按〈雄傳〉有〈廣騷〉、〈畔牢愁〉等編，意率與〈反離騷〉無異，以班氏刊落，今皆不傳。當時子雲第目〈反離騷〉爲〈廣騷〉，則後人決不攻之如彼；惟其好立異名，故紛紛人口不已。昔人謂子雲老不解事，信然。然昌谷（按指明·徐禎卿）〈反反騷〉，亦贊也。」（據《中國歷代賦學曲學論著選》頁253轉引）

〔註 69〕其〈離騷贊序〉對屈原之忠君愛國及作賦諷諫之精神頗予肯定，如云：「屈原以忠信見疑，憂愁幽思而作《離騷》。」又云：「屈原痛君不明，信用群小，國將危亡，忠誠之情，懷不能已，故作《離騷》……以風，懷王終不覺悟。」又云：「至于襄王，復用讒言逐屈原在野，又作〈九章〉賦以風諫，卒不見納。不忍濁世，自投汨羅。」等等。但班固在其〈離騷序〉，卻又對於屈原之爲人及《離騷》之內容作出負面之評價，不但否定淮南王劉安對屈原之贊語，謂其「斯論似過其眞」，且有更尖銳之批評，其文云：

> 君子道窮，命矣。故潛龍不見是而無悶，〈關雎〉哀周道而不傷，蘧瑗持可懷之智，甯武保如愚之性，咸以全命避害，不受世患。故〈大雅〉曰：「既明且哲，以保其身。」斯爲貴矣。今若屈原，露才揚己，競乎危國群小之間，以離讒賊。然責數懷王，怨惡椒蘭，愁神苦思，強非其人，忿懟不容，沈江而死，亦貶絜狂狷景行之士。

班固尚對《離騷》內容不合儒家思想法度，予以批評，因此非本論文之研討範圍，不錄。以前引班固對屈原人格之批評而言，其不能體會屈原忠君諷諫、剛強正直，知其不可而爲之之精神，反而責其露才揚己，責數君王，心懷怨忿而不知明哲保身，較之揚雄之「龍蛇」云云，更爲激烈。班固以儒家自居，未能體會儒家成仁取義之眞義，惟以全身遠禍爲念，其心志較屈原微乎渺矣。雖其於〈離騷序〉後又謂屈原「其文弘博雅麗，爲辭賦宗，後世莫不斟酌其英華。」但僅稱之曰「可謂妙才」，仍評其「非明智之器」，可看出班固對屈原心志之不認同。後至南北朝，北齊顏之推仍主班固此說，謂屈原「自古文人，常陷輕薄，屈原露才揚己，顯暴君過」〔註70〕實可謂泥於古而不化者也。

　　漢末王逸撰《楚辭章句》，曾批駁班固之言，茲就其駁斥屈原人格部份引之如下：

〔註 69〕按班固兩序，皆見宋・洪興祖《楚辭補注》卷一《離騷》後附。以下引此兩文，皆據《四部叢刊》初編本。

〔註 70〕據洪興祖《楚辭補注》，王逸〈離騷序〉下注引。

人臣之義，以忠正爲高，以伏節爲賢。故有危言以存國，殺身以成仁。是以伍子胥不恨於浮江，比干不悔於剖心；然後忠立而行成，榮顯而名著。若夫懷道以迷國，詳（按同「佯」）愚而不言，顛倒不能扶，危則不能安，婉娩以順上，逡巡以避患，雖保貴耇，終壽百年，蓋志士之所恥，愚夫之所賤也。

王逸此數言，對於班固所謂「明哲保身」之言，提出抨擊。若對於君國危亡不能救，僅知全身保命，則雖壽逾百年，亦爲莫大之恥辱；王逸將忠臣殉死，泰山鴻毛之價值觀，敍述頗深刻，足以發屈原之心。王逸又對班氏所謂「露才揚己」之說，提出批駁，文云：

今若屈原，膺忠貞之質，體清潔之性，直若砥矢，言若丹青，進不隱其謀，退不顧其命，此誠絕世之行，俊彥之英也。而班固謂之露才揚己，競於群小之中，怨恨懷王，譏刺椒蘭，苟欲求進，強非其人，不見容納，忿恚自沈，是虧其高明而損其清潔者也。昔伯夷、叔齊讓國守分，不食周粟，遂餓而死，豈可復謂有求於世而怨望哉？且詩人怨主刺上曰：「嗚呼小子！未知臧否；匪面命之，言提其耳。」風諫之語，於斯爲切，然仲尼論之，以爲大雅。引此比彼，屈原之詞，優游婉順，寧以其君不智之故，欲提攜其耳乎？而論者以爲露才揚己，怨刺其上，強非其人，殆失厥中矣。

王逸洋洋灑灑，引古事暨《詩經》、孔子以證屈原並非「露才揚己」，其進不隱謀，退不顧命，純爲大義，非爲私人，實爲覺世之行，俊彥之英。王逸義正辭嚴，宣揚屈原心志，責備班固之狹陋；或許東漢之儒家思想使班固有迂腐保守之觀念，惟其因此爲後人所譏，亦固宜然。宋·洪興祖亦有爲屈原伸張之言，大抵皆祖王逸而有所闡發。其於《楚辭補注》有云：

屈子之事，蓋聖賢之變者；使遇孔子，當與三仁同稱，雄未足以與此；班孟堅、顏之推所云無異妄婦兒童之見。〔註71〕

〔註71〕洪興祖爲屈原伸張之言極長，不引錄，可參見《楚辭補注》王逸〈離騷序〉下洪氏注語。又清·劉熙載云：「班固以屈原爲露才揚己，意

以上不厭其煩,敘述漢代以來,各人對屈原人格、處事褒貶之情況,
可知斯人頗有爭議性。而班固之言,對屈原傷害最大,若屈子地下有
知,恐亦將爲之垂淚。故東坡賦文又於前云「彼乃謂子爲非智」下,
再以屈原之口吻代屈原回答,賦文云:

> 惟高節之不可以企及兮,宜夫人之不吾與。違國去俗死而
> 不顧兮,豈不足以免於後世?

此段代屈原之回答,可謂替屈子之靈魂道出心聲。因一般人無法期望
有如屈原一般崇高之節操,自然不會贊同其行爲。東坡以屈子自道之
口吻出之,即反襯其高節無人可及。後二句則道出屈原心中之怨憤不
平,言我既違國去俗,死而不顧,爲何尚不能免於後代之譏評?此二
句一竿打盡責訴屈原者,並表示出東坡認同屈原忠鯁行爲之立場,亦
有爲之洗刷冤屈之意。

　　在東坡與屈原之二次問答中,似乎二人之思想、感情已合而爲
一。東坡采此自問自答,忽而自己,忽而屈原之方式寫作,極爲特出,
可看出東坡對屈原身世之悲慨以及高尚節操之肯定。賦末轉入議論,
對屈原作一新角度之總評,文云:

> 嗚呼!君子之道,豈必全兮。全身遠害,亦或然兮。嗟子
> 區區,獨爲其難兮。雖不適中,要以爲賢兮。夫我何悲,
> 子所安兮。

東坡認爲君子之道,豈能一定要求完美無缺?若屈原能明哲保身全身
遠害,亦未嘗不可。但可贊歎者,屈原仍忠愛專一,獨行於艱難之路,
最後探激烈之方式自沈以諫,雖然不合於中庸之道,但仍不愧爲賢
者。東坡對於揚雄、班固等人之論點,並非全然否定;但更肯定屈原
所選擇舍生取義之道路,並間接駁斥了屈原非明智之譏評,對於屈原
之死得其所,給予極高之評價。宋·晁无咎曾云:「末云『嗟子區區,

本揚雄〈反離騷〉,所謂「知眾嫭之嫉妒兮,何必揚纍之蛾眉」是也。
然此論殊損志士之氣。王陽明〈弔屈平廟賦〉「眾狂穉兮,謂纍揚己」
二語,眞足令讀者痛快。」(見《藝概·賦概》,何沛雄《賦話六種》
本,頁33)。可見千古之下,人多不認同揚、班之論。

獨爲其難兮；雖不適中，要以爲賢兮。』竊謂漢以來原之論，定於此矣。」（見《經進東坡文集事略》卷一）。元·祝堯亦云：「末意更高，眞能發前人所未發。」（見《古賦辯體》卷八）。清·儲欣亦云：「品隲靈均絕確。」〔註72〕

由晁无咎、祝堯及儲欣等人之言觀之，東坡對屈原之總評，可謂得體而中節，千年之論，定於此矣。

宋·朱熹對北宋諸大散文家之騷體賦皆不甚許可，惟對東坡〈屈原廟賦〉極爲稱賞，其云：

> 國朝文明之盛，前世莫及，自歐陽文忠公、南豐曾公鞏與公（按指東坡）三人相繼迭起，各以其文擅名當世，然皆傑然自爲一代之文，於楚人之賦有未數數然者。獨公自蜀而東，道出屈原祠下，嘗爲之賦，以詆揚雄而申原志，然亦不專用楚語。其輯之「亂」乃曰：「君子之道，不必全兮；全身遠害，亦或然兮；嗟子區區，獨爲其難兮；雖不適中，要以爲賢兮；夫我何悲，子所安兮。」是爲有發於原之心，而其詞氣亦若有冥會者。〔註73〕

朱子認爲東坡此賦能發屈原之心，且能與屈原思想暗合，對此賦之評價極高。東坡時年二十四歲，尚未出仕，對於官宦之場合，政治之環境均尚未接觸，但自賦中肯定屈原之行爲觀之，其公忠體國，不隨俗方圓之個性已顯現無遺。東坡雖不能預知其日後黃州、惠州、儋州之貶謫生涯，但由此賦觀之，其悲劇之人生似早已隱伏其中。然其能留名千古，爲世所欽，不亦緣由是乎？《宋史·本傳》云：「或謂軾稍自韜戢，雖不獲柄用，亦當免禍。雖然，假令軾以是而易其所爲，尚得爲軾哉？」蘇轍於東坡《墓誌銘》亦云：

> 其於人，見善稱之，如恐不及；見不善斥之，如恐不盡。
> 見義勇於敢爲，而不顧其害用，以此數困於世，然終不以

〔註72〕見《唐宋十大家全集錄》之《東坡先生全集錄》卷一。（《四庫全書存目叢書》集部 405 冊，頁 332。）

〔註73〕見《楚辭後語》卷六，蘇軾〈服胡麻賦〉題注。（《楚辭集注》頁 597）

為恨。孔子謂伯夷、叔齊，古之賢人，曰：「求仁而得仁，
又何怨？」公實有焉。

由蘇轍及《宋史》之言觀之，東坡之個性，實有與屈原相類之處，朱
子云此賦「詞氣亦若有冥會者」是也。

此賦當時子由亦有同題之作，子由賦中間一大段以第一人稱模擬
屈原口吻敍述赴死心情，極為傳神，如「古固有是兮，予又何怪乎當
今？獨有謂予之不然兮，夫豈柳下之展禽。彼其所處之不同兮，又安
可以謗予？抱關而擊柝兮，余豈責以必死。宗國隕而不救兮，夫予舍
是安去？」〔註74〕子由此賦不似東坡雜有議論以評定屈原，僅發屈原
之心志，且通篇用楚騷體，故元代祝堯頗稱之，云：「反覆優柔，沈
著痛快，以古意而為古辭，何患不古。」對東坡賦則謂其「不規規於
《楚辭》之步驟。」蓋祝堯以復古為尚，反對賦中言理及議論之故。
但祝堯仍對二蘇之〈屈原廟賦〉極為稱賞，其云：

> 公（按指子由）嘗與兄子瞻同出屈祠而並賦。愚謂大蘇之
> 賦，如危峯特立，有巉然之勢；小蘇之賦如深溟不測，有
> 淵然之光。〔註75〕

東坡賦議論出奇，流暢瑰麗，雖為騷賦，但有散文氣勢；子由賦步驟
《楚辭》，抒情內斂，沈著穩健。祝堯比較二賦異同，頗得神髓，二賦
實各有所長，惟其闡發屈原心志則同，二蘇兩賦，可並稱不朽。〔註76〕

〔註74〕子由〈屈原廟賦〉見《欒城集》卷17（《蘇轍集》頁329）。
〔註75〕前引祝堯語均見《古賦辯體》卷8「宋體」，「蘇東坡」、「蘇子由」下
　　　　注語。
〔註76〕按二蘇兄弟在尚未入峽作〈屈原廟賦〉前，舟行過忠州，該地有後
　　　　人追思屈原所建之「屈原塔」，二人亦有同題共作之〈屈原塔〉詩。
　　　　東坡〈屈原塔〉詩云：「楚人悲屈原，千載意未歇。精魂飄何處，父
　　　　老空哽咽。至今滄江上，投飯救飢渴。遺風成競渡，哀叫楚山裂。
　　　　屈原古壯士，就死意甚烈。世俗安得知，眷眷不忍決。南賓舊屬楚，
　　　　山上有遺塔。應是奉佛人，恐子就淪滅。此事雖無憑，此意固已切。
　　　　古人誰不死，何必較考折。名聲實無窮，富貴亦暫熱。大夫知此理，
　　　　所以持死節。」（見《蘇軾詩集》卷一，頁22）。
　　　　子由〈屈原塔〉詩云：「屈原遺宅秭歸山，南賓古者巴子國。山中遺
　　　　塔知幾年，過者遲疑不能識。浮圖高絕誰所為？原死豈復待汝力。

二、昆陽戰場，歎息嚴尤

　　嘉祐五年（1060）春，蘇洵攜東坡、子由兄弟二人及其家眷，自江陵赴京，途經昆陽，東坡作〈昆陽城賦〉，編年已見前章。昆陽，古城名，北宋時屬汝州葉縣（今河南葉縣北）。昆陽爲王莽末年（地皇四年，即漢更始元年）派大司空王邑等與漢軍劉秀決戰之戰場。東坡於北行途中，睹古戰場有感，乃作〈昆陽城賦〉以弔之，其中敍述新莽及漢光武之戰爭情況，賦末又有議論，實際上可謂一首詠史賦。賦文以寫景開端，文云：

> 淡平野之靄靄，忽孤城之如塊。風吹沙以蒼茫，悵樓櫓之安在？橫門豁以四達，故道宛其未改。彼野人之何知，方傴僂而畦菜。

由遠而近，寫平野，淡靄、風沙、孤城、橫門、故道，隱約昔日戰場風貌。惟今日樓櫓不見，只見不知昔日故事，彎腰畦菜之農人，一片平和寧靜。賦文開首之八句，敍原野孤城，景色如畫，極盡賦體文學「體物」之妙。而「悵樓櫓之安在」一句，爲以下敍事及議論埋下伏筆。開首八句之妙，後人有極稱之者。宋·吳子良云：

> 詞人即事睹景，懷古思舊，感慨悲吟，情不能已。今舉其最工者，如劉禹錫〈金陵〉詩：「山圍故國周遭在，潮打空城寂寞回。淮水東邊舊時月，夜深還過女牆來！」……竇鞏〈南游〉詩：「傷心欲問前朝事，惟見江流去不回，日暮東風春草綠，鷓鴣飛上越王臺。」東坡〈昆陽城賦〉：「橫門豁以四達，故道宛其未改。彼野人之何知，方傴僂而畦菜。」張安國〈題黃州東坡〉詩：「老仙騎鶴去，穉子飯牛歌。」蓋人已逝而迹雖存，迹雖存而景隨變。古今詞云，語言百出，究其意趣，大概不越諸此，而近世倣傚尤多，遂成塵腐，亦不足貴矣。〔註77〕

臨江慷慨心自明，南訪重華訟孤直。世人不知徒悲傷，強爲築土高岌岌。」（見《欒城集》卷一，《蘇轍集》頁 5）。東坡詩猶如其賦，熱烈激情。子由詩則含蓄內斂，意在言外。二人個性亦可由此得窺。

〔註77〕見所著《荊溪林下偶談》，據《蘇軾資料彙編·上編》頁 740。

按吳子良其人，《四庫提要》謂其「論詩評文之語，所見頗多精確。……其識見高於當時諸人遠矣。」〔註78〕可知吳氏評前引劉禹錫等人之詠史、弔古詩頗有見解。東坡〈昆陽城賦〉開首數句寫昆陽城之古戰場，將「人已逝而迹猶存，迹雖存而景隨變」之情景傳神而出，吳氏是以盛稱之。

　　清・劉熙載曾云：「戴安道畫〈南都賦〉，范宣歎爲有益，知畫中有賦；即可知賦中宜有畫矣。」〔註79〕按東坡評王維詩、畫曾有「詩中有畫，畫中有詩」之言；豈不知其本人之賦中亦有畫意，能極盡「體物」之妙，劉熙載所謂之「賦中宜有畫」，於東坡此賦即能見之。

　　賦文中間一大段，東坡以健壯簡錬之筆，追敍當日戰場情形。由今日之時空，迅快回至當年之場景，敍述極爲精彩，賦文云：

> 嗟夫，昆陽之戰，屠百萬於斯須，曠千古而一快。想尋、邑之來陣，兀若驅雲而擁海。猛士扶輪以蒙茸，虎豹雜沓而橫潰。罄天下於一戰，謂此舉之不再。方其乞降而未獲，固已變色而驚悔。忽千騎之獨出，犯初鋒於於未艾。始憑軾而大笑，旋棄鼓而投械。紛紛籍籍死於溝壑者，不知其何人，或金章而玉佩。

東坡將王莽軍隊之雄壯凶猛、漢軍王鳳等人之擔憂驚恐、劉秀騎兵之迅快鋒銳、王莽部將之輕敵大敗，以及死亡枕藉之情形，以約一百字鋪述殆盡，文筆極爲簡錬健壯。此段敍事不用長篇大論，但盡得賦體文學鋪排之妙。後人多有稱之者，如宋・朱熹云：

> 子瞻作此賦時方二十一、二歲耳！筆力豪壯，不減司馬相如也。〔註80〕

按東坡作此賦時爲嘉祐五年，係二十五歲，朱子云二十一、二歲，殆

〔註78〕見《四庫全書總目》卷 195「集部詩文評」《荆溪林下偶談》提要，頁 1789。

〔註79〕見《藝概・賦概》，據何沛雄《賦話六種》本，頁 48。

〔註80〕見《朱文公文集・續集》卷八〈跋韋齋書昆陽賦〉（據張健《朱熹的文學批評研究》頁 100 轉引）按「韋齋」爲朱熹父朱松，朱松既書此賦，表示其對東坡此賦之欣賞。

為偶誤。司馬相如所作之逞辭大賦，鋪張揚厲，為漢大賦之代表。朱子謂東坡此賦筆力豪壯，不減相如，蓋深許其文字雖不多，但具體而微，盡得賦體鋪排之妙。元·劉壎《隱居通義》一書全錄此賦，並評之云：「東坡先生有〈昆陽城賦〉，殊俊健痛快！」〔註81〕可見人同此心。

按王莽末年與漢軍於昆陽之戰役，係決定性之一戰，該戰役發生於王莽地皇四年六月，至十月王莽即敗亡，可見該戰役之重要性。東坡賦文云：「馨天下於一戰，謂此舉之不再。」可謂將王莽之心意全部道出。據《漢書·王莽傳》載：

> （地皇四年）四月，世祖（按指劉秀）與王常等別攻潁川，下昆陽、郾、定陵。莽聞之愈恐，遣大司空王邑馳傳之雒陽，與司徒王尋發眾郡兵百萬，號曰「虎牙五威兵」，平定山東。…邑至雒陽，州郡各選精兵，牧守自將，定會者四十二萬人，餘在道不絕，車甲馬士之盛，自古出師未嘗有也。……六月，過昆陽。……會世祖悉發郾、定陵兵數千人來救昆陽，尋、邑……與漢兵戰，不利。大軍不敢擅相救，漢兵乘勝殺尋。昆陽中兵並出戰，邑走，軍亂。大風蜚瓦，雨如注水，大眾崩壞號謼，虎豹股栗，士卒奔走，各還歸其郡。……關中聞之震恐。〔註82〕

以上節引《王莽傳》所述，可見該次戰役梗概。宋·郎曄於《經進東坡文集事略》注此賦亦引《後漢書·光武紀》詳述此役，文長不引錄。〔註83〕按王莽之百萬雄師，大敗於劉秀數千騎兵之手，誠歷史上以寡

〔註81〕 語見《隱居通義》卷五「古賦」，頁 46。（臺北新文豐出版社據《讀畫齋叢書》排印本）

〔註82〕 見《漢書》卷99，頁 4183。（台北宏業書局排印本）

〔註83〕 可參見《校正經進東坡文集事略》卷一，頁 9～10。其中有「王莽遣王尋、王邑將兵百萬到潁川，與嚴尤、陳茂合，旌旗輜重，千里不絕。又驅諸猛獸虎豹之屬以助威武，自秦漢出師之盛，未之有也。」之言。又云：「六月己卯，光武自將步騎千餘，去大軍四十里而陳；尋、邑亦遣兵數千合戰，光武奔之，尋、邑兵卻，斬首數百千級，……尋、邑陳亂，乘銳崩之，遂殺王尋，……王邑、嚴尤、陳茂輕騎乘

擊眾之代表。故東坡於賦文中有「嗟夫！昆陽之戰，屠百萬於斯須，曠千古而一快！」之言，已微有評論。賦文後隨即展開議論，評論王莽，並兼及其大將嚴尤，賦文云：

> 彼狂童之僭竊，蓋已旋踵而將敗。豈豪傑之能得，盡市井之無賴。貢符獻瑞一朝而成羣兇，紛就死之何怪。獨悲傷於嚴生，懷長才而自溺。豈不知其必喪，獨徘徊其安待。過故城而一弔，增志士之永慨。

王莽以外戚始起，早期折節力行以要名譽。後居位宰輔，卻以貢符獻瑞僭竊帝位，天下豪傑均不齒之。故王莽所用之人皆投其所好之「市井無賴」，並無眞正之人才，其敗亡自旋踵可待。且王莽施政，暴虐不仁，更加速其敗亡。如《漢書·王莽傳》，班固評曰：

> 及其竊位南面，處非所據，……乃始恣睢，奮其威詐，滔天虐民，窮凶極惡，毒流諸夏，亂延蠻貊，猶未足逞其欲焉。……自書傳所載亂臣賊子無道之人，考其禍敗，未有如莽之甚者也。

由此觀之，東坡以二十餘歲之熱血青年，就其對王莽之評論觀之，已可見其對「聖君」之期待，而聖君最重要者，厥爲能善用人才，賦文云：「豈豪傑之能得，盡市井之無賴」二句實含有深意。東坡少年時，即有「致君堯舜」之理想，《宋史·本傳》載其對後漢范滂極爲崇仰，可見其忠誠耿直，厭棄邪佞之個性。東坡元祐期間擔任侍讀時，對哲宗皇帝忠誠懇切，時時規諫，由此賦亦可窺見一、二。東坡既重人才，故對王莽其他大臣，皆不許可，惟對嚴尤斯人，對其胸懷長才而明珠暗投，不勝歎息；而此賦最主要之意思，即在於此。前引元·劉壎《隱居通義》錄〈昆陽城賦〉全文，其賦末有小注，他本不載，當係東坡自注。文云：

> 嚴尤最曉兵法，爲莽謀主，昆陽之敗，乘輕騎，踐死人而逃。

東坡稱嚴尤最曉兵法，亦有謀略，犖犖大才，竟爲功名之故，投效闇

死人，度水逃去。」

主，且與王邑、王尋等小人爲伍，實爲其不值。故賦文有「獨悲傷於嚴生，懷長才而自浼。」之句。對其眷戀利祿，不早作抉擇，又有「豈不知其必喪，獨徘徊其安待？」之歎息。東坡此處除歎息人才淪喪之外，亦有「出處」大節宜合正道之意。

據《漢書‧王莽傳》載，昆陽之戰時，嚴尤曾勸諫王邑當如何作戰，惟王邑不聽，遂致大敗，文云：

> 二公（按指王邑、王尋）縱兵圍昆陽。嚴尤曰：「稱尊號者在宛下，宜亟進。彼破，諸城自定矣。」邑曰：「百萬之師，所過夷滅，今屠此城，喋血而進，前歌後舞，顧不快邪？」遂圍城數十重。城中請降，不許。嚴尤又曰：「『歸師勿遏，圍城爲之闕』，可如兵法，使得逸出，以怖宛下。」邑又不聽。

由《漢書》觀之，嚴尤精通兵法，深諳謀略，惜爲小人所誤。試觀王邑斯人，言語輕狂，又疏謀略，其失敗也必然。昆陽戰後，王莽、王邑均身亡，嚴尤亦敗死，以如是長才，而有此結果，東坡深爲嗟歎之，故賦文末云：「過故城而一弔，增志士之永慨。」

此外，就賦文章法而言，「故城」又與篇首「忽孤城之如塊」互相叩合，綿密無迹。

東坡常喜書其賦以贈友人，據孔凡禮《蘇軾文集》卷一〈昆陽城賦〉後注云：「清陸心源《穰梨館過眼錄》卷二亦錄有此文全文，文末有『元豐二年九月廿五日書寄參寥子，眉山蘇軾』字」。陸心源《穰梨館過眼錄》今未見，然既有「書寄參寥子」字樣，當爲東坡手書。2004年3月，石家莊河北教育出版社出版之《中國書法家全集》，其中趙權利所著之《蘇軾》一冊，收有美國二石老人所藏《昆陽城賦卷》紙本之影本，其卷末亦有如陸心源《穰梨館過眼錄》所錄〈昆陽城賦〉文末之「元豐二年」等十八字，陸氏所見，不知是否此本，但東坡曾書此賦以贈參寥，當爲可信。〔註84〕

〔註84〕 〈昆陽城賦卷〉紙本之影本，可參見本論文「附錄二」《東坡傳世辭

　　按元豐二年八月十日至十二月二十六日，東坡正因「烏臺詩案」
囚於臺獄，不知九月廿五日爲何書此賦寄參寥，或心中有寃屈而欲抒
發、或欲借此賦而寄微意，不得而知。元豐二年之前，東坡賦作僅有
早年三賦（〈灩澦堆賦〉、〈屈原廟賦〉、〈昆陽城賦〉）及〈服胡麻賦〉、
〈後杞菊賦〉二賦。〈後杞菊賦〉於「烏臺詩案」已被列入訕謗朝廷
之證據；〈屈原廟賦〉寫忠臣遭謗，易爲人摘句誣指；惟〈昆陽城賦〉
有含意但不明顯，故東坡或書此以寄意也。就書贈參寥之紙本觀之，
其「謂此舉之不再」，少書「此舉」二字；賦末又少書「獨悲傷於嚴
生，懷長才而自浼。豈不知其必喪」三句。不知東坡於獄中默書時忘
之，或故意不書以隱藏其意，不得而知。

　　又據傅藻《東坡紀年錄》「元豐六年」載：「十一月十二日，爲張
夢得書〈昆陽賦〉。」按元豐六年，東坡已貶黃州約四年，又再度書
〈昆陽城賦〉贈友人，距作此賦己有二十三年之久，可見東坡對此賦
頗爲自得，其中亦必有其深意寄焉。

　　東坡弟蘇轍無昆陽城相關之詩賦作品，惟其父蘇洵則有〈昆陽城〉
詩一首，據其編年次序考之，當爲同時所作，詩云：

> 昆陽城外土非土，戰骨多年化牆堵。當時尋邑驅市人，未
> 必三軍皆反虜。江河塡滿道流血，始信武成眞不誤。殺人
> 應更多長平，薄賦寬征已無補。英雄爭鬭豈得已，盜賊縱
> 橫亦何數。御之失道誰使然？長使哀魂啼夜雨。〔註85〕

蘇洵此詩藉詠昆陽戰史，敍及無論英雄之爭天下，或盜賊之亂天下，
受苦死亡者皆爲百姓，深歎戰爭之殘酷，蓋亦詠史而有寄意者。考蘇
洵集中無一賦作，清・劉熙載曾云：「以賦視詩，較若紛至沓來，氣
勢猛惡。故才弱者往往能爲詩，不能爲賦。」〔註86〕蘇洵不似其子東
坡賦作之眾多，恐亦才氣使然也。

賦書跡》。
〔註85〕見《嘉祐集箋註》之「佚詩二十四首」，頁506（上海古籍出版社）。
〔註86〕見《藝概・賦概》，何沛雄《賦話六種》本，頁46。

第三節　詠物賦

一、窮太守日食杞菊

　　宋神宗熙寧七年，東坡自杭州通判移知密州，是年十二月到任。次年作〈後杞菊賦〉，本賦有與賦文字數約略相當之長序一篇，序文云：

　　天隨生自言常食杞菊。及夏五月，技葉老硬，氣味苦澀，猶食不已。因作賦以自廣。始余嘗疑之，以為士不遇，窮約可也，至於飢餓嚼齧草木，則過矣。而余仕宦十有九年，家日益貧，衣食之奉，殆不如昔者。及移守膠西，意且一飽，而齋廚索然，不堪其憂。日與通守劉君廷式，循古城廢圃，求杞菊食之，捫腹而笑。然後知天隨生之言，可信不繆。作〈後杞菊賦〉以自嘲，且解之云。

　　按東坡未曾作〈杞菊賦〉，何來後賦？今由序文可知，東坡此賦係因天隨生有前賦，感於與其事相類，故作後賦以自嘲自解者，此序道出作後賦之緣由。天隨生，即唐・陸龜蒙，龜蒙曾自號天隨子，故東坡以天隨生稱之。按陸龜蒙有〈杞菊賦〉，並有序文，茲先引之以觀，陸賦云：

　　天隨子宅荒少牆，屋多隙地，著圖書所，前後皆樹以杞菊。春苗恣肥，日得以採擷之，以供左右杯案。及夏五月，枝葉老硬，氣味苦澀，旦暮猶責兒童輩拾掇不已。人或歡曰：「千乘之邑，非無好事之家，日欲擊鮮為具，以飽君者多矣。君獨閉關不出，率空腸貯古聖賢道德言語，何自苦如此？」生笑曰：「我幾年來忍飢誦經，豈不知屠沽兒有酒食邪？」退而作〈杞菊賦〉以自廣云：
　　惟杞惟菊，偕寒互綠。或穎或苕，煙披雨沐。我衣敗綈，我飯脫粟。羞慚齒牙，苟且梁肉。蔓延駢羅，其生實多。爾杞未棘，爾菊未莎。其如予何？其如予何？〔註87〕

_____

〔註87〕見陸龜蒙自編之《笠澤叢書》卷1（據《四庫全書本》)。此賦又見陸龜蒙《甫里集》卷14（《四庫全書》本）。又見《御定歷代賦彙》正集卷

由陸賦序文可知，其寧願日食杞菊，貧困度日，亦不願屈身世俗。尤其「我幾年來忍饑誦經，豈不知屠沽兒有酒食邪？」等句，可看出陸龜蒙之傲氣與風骨，令人敬佩。其中亦隱含社會不公及懷才不遇之傷歎。

東坡作〈後杞菊賦〉時，正任密州太守，雖因不認同新法被排擠出京，尚不可全謂之不遇。但據其賦文所云，身任一州之長，卻「齋廚索然，不堪其憂」，且每日與通判「循古城廢圃，求杞菊食之」，可見密州之窮困。東坡同年所作之〈超然臺記〉亦有「余自錢塘移守膠西，……始至之日，歲比不登，盜賊滿野，獄訟充斥；而齋廚索然，日食杞菊」之句，可見所言不虛。故同為日食杞菊，但東坡與陸龜蒙之情況，實大不相同，東坡此賦當別有寄意，特借陸賦以開端而已。

東坡此賦甚短，僅有二段，採主客問答之形式，首段為客問，次段為主答，極為簡鍊，賦文云：

> 「吁嗟先生，誰使汝坐堂上稱太守？前賓客之造請，後掾屬之趨走。朝衙達午，夕坐過西。曾盃酒之不設，攬草木以誑口。對案顰蹙，舉箸嘆嘔。昔陰將軍設麥飯與蔥葉，井丹推去而不嚌。怪先生之眷眷，豈故山之無有？」

> 先生听然而笑曰：「人生一世，如屈伸肘。何者為貧？何者為富？何者為美？何者為陋？或糠籺而瓠肥，或粱肉而墨瘦。何侯方丈，庾郎三九。較豐約於夢寐，卒同歸於一朽。吾方以杞為糧，以菊為糗。春食苗，夏食葉，秋食花實而冬食根，庶幾乎西河、南陽之壽。」

主客問答為漢代大賦常用之形式，自東方朔〈答客難〉以此種形式抒發其牢落不遇之情懷後，後世仿之者極多，其中以揚雄〈解嘲〉、班固〈答賓戲〉、唐・韓愈〈進學解〉等較為著名。東坡此賦遠紹〈答客難〉，近仿〈進學解〉，但就其形式而言，首段之「客」隱藏不見，以「吁嗟先生！」突然發問，盡變古人舊格，極具創新性。宋・洪邁

100「飲食」類，日本中文出版社本，頁 1397。各本文字微有小異。

曾盛稱之，其云：

> 自屈原詞賦假爲漁父、日者問答之後，後人作者悉相規仿：
> 司馬相如〈子虛〉、〈上林賦〉以子虛、烏有先生、亡是公；
> 揚子雲〈長楊賦〉以翰林主人、子墨客卿；班孟堅〈兩都
> 賦〉以西都賓、東都主人……皆改名換字，蹈襲一律，無
> 復超然新意稍出于法度規矩者。……若東坡公作〈後杞菊
> 賦〉，破題直云：「吁嗟先生，誰使汝坐堂上稱太守？」殆
> 如飛龍搏鵬，騫翔扶搖於煙霄九萬里之外，不可搏詰，豈
> 區區巢林翾羽者所能窺探其涯涘哉？〔註88〕

又如宋・李耆卿云：

> 班固賦設問答最弱，如西都主人之類。至子瞻〈後杞菊賦〉
> 起句云：「吁嗟先生，誰使汝坐堂上稱太守？」便自風采百
> 倍。〔註89〕

坡賦就形式而言，固脫前人窠臼；就內容而言，亦有創新，東坡此賦
並非傷感懷才不遇，亦非歎老嗟卑，而是以太守之貧窮，隱喻百姓生
活之困苦，極爲關心民瘼，並暗諷新法實施之不當，極具時代意義。
賦文第二段又自嘲自解，以曠達開朗、超脫物外之胸懷面對逆境，故
此賦內容寬廣深刻，既諷時政，又論人生，且極富哲理。較之陸龜蒙
〈杞菊賦〉或自東方朔〈答客難〉至韓愈〈進學解〉一系列類同之賦
作，境界高出甚多。

賦文開首一段，極力鋪寫太守生活之窘迫，太守從事公務終日，
卻「曾盃酒之不設，攬草木以誑口」；「草木」，即序文中與通判劉庭
式循古城廢園所採之「杞菊」；杞菊難以下嚥，故云「對案顰蹙，舉
箸喜嘔」，即使勉強食之，亦不過「誑口」而已，實質上無法解除飢
餓。就東坡〈超然臺賦〉考之，東坡於密州尚「擷園蔬，取池魚，釀
秫酒，瀹脫粟而食之」雖皆爲粗陋之食物，惟可見並非全食杞菊，但

〔註88〕見《容齋五筆》卷7，〈東坡不隨人後〉條（長春吉林文史出版社《容
　　　　齋隨筆》頁711）。
〔註89〕見所著《文章精義》，（《四庫全書本》）。

其生活之窘迫清苦，亦可以想見。試想太守與通判生活尚且如此，則百姓又當如何？其中隱約所含諷刺之意頗爲明白。

首段之「客」曾以東漢井丹之故事反詰太守（實乃東坡自問自答，以表明心迹）。按井丹爲東漢高士，不屈節於權貴，曾有沛王等五王遣請丹，均不能致。後信陽候陰就（即陰將軍）要劫之而至，並故設麥飯、葱葉之食，丹推去不就，後陰就置盛饌，丹乃食，自是閉門不問世事。〔註90〕賦中之「客」蓋詰問東坡，井丹爲當朝權貴所重，尚能不委屈事奉，爲保清高，乃遯隱而去。爲何汝身爲太守，又貧賤如此，尚眷戀官位不捨乎？賦文所謂之「怪先生之眷眷，豈故山之無有？」即謂此，蓋對太守諷刺之言。其實乃東坡欲借此二句以發下段太守之回答。

按東坡自童子時，見石介〈慶曆聖德詩〉，即有頡頏當世賢哲富弼、韓琦、杜衍及范仲淹諸人之意（見《宋史・本傳》）；平素讀書亦「奮厲有當世志」（見《墓誌銘》），故其日後從政，率希能致君堯舜，清平天下。對於當日北宋諸多弊端，亦深欲改革，但不同意王安石之急進。故熙寧七年移知密州時，見民生凋弊，盜賊滿野，新法之利未見，而害處多有。故以東坡之個性及自許，自當救斯民於水火之中，安能以貧窘之故隱身而遁乎？故賦文「怪先生之眷眷，豈故山之無有？」乃反面之意。東坡家道雖不豐，故鄉豈無三畝宅？對於地處偏僻之貧困郡守，又何眷眷之有？東坡所以不去者，蓋爲人民也。

賦文次段之回答，東坡以戲笑之口吻自嘲自解，採婉曲之筆法，反面嘲諷，認爲人生極短暫，貧、富、美、陋，隨時變化，並非絕對。而飲食更爲如此，如漢陳平日食粗糠，卻白胖如瓠；魏曹植日食粱肉，卻面目黑瘦；又晉何曾日食萬錢，南齊庾杲惟日食韮菜；雖享受不同，貧富有異，但人生短暫如夢寐，轉瞬即朽，又何必計較？故賦末云將以杞菊爲糧，四季食之，或可長命百歲也！

〔註90〕井丹事據《校正經進東坡文集事略》卷一，頁11，郎曄注節引。

太守回答之一段，連用陳平、曹植、何曾、庾杲之、西河、南陽六典故，正反對比，結出主意。細味其中自嘲自解之笑謔口吻，曲筆隱忍之憤慨無奈，千載之下讀之，仍不禁令人浩歎。至於其用事之貼切、儷對之工整，行文之流暢，又其餘事耳！

東坡自解之一段，雖有暗諷之意。但自另一角度觀之，亦處逆境排解之方法，既「人生一生，如屈伸肘」，且最後「卒同歸於一朽」，故凡事可超然處之，隨時可樂。東坡於同時稍後所作之〈超然臺記〉認爲：

> 凡物皆有可觀，苟有可觀，皆有可樂，非必怪奇瑋麗者也。餔糟啜漓皆可以醉，果蔬草木皆可以飽。推此類也，吾安往而不樂？〔註91〕

因此東坡於密州有「游於物之外」之超然思想，雖日食杞菊，但「處之期年，而貌加豐，髮之白者，日以反黑」，此是否食杞菊之功，無由得之，但應是超然曠達之思想，使心情開朗有以致之。《三蘇文範》引呂雅山之言云：

> 〈超然台記〉說安遇順性之理，極爲透徹，此坡公生平實際也。故其臨老謫居海外，窮愁顚越，無不自得，眞能超然物外者矣。〔註92〕

東坡日後於黃州、惠州、儋州皆能曠達自得，安處逆境，於密州所作〈後杞菊賦〉及〈超然臺記〉實已肇端。

〈後杞菊賦〉雖有暗諷，實不明顯，作爲開拓心胸之「齊物」觀念視之，或更得宜。但元豐二年東坡因訕謗朝廷下臺獄之時，此賦並同〈超然臺記〉卻均被視爲罪狀之一。據《烏臺詩案》一書載東坡之《供狀》云：

> 軾與張方平、王詵、李清臣，……其人等與軾意相同，即是與朝廷新法時事不合，及多是朝廷不甚進用之人。軾所

〔註91〕本章所引〈超然臺記〉均據《蘇軾文集》卷11，頁351。

〔註92〕據王水照編注《蘇軾選集》頁360引（上海古籍出版社）。但《御選唐宋文醇》卷44作黃道周語。

以將譏諷文字，寄與如後：【與王詵往來詩賦】……熙寧八年並熙寧九年內，作〈薄薄酒〉又〈水調歌頭〉一首。復有〈杞菊賦〉一首並引，不合云：「及移守膠西，意其一飽，而始至之日，齋館索然，不堪其憂。」以非諷朝廷新法減削公使錢太甚，齋醞廚薄，事皆索然無備也。軾又作〈超然臺記〉云：「始至之日，歲比不登，盜賊滿野，獄訟充斥。」意言連年蝗蟲盜賊之多，以非諷朝廷政事闕失，並新法不便所致。及云「齋廚索然，日食杞菊。」以非諷朝廷新法削減公使錢太甚。〔註93〕

由東坡之《供狀》，可知熙寧新法時大幅削減地方太守之公使錢，使地方官費用欠缺，故生活困窘。東坡以太守之尊，尚「齋廚索然」，故作〈後杞菊賦〉及〈超然臺記〉諷之，實際乃東坡對於實施新法之全盤否定。

熙寧四年，東坡曾二次上書神宗皇帝論新法之害（見《蘇軾文集》卷二十五），忠誠懇切，但神宗不聽，東坡且因此忤王安石而通判杭州。熙寧八年到密州見公使錢削減太甚，再加上密州蝗災嚴重，歲收銳減，百姓生活困苦；朝廷又欲行手實法，使百姓痛苦更深，東坡賦杞菊，以嘲解方式暗諷新法，自有其因。後御史李定等以多篇詩文誣東坡為訕謗朝廷，實欲加其罪之「文字獄」也。東坡於熙寧八年曾賦〈次韻劉貢父、李公擇見寄二首〉詩，其第二首云：

> 何人勸我此間來？絃管生衣甑有埃。綠蟻沾唇無百斛，蝗蟲撲面已三回。磨刀入谷追窮寇，灑涕循城拾棄孩。為郡鮮歡君莫歎，猶勝塵土走章臺。〔註94〕

此詩敍密州百姓生活之苦、盜賊之多，更為露骨，觀「灑涕循城拾棄孩」一句，真令人垂涕。故此詩元豐二年自亦作為訕謗證據之一。據《烏臺詩案》【和李常來字韻】條，東坡《供狀》云：

> 此詩譏諷朝廷，新法削減公使錢太甚，及造酒不得過百石，

〔註93〕見宋・朋九萬《烏臺詩案》，據《蘇軾資料彙編・上編》頁 584～587。
〔註94〕見《蘇軾詩集》卷 13，頁 646。

致管絃生衣甑有塵；及言蝗蟲、盜賊、災傷饑饉之甚，以
諷朝廷政事闕失，及新法不便之所致也。

由和李常詩及東坡《供狀》，並〈超然臺記〉等觀之，〈後杞菊賦〉所
隱含之諷喻應是。東坡雖「爲郡鮮歡」，但仍不思退隱，而致力於改
善百姓之生活，除捕蝗、緝盜之外，對於苛虐新法亦思有以改之。據
子由所作東坡《墓誌銘》載：

自杭徙知密州，時方行手實法，使民自疏財產以定户等，
又使人得告其不實。司農寺又下諸路，不時施行者以違制
論。公謂提舉常平官曰：「違制之坐，若自朝廷，誰敢不從？
今出於司農，是擅造律也，若何？」使者驚曰：「公姑徐之。」
未幾朝廷亦知手實之害，罷之。密人私以爲幸。

由是可知，東坡知密州，爲其生平第一次任郡守，又恰值蝗災及新法
諸弊，故東坡奮力爲百姓除災害，於其詩文中多所反映，不幸後日均
作爲繫獄之證據，誠令人傷歎！東坡在密州共二年餘，離密州後，密
人極爲感念，曾圖像於密州城西彭氏之圃，歲時拜謁。據《翟忠惠先
生集》云：

東武俗號朴野，不事藻飾，爲肖東坡蘇公像於城西彭氏之
圃，郡人歲時相率拜謁。至先生（按此亦曾爲密守者，其
人失考）則往往繪像於家，以神明事之。國朝以來，持節
剖符，典領是邦者，不知幾何人，舉皆無聞。獨先生與東
坡去後，遺愛在人者深。雖東武拙於藻飾之俗，亦不忘景
慕賢德，貽厥不朽。由是觀之，桐鄉之祠朱大農、潮陽之
廟韓文公，決非偶然者。〔註95〕

翟忠惠徽宗時嘗知密州，應已在東坡卒後，而密人猶圖像拜謁，可見
其遺德甚深。東坡曾爲潮人作〈潮州韓文公廟碑〉，極力稱贊潮人對
韓愈之感念；而密人對東坡之感念，又何嘗不如是？

元豐八年，東坡再次起用知登州，途經密州，已在十年後，密人

〔註95〕據孔凡禮《年譜》頁 344 引。孔氏蓋據《永樂大典》卷一萬八千二
百二十三引錄。

仍極懷念東坡，東坡時作〈再過超然臺贈太守霍翔〉詩，有句云：

> 重來父老喜我在，扶挈老幼相遮攀。當時襁褓皆七尺，而
> 我安得留朱顏？問今太守爲誰歟？護羌充國鬢未斑。躬持
> 牛酒勞行役，無復杞菊嘲寒慳。〔註96〕

由詩中觀之，百姓對東坡感念殊深，而東坡對密人感情亦濃。而對於
郡守生活改善，不復再「日食杞菊」，亦覺欣然。

　　東坡〈後杞菊賦〉作完後，曾將此賦付漣水令盛僑，盛僑後亦因
烏臺詩案牽連得罪。盛僑曾將此賦示張耒，耒有和賦。張耒時年二十
餘，方初任官。據其序云：「然到官歲餘，困于往來奔走之費，而家
之窘迫亦甚。向日悲愁歎嗟，自以爲無聊，既讀〈後杞菊賦〉而後洞
然。如先生者猶如是，則予而後可以無歎也。」可知張耒自以爲生活
窘迫，然比之東坡尙差之遠甚，自受坡賦曠達思想之感染，心洞然矣。
故其賦文有云：

> 膠西先生，爲世達者，文章行義，遍滿天下，出守膠西，
> 曾是不飽。先生不慍，賦以自笑。先生哲人，太守尊官，
> 食若不厭，況於余焉！〔註97〕

張耒受坡賦影響，心思洞然開朗，不再抑鬱。其後宋・張栻亦有〈後
杞菊賦〉（見《歷代賦彙》卷100），則另有寄意，不贅述，蓋亦受東
坡影響而爲之者也。

二、貴公子何知秋陽

　　哲宗元祐六年，東坡因御史賈易、趙君錫等誣陷其於元豐八年揚
州題詩慶幸神宗上仙事，出知潁州。東坡至潁，與宗室之後簽書判官
趙令時友善，二人唱酬頗多。此已述於前章，不贅。因令時爲越王之
後，屬皇室宗族，東坡乃藉其身份作〈秋陽賦〉，以闡述其關心民生
疾苦之理念，並引出若干人生之哲理。

　　〈秋陽賦〉爲東坡辭賦中較長之作品，採貴公子與東坡居士對話

〔註96〕見《蘇軾詩集》卷26，頁1382。
〔註97〕見《張耒集》卷1（北京中華書局李逸安等點校本，頁10）。

之主客答問體出之,韻散夾雜,模仿漢代〈子虛‧上林〉等大賦之痕
跡甚為明顯,惟題材則大異其趣,此顯示出東坡對賦體文學之創新與
改變,此亦與宋代文學之大環境有關。

本賦開首乃「客」(即貴公子)之提問,文云:

> 越王之孫,有賢公子,宅於不土之里,而詠無言之詩。以
> 告東坡居士曰:「吾心皎然,如秋陽之明;吾氣肅然,如秋
> 陽之清;吾好善而欲成之,如秋陽之堅百穀;吾惡惡而欲
> 刑之,如秋陽之隕群木。夫是以樂而賦之,子以為何如?

東坡此賦亟欲表達內涵之一,係貴公子不能真正了解百姓之疾苦;為
強調「貴公子」,特藉用趙令畤身份發端,使讀者以為似真有其事。
而借用趙令畤發端,並不明言,係採用一極少人使用之析字格;有關
析字格前章已曾稍述,此再詳述之,以便了解東坡之才高出奇,令人
一新耳目。

賦文開首既云「越王之孫」,自是謂「貴族」,但並未明指為趙令
畤,至次二句「宅於不土之里,而詠無言之詩」,方明言之。前句暗
寓「田」字;次句暗寓「寺」字,合之即為「畤」字也。東坡曾自豪
云:「且教人別處偷使不得。」(可參見前章第三節引王直《詩文發源》)
因東坡與令畤有屬從關係,又情同師生,且對令畤之才德均欣賞,故
以幽默生動之筆觸出,使人既有親切感,又道出令畤之身份。此賦開
首奇妙,頗為突出。

按令畤為太祖次子燕懿王德昭玄孫,德昭卒贈越王,故東坡開
首云「越王之孫」,〔註98〕東坡一向關懷民生疾苦,自前述〈後杞
菊賦〉已可見之。此次因朔、蜀之爭出知穎州,又再度作地方郡守,
而關懷百姓之心並不稍減,穎州恰有宗室之後於此,坡乃藉機作
賦,以發胸懷。

〔註98〕趙令畤家世,據《孔譜》頁 134 引述。又越王德昭與令畤,《宋史》
卷 244 有傳。孔凡禮亦有《趙令畤的生年》一文,可參閱《文學遺
產》1994 年第 5 期。

　　賦文開首，公子自以爲心明氣清如秋陽，且可成人之美，如秋陽之豐百穀；又可刑殺邪惡，如秋陽之落群木，故欲樂而作賦，並請教東坡居士以爲如何？公子開首以四組排比對句表示得意之狀，期望得到居士之認同，但居士全盤予以否定，坡賦此段以「客」問開端，雖仿漢大賦，但不落俗套。

　　賦文第二大段爲「主」（東坡居士）之回答，爲本賦主要之意涵，文極長，茲分段引錄：

　　　居士笑曰：「公子何自知秋陽哉？生於華屋之下，而長遊於
　　　朝廷之上，出擁大蓋，入侍幃幄，暑至於溫，寒至於涼而
　　　已矣。何自知秋陽哉？

　　　若予者，乃眞知之。方夏潦之淫也，雲烝雨泄，雷電發越，
　　　江湖爲一，后土冒沒，舟行城郭，魚龍入室。菌衣生於用
　　　器，蛙蚓行於几席。夜違濕而五遷，晝燎衣而三易。是猶
　　　未足病也。耕於三吳，有田一廛。禾已實而生耳，稻方秀
　　　而泥蟠。溝塍交通，牆壁頹穿。面垢落曁之塗，目泣濕薪
　　　之煙。釜甑其空，四鄰悄然。鸛鶴鳴於戶庭，婦宵興而永
　　　歎。計有食其幾何，矧無衣於窮年。

　　　忽釜星之雜出，又燈花之雙懸。清風西來，鼓鐘其鏜。奴
　　　婢喜而告余，此雨止之祥也。蚤作而占之，則長庚澹澹其
　　　不芒矣。浴於暘谷，升於扶桑。曾未轉盼，而倒景飛於屋
　　　梁矣。方是時也，如醉而醒，如瘖而鳴。如痿而起行，如
　　　還故鄉初見父兄。公子亦有此樂乎？」

首段謂貴公子生活富裕，對於自然界之寒暑，並不能眞正體會，故無法理解秋陽爲何。眞正瞭解秋陽者乃一般之農民。賦文自「方夏潦之淫也」至「矧無衣以窮年」一大段，極力鋪寫淫雨之害；因大雨成災故洪水漫地，陸上行舟，魚蝦入室，器具生菌，青蛙、蚯蚓爬滿几案，爲避雨整夜遷移，濕衣一日三烘。而田中禾實生芽，稻穗倒於泥漿，屋漏薪濕，缺食缺衣，其生活之困窘飢寒實人間所不能忍者。

　　此段文字非對農民生活深入瞭解者不易出，東坡至本年止，已曾

出長密、徐、湖、杭等州，在徐州又歷洪水之害，元豐間在黃州躬耕
「東坡」，己與農民無異。故鋪敍雨潦之害，情景生動，令人激賞。
但此段仍非最主要之意思，實乃欲借大雨凸顯出百姓對秋陽之盼望，
而襯托秋陽之可貴。故在燈花爆喜，雨止日出後，百姓雀躍不已，此
時對秋陽之體會與喜悅，則非未經雨潦者所能知也。東坡連用四句譬
喻：「如醉而醒，如瘖而鳴，如痿而起行，如還故鄉初見父兄」以形
容百姓見秋陽之歡欣，用語極為精妙，並以此反問「公子亦有此樂
乎？」此處之「樂」字與賦文文開首公子云「夫是以樂而賦之」之「樂」
互相呼應，孰為真「樂」可知矣。

　　東坡此一大段文字鋪寫大雨、鋪寫秋陽、鋪寫百姓之喜，極盡「體
物寫志」之妙，洵為一段好文字。今人楊嘉仁云：

　　　　賦中從平民的角度，以長夏淫雨為襯，以見秋陽之美。認
　　　　識事理之透徹，描寫情景之生動，行文之抑揚頓挫，舒卷
　　　　自如，皆足人嘆賞。〔註99〕

又宋・李耆卿《文章精義》云：

　　　　文字有反類尊題者，子瞻〈秋陽賦〉，先說夏潦之可憂，卻
　　　　說秋陽之可喜，絕妙。若出《文選》諸人手，則通篇說秋
　　　　陽，斬無餘味矣。〔註100〕

可見此一大段賦文不僅行文流暢，且章法鋪排極盡巧妙。以「反類尊
題」表現出農民生活之困苦，及東坡對一般平民之同情，自然也藉對
秋陽之「真知」，反襯公子之「無知」。宋・晁補之嘗云：

　　　　蓋趙令時，學於公，恭儉如寒士，有文義慷慨，而公猶曰公
　　　　子何自知秋陽；此如呂后謂朱虛侯不知田耳！而公自謂少貧
　　　　賤暴露，迺知秋陽，以諷公子學問知世艱難之義也。〔註101〕

晁補之之言，頗能發東坡賦文微意。惟宋代鑒於唐代亡於藩鎮之亂，
故對宗室權限亦大減。趙令時此時僅為穎州簽書判官，職位卑下，且

　　〔註99〕見北京燕山出版社《蘇東坡全集》，〈秋陽賦〉楊氏注語，頁45。
　　〔註100〕據《蘇文彙評》頁268轉引。
　　〔註101〕據《校正經進東坡集事略》卷2，頁15，郎曄注引。

靠東坡屢次上疏薦舉，方稍獲用。〔註 102〕私意以為令時於基層為官，未必不知百姓疾苦，東坡乃藉其身份發端而已，賦體文學本即有假設答問以諷諫者，東坡此賦或有寄望於令時，但應非為令時發也，晁補之解此賦稍嫌拘泥。

　　賦文至此，本已達其意旨，惟其後尚有後兩段公子與居士之對話，看似教誨公子，使其心悅誠服，實乃東坡借此又宕出一層哲理，使文章內涵加深，文云：

> 公子曰：「善哉！吾雖不身履，而可以意知。」居士曰：「日行於天，南北異宜。赫然而炎非其虐，穆然而溫非其慈。且今之溫者，昔之炎者也。云何以夏為盾而以冬為衰乎？吾儕小人，輕慍易喜。彼冬夏之畏愛，乃羣狙三四。自今知之，可以無惑。居不瑾戶，出不仰笠，暑不言病，以無忘秋陽之德。」公子拊掌，一笑而作。

東坡意謂，太陽本身只是規律運行，並無所謂炎、溫、慈、虐，完全是人類在不同時間之感受而已。不可說是夏日可畏如「趙盾」，冬日可愛如「趙衰」，因太陽之本體未變，名實未虧，猶如「朝三暮四」或「朝四暮三」一般，並無不同。東坡此段言語看似在開示公子，實則借秋陽發議，隱喻人應拋棄凡俗之感受，對於世態炎涼淡然視之，而一己之喜樂尤其勿被外物支配，但對於世人之恩德，則應如秋陽一般不可忘記。東坡本年已五十六歲，在歷經數任知州、烏臺詩案、黃州之貶、元祐大用、誣謗外放等人生歷程後，對諸多事物之看法已較深沈內斂，心胸亦趨淡泊曠達。〈秋陽賦〉末段所言之哲理，除顯現宋代士人內斂自省之心態外，應與東坡之際遇有關。

三、老居士贈弟沉香

　　東坡於哲宗紹聖四年（1097），責授瓊州別駕、昌化軍安置。於

〔註 102〕按東坡曾三次薦舉趙令時，有〈薦宗室令時狀〉（見《文集》卷34，頁 956）；〈再薦宗室令時劄子〉（見《文集》卷 35，頁 993）；〈再薦趙令時狀〉（見《文集》卷 37，頁 1044）。

六月渡海，七月至貶所，展開在儋州近三年之艱苦生活，東坡弟蘇轍亦在同年責授化州別駕、雷州安置。自哲宗親政之後，紹聖年間，章惇等人對元祐舊臣一再迫害。東坡於紹聖元年自知定州屢貶至惠州安置，但章惇等對其迫害仍不休止。東坡在惠州之第三年，曾賦〈縱筆〉詩一首云：

> 白頭蕭散滿霜風，小閣藤牀寄病容。報道先生春睡美，道
> 人輕打五更鐘。〔註103〕

按王十朋注東坡此詩云：「按此詩，執政聞而怒之，再貶儋耳。」〔註104〕
又據宋・曾季貍《艇齋詩話》云：「東坡海外〈上梁文口號〉云：『爲報先生春睡美，道人輕打五更鐘。』章子厚見之，遂再貶儋耳。以爲安穩，故再遷也。」〔註105〕

又宋・陸游云：

> 紹聖中，貶元祐人蘇子瞻儋州、子由雷州、劉莘老新州。
> 皆戲取其字之偏旁也，時相之忍忮如此。〔註106〕

又宋・羅大經云：

> 蘇子瞻謫儋州，以儋與瞻相近也。子由謫雷州，以雷下有
> 田字也。黃魯直謫宜州，以宜字類直字也，此章子厚駁譴
> 之意。當時有術士曰：「儋字從立人，子瞻其尚能北歸乎？
> 雷字雨在田上，承天之澤也，子由其未艾乎？宜字乃直字，
> 有蓋棺之義也，魯直其不返乎？後子瞻北歸，至昆陵而卒。
> 子由退老于潁，十餘年乃終。黃魯直竟卒于宜。〔註107〕

由以上南宋人之詩話、筆記等觀之，章惇對以東坡爲首之元祐大臣實

〔註103〕見《蘇軾詩集》卷40，頁2203。
〔註104〕見《蘇軾詩集》卷40，頁2203，〈縱筆〉詩引〈王註〉。
〔註105〕據《蘇軾資料彙編・上編》頁418。按東坡於惠州白鶴峰新居上
　　　　梁時，曾作〈白鶴新居上梁文〉其中有句云：「兒郎偉，拋梁東。
　　　　喬木參天釋梵宮。盡道先生春睡美，道人輕打五更鐘。」（見《蘇
　　　　軾文集》卷64「雜著」，頁1989）。「盡道」二句與〈縱筆〉詩
　　　　三、四句大體相同，東坡蓋兩用之。
〔註106〕見《老學庵筆記》卷4，據《蘇軾資料彙編・上編》頁543。
〔註107〕見《鶴林玉露》卷5，據《蘇軾資料彙編・上編》頁708。

極盡迫害之能事。以上所言或未必眞有其事，僅爲一些傳聞，但亦由此可見當時黨禍之激烈，甚至附會爲術士之讖言，千載之下讀之，誠令人哀歎。

　　東坡兄弟二人同於紹聖四年二月被貶，但彼此均不知情，東坡溯江西行至梧州，方知子由南貶，且已行至藤州，兄弟二人自京師東府一別，四年未見，東坡急欲與子由相見，曾賦〈吾謫海南，子由雷州，被命即行，了不相知，至梧乃聞其尙在藤也，旦夕當追之，作此詩示之〉一詩，有句云：

> 江邊父老能說子，白鬚紅頰如君長。莫嫌瓊雷隔雲海，聖
> 恩尙許遙相望。平生學道眞實意，豈與窮達俱存亡。天其
> 以我爲箕子，要使此意留要荒，他年誰作輿地志，海南萬
> 里眞吾鄉！〔註108〕

詩中道出欲急切見子由之心情。並且寬慰子由「莫嫌瓊雷隔雲海，聖恩尙許遙相望」，看似安慰口吻，其實寓有極多酸楚與無奈。且東坡深知此去儋耳，或許永無歸期，故詩中已隱含老死海南之意，雖多作曠達語，詩句勁健不見衰憊之氣，但傷懷之情莫逾於此。東坡認爲兄弟二人或許此次爲生平最後之晤面，故深爲珍惜。當二人五月十一日於藤州見面後，故意緩行，相處一月，至六月十一日方渡海相別。殊不知此即眞爲二人之永別，至徽宗建中靖國元年東坡北歸隕沒止，二蘇兄弟均未再見面。

　　二蘇兄弟，兄友弟恭，終生相知相惜，爲歷史上之美談，二人唱和詩文極多，不煩備舉。以辭賦言之，元符元年（本紹聖五年，六月改元），子由六十歲生日時，東坡於儋州曾寄送海南特產沉香木所製之假山一座爲子由壽，並作〈沉香山子賦〉以贈之，懇懇款款，極見友于之情，賦云：

> 古者以芸爲香，以蘭爲芬。以鬱鬯爲祼，以脂蕭爲焚。以
> 椒爲塗，以蕙爲薰。杜衡帶屈，菖蒲薦文。麝多忌而本羶，

〔註108〕見《蘇軾詩集》卷41，頁2245。

蘇合若薌而實蕈。嗟吾知之幾何，爲六入之所分。方根塵
之起滅，常顛倒其天君。每求似於髣髴，或鼻勞而妄聞。

獨沉水爲近正，可以配薝葡而並云。矧儋崖之異產，實超
然而不群。既金堅而玉潤，亦鶴骨而龍筋。惟膏液之內足，
故把握而兼斤。顧占城之枯朽，宜爨釜而燎蚊。

宛彼小山，巉然可欣。如太華之倚天，象小孤之插雲。往壽
子之生朝，以寫我之老勤。子方面壁以終日，豈亦歸田而自
耘。幸置此於几席，養幽芳於悅紛。無一往之發烈，有無窮
之氤氳。蓋非獨以飲東坡之壽，亦所以食黎人之芹也。

本賦爲一詠物賦，自漢魏以來詠物賦極多，或純爲體物，或亦有寄託。
而東坡此賦猶若詠物詩然，寄託遙深。首段泛述諸香，如芸、蘭、鬱
鬯、脂蕭、椒、蕙、杜衡、菖蒲、麝、蘇合等，各有所長亦各有所短，
而諸香之香味進入人心，常會使人顛倒迷亂，不知孰眞孰假，孰爲高
下。此段謂諸香皆平凡，藉此引出次段沉香之不凡。

次段以精簡筆觸謂惟沉香香味純正，尤其儋州所產更超然不群——
——「金堅玉潤，鶴骨龍筋」，且內外相稱（「膏液內足，把握兼斤」）。
一般之沉香木與之相比，只能燒灶薰蚊而已。

以上二段僅敍述沉香之卓異，高出諸香甚多，似純在詠物，其實
東坡正以沉香喻子由品格之高超、節操之純正，與一般凡俗不同。而
次段第二句「可以配薝葡而並云」似又暗喻二兄弟皆爲純正無邪之君
子。此賦前兩段，東坡以對比之手法襯托出兄弟二人之不群，實有深
刻寄意。觀其「顧占城之枯朽，宜爨釜而燎蚊」二句，可見其對於朝
中居高位之群奸，憤憤不屑之意。東坡多次以詩文遭人摘取而遭謗，
此時遠謫海外，寫作文字格外小心，以替子由祝壽爲名，作賦暗藏心
意，自屬必然。

賦文第三段切入以沉香山子祝壽之本題，首敍山子（即假山）之
形狀，如具體而微之太華山、小孤山，奇特可賞，再表示祝壽之意；
並期望子由於吸取芳香之同時，能體會東坡及黎人之情意。因沉香木

產於儋州，今以贈子由，亦包含黎人之仰慕也。末段以眞摯溫婉之口吻表達兄長之關愛，不惟當年子由深感慰藉，吾人千載之下讀之，對其兄弟感情之深厚，亦不禁爲之動容。

此賦子由有和賦，自古以來，和詩者多，然和賦者極少，子由必有所感也。和賦除對東坡情意感激之外，子由於賦中回首一甲子之人生，頗爲感歎，賦文有「萬法盡空，何有得失？」之言。賦末又有「虛心而己，何廢實腹？弱志而己，何廢強骨？毋令東坡，聞我而咄。奉持香山，稽首仙釋。永與東坡，俱證道術。」之言〔註109〕意頗蕭颯，有傾心佛道，消極出世之思想。子由個性較爲沈斂，所居官位尊於東坡，貶謫生涯亦不若東坡險惡；但隨遇而安，曠達超脫之心境，似不如東坡。其暮年閒居潁昌，曾有二首自題畫像贊云：

> 心是道士，身是農夫。誤入廊廟，還居里閭。秋稼登場，
> 社酒盈壺。頹然一醉，終日如愚。(〈自寫真贊〉)

> 潁濱遺民，布裘葛巾。紫綬金章，乃過去人。誰與丹青？
> 畫我前身，遺我後身。一出一處，皆非吾眞。燕坐蕭然，
> 莫與之親。(〈壬辰年寫真贊〉)〔註110〕

由此二詩所表現之孤寂、落漠、悲憤等情緒，自雷州所作之〈和子瞻沉香山子賦〉，似已可看出端倪。

雖然，但二蘇兄弟感情之純眞深摯，世所少見。《宋史·蘇轍傳》論曰：「轍與兄進退出處無不相同，患難之中，友愛彌篤，無少怨尤，近古罕見。」實一語中的。東坡兄弟嘉祐六年在京師應制科時，寓居懷遠驛，曾相約早退，夜雨對床，共爲閒居之樂，惜此願望終生未能實現。東坡卒後，子由作〈祭亡兄端明文〉有「手足之愛，平生一人。幼學無師，受業先君。兄敏我愚，賴以有聞」之

〔註109〕以上所引蘇轍〈和子瞻沉香山子賦〉見《欒城後集》卷 5 (《蘇轍集》頁 941)。

〔註110〕〈自寫真贊〉見同前注書，頁 945。〈壬辰年寫真贊〉見《欒城三集》卷 5 (《蘇轍集》頁 1208)。

言。〈亡兄子瞻端明墓誌銘〉又有「我初從公，賴以有知，撫我則兄，誨我則師」之言。〔註 111〕可見子由對東坡之欽仰。東坡賦作名篇大多作於境遇拂逆之時，蓋賦可寫志喻懷，便於鋪述之故。東坡於兄弟二人隔海相望，子由度甲子大壽時，特贈之以〈沉香山子賦〉豈非無因？子由應感念甚深也。

第四節　寓言賦

　　東坡辭賦中有一篇頗為特出之作品，即〈黠鼠賦〉。此賦就體製言之，屬宋代之散文賦；就形式言之，係採賦體文學常用之主客問答體；就內容言之，則為寓言式之詠物賦。寓言，一般而言，須有故事情節，此賦有之；寓言必寓哲理，此賦有之；寓言常有寄託、隱喻，此賦亦有之。故〈黠鼠賦〉可作為一篇寓言視之。

　　賦為押韻之文體，宋代文賦雖用韻自由，但仍押韻，否則僅能歸之於散文，而不可謂之賦。〈黠鼠賦〉雖如其他宋代文賦一般，用韻寬泛，但仍屬賦體。吾國古代寓言以散文為之者甚多，以韻文為之者則頗少，以賦體為之者更少。據今人顧建華云：

　　　我國古代還有一種獨有的韻文體寓言，這就是賦體寓言。
　　　賦體寓言是受漢賦的影響發展而成的。著名的有曹植的〈鷦雀賦〉，唐代敦煌俗賦〈燕子賦〉、〈茶酒論〉，蘇軾的〈黠鼠賦〉等。〈鷦雀賦〉是文學史上第一篇情節完整並用擬人手法的賦體寓言，對後世影響很大。但是從總體上看，賦體寓言數量不多。〔註 112〕

由顧氏所言觀之，東坡〈黠鼠賦〉在寓言文學中屬較特殊之作品。就賦體文學而言，〈黠鼠賦〉亦屬少見之作品，實彌足珍貴。

　　有關〈黠鼠賦〉之撰作年代，歷來說法紛歧，本論文於第二章第

〔註111〕　〈祭亡兄端明文〉可參見《欒城後集》卷 20（《蘇轍集》頁 1099）。
　　　　　〈亡兄子瞻端明墓誌銘〉見前書卷 22，頁 1117。
〔註112〕　見所著《寓言：哲理的詩篇》，頁 43（北京大學出版社）。

三節「東坡現存辭賦編年及述要」中，曾將東坡作此賦之時、地、背景等詳細考述，並斷定其作於元祐六年八月，揚州題詩之謗平息，出知潁州前後。此處不贅，可覆按前章。以下先引賦文，再評析其中之哲理思想，再闡述其隱喻之所在。

一、明人心不一之患

　　本賦可分三大段，首段以「蘇子」與「童子」之對話及動作，敍述一段老鼠自布袋中逃脫之故事。賦文云：

> 蘇子夜坐，有鼠方齧。拊床而止之，既止復作。使童子燭之，有橐中空。嘐嘐聱聱，聲在橐中。曰：「嘻，此鼠之見閉而不得去者也。」發而視之，寂無所有。舉燭而索，中有死鼠。童子驚曰：「是方齧也，而遽死耶？向爲何聲，豈其鬼耶？」覆而出之，墮地乃走。雖有敏者，莫措其手。

本段賦文有人物、有對話、有動作、有聲音、有情節、有場景，雖僅九十九字，但已具備故事之型態，亦合乎寓言之條件，本段爲敍事，全以散文筆法出之，韻腳間或出沒，鋪寫流暢，已是宋代文賦成熟之形式，段末以童子驚問之兩組設問句，及老鼠突然逃走，使人措手不及之意外情況，將老鼠之狡黠表現無遺，故事情節首尾完整。下段自然引出蘇子之感歎，並爲末段之議論埋下伏筆，賦文云：

> 蘇子歎曰：「異哉，是鼠之黠也。閉于橐中，橐堅而不可穴也。故不齧而齧，以聲致人；不死而死，以形求脫也。吾聞有生，莫智於人。擾龍、伐蛟，登龜、狩麟。役萬物而君之，卒見使於一鼠。墮此蟲之計中，驚脫兔於處女。烏在其爲智也？」

本段爲感歎，抒發心中之感想。以人之聰慧，爲萬物之靈，可以馴養飛龍、斬伐巨蛟、以神龜占卜、捕獲麒麟；但卻被一隻裝死逃脫之老鼠所騙，墮其計中，眞使人懷疑人是否眞爲智者？本段雖爲抒發感想，但已略涉議論，很自然引起下段衍生之哲思。賦文云：

> 坐而假寐，私念其故。若有告余者曰：「汝惟多學而識之，

望道而未見也。不一于汝，而二于物，故一鼠之齧而爲之變也。人能碎千金之璧，不能無失聲於破釜；能搏猛虎，不能無變色於蜂蠆。此不一之患也。言出於汝，而忘之耶？」余俛而笑，仰而覺。使童子執筆，記余之作。

本段議論，最主要係提出「不一于汝，而二于物」之哲理。蓋人無論作任何事，若不能專一心志，爲外物所誘而分心，以致疏忽懈怠，則必失敗無疑，東坡於此段特提出少年時所寫「人能碎千金之璧，不能無失聲於破釜；能搏猛虎，不能無變色於蜂蠆。」之句子，以強調「不一之患」。此爲賦中所言被黠鼠所欺騙之事，作出最佳之注腳。此論點多人嘗言之，如宋・呂祖謙云：

鼠非可以言智，人非可以言不智，惟用心不一，於是鼠若有智于人。公嘗有詩云：「寄語山神停伎倆，人聞不見我何窮。」賦猶此意。

又如明・袁宏道云：

假黠鼠以明人心不一之患。〔註113〕

故此賦以哲理思想而言，可謂以小見大，以淺言深。而東坡又借寓言形式出之，極爲特殊。宋・謝枋得曾云：

莊生之文，以物追玄理，如解牛、承蜩之類，是作可驂駕。

〔註114〕

《莊子》之書，大率多寓言，往往借其內容寓深刻之意。東坡對《莊子》頗爲傾心，如蘇轍所撰東坡《墓誌銘》即曾引東坡之言曰：「吾昔有見於中，口未能言，今見《莊子》，得吾心矣。」由此可知，東坡此賦之作法當遠紹《莊子》。謝枋得謂「可驂駕」，極有見地。

按東按爲文善用寓言，有時於論述辯說時穿插爲之；亦有獨立成篇之寓言，如仿柳宗元之〈二魚說〉等；更有寓言專集如《艾子雜說》。

〔註113〕呂祖謙及袁宏道之言均見《三蘇文範》卷 16。此據遼寧人民出版社出版之《唐宋八大家散文廣選・新注・集評》之《蘇軾卷》頁 366 轉引。

〔註114〕謝枋得之言，引據同前註。

故東坡對寓言之傳承與開拓，貢獻頗大。而於作賦時，嘗試以寓言爲之，可謂極具開創性，爲賦體文學之形式、內容、題材等，提供另一蹊徑。

　　東坡此賦以散文方法出之，其文辭之流麗，說理之透徹，亦有多人稱之，如：

　　　　◎明・陳天定云：「許大名理，說來如許透脫，前後點染，
　　　　歷歷落落。」(《古今小品》卷一)

　　　　◎明・李卓吾云：「譎甚怪甚，好摹寫更譎更怪。」(王聖俞
　　　　評選《蘇長公小品》引)

　　　　◎清・林雲銘云：「一篇小小題目文字耳。直敍處，寫景難
　　　　得如此之眞；品題處，練句難得如此之難；翻駁處，說
　　　　到人之智，引擾龍四事爲證，落想難得如此之奇，推原
　　　　處，說到人之心，用碎璧四句爲喻，詮理難得如此之切。
　　　　總之他人胸中喀喀不能吐者，卻能數筆寫得出，他人百
　　　　十言不能盡者，卻能數句寫得了，讀坡翁文俱當在此處
　　　　著眼，便得個人三昧，不必論題目之大小也。(《古文析義》
　　　　卷七) 〔註115〕

故東坡以一小小黠鼠之題，出乎異想，無論敍事、抒感、議論皆層次分明，語辭流暢，將哲理於最後凸顯而出，省淨俐落，誠爲佳作。東坡文賦之最著名者爲〈赤壁〉二賦，尤以前賦爲然。〈黠鼠賦〉爲〈赤壁賦〉盛名所掩，以致闇而不彰，較少人知，甚爲可惜，此賦實可與〈赤壁〉二賦比肩也。

二、暗諷狡詐之政客

　　〈黠鼠賦〉雖爲一篇寓言式之哲理小賦。但東坡作賦，必皆有謂。此賦之作，既假託寓言，又喻之以鼠，當有其隱喻所在。東坡應不只是爲表達某種哲理而作此賦。欲了解其隱喻何在，自當求其撰作之時

〔註115〕陳天定及李卓吾之言據《蘇文彙評》卷下頁265。林雲銘之言見
　　　　同註113。

間、地點，及相關背景。

本論文於前章第三節曾考證〈黠鼠賦〉係作於元祐六年（1097），東坡正因元豐八年（1085）於揚州題詩之事遭謗時。此段公案前章已略述之，今再引若干資料詳述始末，以了解〈黠鼠賦〉與所謂揚州詩案之關聯性。

按東坡兄弟於元祐初回京，不次擢用，除召人嫉忌外，先得罪洛黨程頤等人，後又因直言為朔黨劉摯等所恨，東坡雖一度外貶杭州避其鋒，惟洛、朔二黨仍對其攻之不已。元祐六年六月，東坡甫自杭州知州返京；八月初，宰相劉摯即唆使御史賈易、趙君錫以東坡元豐八年於揚州竹西寺所題詩，劾其有慶幸神宗上仙之意，趙君錫且乞以蔡確車蓋亭案之例論罪，其用心實為奸險。按東坡元豐八年於揚州竹西寺所作之〈歸宜興留題竹西寺三首〉，本論文已於前章具引，因賈易等所劾者乃第三首，茲再引之以觀，詩云：

> 此生已覺都無事，今歲仍逢大有年。山寺歸來聞好語，野
> 花啼鳥亦欣然。

此詩併同前二首合觀，係東坡欣幸自己於貶謫多年後，能歸老田園作一「田舍翁」，故不勝欣喜。而賈易等斷章取義，謂其無禮於神宗，按賈易云：

> （軾）昔既立異以背先帝，尚蒙恩宥，全其首領，聊從竄斥，以厭眾心。軾不自省循，益加放傲，暨先帝厭代，軾則作詩自慶曰：「山寺歸來聞好語，野花啼鳥亦欣然，此生已覺都無事，今歲仍逢大有年。」書於揚州上方僧寺，自後播於四方。軾內不自安，則又增以別詩二首，換詩板於彼，復倒其先後二句，題以元豐八年五月一日，從而諸人曰：「我託人置田，書報以成，故作此詩。」且置田極小事，何至「野花啼鳥亦欣然」哉！又先帝山陵未畢，人臣泣血，號慕正劇，軾以百田而欣踴如此，其義安在？謂此生無事，以年逢大有，亦有何說乎？是可謂痛心疾首而莫之堪忍者也。〔註116〕

〔註116〕賈易所奏見李燾《續資治通鑑長編》卷 463。此據《孔譜》頁

賈易此奏極盡誣詆之能事，且將東坡詩前後二句倒置，眞無所不用
其極。而趙君錫則更明言東坡當比照前蔡確之例，流竄遠荒，其言
云：

> 臣伏以前日蔡確之事，坐不言與救解，自宰臣以下罷黜昔
> 凡八人，是朝廷深責臣子之背公死黨，使天下明知無禮於
> 君者，不可不急擊而必去之也。……蓋蔡確無禮於太皇，
> 與無禮於先帝，其罪一也。豈可確則流竄遐荒，軾則一切
> 不問。〔註117〕

按蔡確於元豐年間曾爲宰相，元祐初，高太后臨朝後，以罪免，貶知
安州，嘗作〈夏日登車蓋亭〉十絕，其時知漢陽軍吳處厚箋釋其詩，
以爲其詩中多有涉及對朝廷譏訕之語。尤其中「矯矯名臣郝鄷山，
忠言直節上元間，古人不見清風在，歎息思公俯碧灣」一首，以唐郝
處俊上元間勸諫高宗勿遜位武后故事，以譏高太后，最爲嚴重。後蔡
確因而被貶嶺南新州，且死於貶所。按唐郝處俊爲安州（今湖北安陸）
人，其地有郝氏釣台遺跡，蔡確於游車蓋亭時，偶賦數絕，並兼及詠
史，乃人情之常，實無諷譏意，吳處厚以私怨箋詩上奏，遂成寃案。
蔡確雖爲奸佞小人，但此案純係誣陷，則爲實情。〔註118〕

趙君錫係舊黨中人，上奏並非爲蔡確翻案，乃欲借舊案誣陷東坡
無禮先帝之罪，而使其流竄荒遠也。其奏乃與賈易上疏互爲唱和，用
心奸險至極。

東坡於賈易等上奏後，隨即有〈辨題詩箚子〉替自己辨解，箚子
云：

> 元祐六年八月初八日，翰林學士承旨、左朝奉郎、知制誥
> 兼侍讀蘇軾箚子奏。臣今月七日，見臣弟轍與臣言，趙君

985引。
〔註117〕趙君錫所奏見同前註，頁990引。
〔註118〕有關蔡確「車蓋亭詩案」始末，可參見沈松勤著《北宋文人與
　　　　黨爭》頁137～145（北京人民出版社）；及蕭慶偉著《北宋新舊
　　　　黨爭與文學》頁50～56（北京人民文學出版社）。

錫、賈易言臣於元豐八年五月一日題詩揚州僧寺，有欣幸
先帝上仙之意。臣今省憶此詩，自有因依，合具陳述。臣
於是歲三月六日，在南京聞先帝遺詔，舉哀掛服了當，逶
邐往常州。是時新經大變，臣子之心，孰不憂懼。至五月
初間，因往揚州竹西寺，見百姓父老十數人，相與道旁語
笑。其間一人以兩手加額云：「見說好箇少年官家。」其言
雖鄙俗不典，然臣實喜聞百姓謳歌吾君之子，出於至誠。
又是時，臣初得請歸耕常州，蓋將老焉，而淮浙間所在豐
熟，因作詩云：「此生已覺都無事，今歲仍逢大有年。山寺
歸來聞好語，野花啼鳥亦欣然。」蓋喜聞此語，故竊記之
於詩，書之當塗僧舍壁上。臣若稍有不善之意，豈敢復書
壁上以示人乎？又其時去先帝上仙已及兩月，決非「山寺
歸來」始聞之語，事理明白，無人不知。而君錫等輒敢挾
詞，公然誣罔。伏乞付外施行，稍正國法。所貴今後臣子，
不為仇人無故加以惡逆之罪。〔註119〕

自東坡箚子觀之，其顯然無欣幸神宗上仙之意，且此詩共三首，意思相
貫，乃東坡貶謫多年，幸喜能脫離流放生涯而作。故東坡於箚子末深惡
痛絕，期望能將賈易等「稍正國法」，並希望爾後為人臣者「不為仇人
無故加以惡逆之罪。」東坡曾於元豐二年時，因烏臺詩案幾死於臺獄。
後雖神宗憐之，貶於黃州安置。但竄逐多年，極盡身心之苦。此次遭賈
易等以同樣模式劾誣之，心中之痛惡可知。且據前引賈易奏章，謂東坡

〔註119〕 見《蘇軾文集》卷33「奏議」，頁937。按元祐六年八月七日，
蘇轍已早其兄一日上〈兄軾竹西寺題詩箚子〉文云：「伏見趙君
錫狀，言與賈易各論臣兄軾作詩事，臣問兄軾，云：實有此詩，
然自有因依。乙丑年三月六日，在南京聞裕陵遺制，成服後，
蒙恩許居常州。既南去，至揚州。五月一日在竹西寺寺門外道
傍，見十數父老說話，內一人合掌加額曰：『聞道好箇少年官家。』
臣兄見有此言，中心實喜，又無可語者，遂作二韻詩記之於寺
壁，如此而已。今君錫等加誣以為大惡。兼日月相遠，其遺制
豈是山寺歸來所聞之語？伏望聖慈體察。今日進呈君錫等文
字，臣不敢與。」（見《蘇轍遺著輯考》，《蘇轍集》頁144）。子
由此箚子與東坡箚子內容相類，可參看。

本只作「山寺歸來」一詩，爲求掩飾非議神宗事，遂增作二詩，且題以元豐八年五月一日云云，則更爲無中生有。清‧王文誥嘗辯之云：

> 貫易原題「山寺」二句在前，「此生」二句在後，公不自安，後乃倒其前後句。今此二十八字具在，不論何人，試倒讀之，通得去否？宋自開基以來，不輕易加罪言者，故至元祐，言者動輒以十惡大逆誣人，而毫無忌憚，是亦流弊之一端也。〔註120〕

又宋‧葉夢得嘗云：

> 子瞻〈山光寺詩〉「野花鳴鳥亦欣然」之句，其辨說甚明，蓋爲哲宗初即位，聞父老頌美之言而云。神宗奉諱在南京，而詩作于揚州，余嘗至其寺，親見當時詩刻，後書作詩日月，今猶有其本，蓋自京回陽羨時也。始過揚州則未聞諱，既歸自揚州，則奉諱在南京，事不相及，尚何疑乎？〔註121〕

前章曾云，夢得雖爲蔡京門客，但論述元祐諸賢，尚頗公正；其以親身見東坡詩刻，爲東坡辨誣，雖事在數十年後，但足爲佐證。而王文誥以貫易顛倒坡詩二句，使全詩不通爲東坡辨，更屬一針見血，可證當年貫易等人之無所不用其極矣。王文誥曾云：「貫易乃人頭畜鳴也！」〔註122〕評之甚當。而東坡在揚州詩案平息，出知潁州後，對此事仍未能忘懷，在潁與友人王定國（鞏）多首簡中仍屢提及此事，如：

> ◎謗焰已熄，端居委命，甚善。（〈第二十一簡〉）

> ◎平生親友，言語往還之間，動成坑穽，極紛紛也。不敢復形於紙筆，不過旬日，自聞之矣。得潁藏拙，餘年之幸也。自是刳心鉗口矣。（〈第二十六簡〉）

> ◎某所被謗，仁聖在上，不明而明，殊無分毫之損。但憐彼二子者，遂與舒亶、李定同傳爾，亦不足云，可默勿

〔註120〕王文誥之言見《蘇軾詩集》卷25，頁1348，〈歸宜興留題竹西寺三首〉其三「此生已覺都無事」句下之〈誥案〉。

〔註121〕見《避暑錄話》卷上，（《四庫全書本》）。

〔註122〕見《總案》卷25「元豐八年」，「寄王鞏書」下〈誥案〉，頁930。

　　語也。(〈第二十七簡〉)

　　◎誣罔已辯，有識稍慰。(〈第三十簡〉)〔註123〕

由此數簡，可見東坡對題詩之謗仍深具戒心，而〈第二十七簡〉中所謂之「二子」，即指賈易、趙君錫，觀東坡「遂與舒亶、李定同傳爾」之言，可知東坡將賈、趙二人，比作當年烏臺詩案之御史舒亶、李定，可見對二人之痛恨。

　　前章曾引葉夢得之言，謂晏殊受誣作〈蝍蛆賦〉，歐陽脩遭謗作〈憎蠅賦〉、〈憎蚊賦〉。而東坡則因揚州詩謗作〈黠鼠賦〉。夢得並云三人「皆不能無芥蒂而發于言」。又云「惟知道者能忘心」。按人受誣陷而發言以抒憤，本屬常情，夢得之言似陳義過高。晏殊、歐公之賦皆太露，尤其歐公以「憎蠅」、「憎蚊」爲賦名，譏諷之意極露骨。而東坡應是對賈易等更加厭棄，故以「鼠」爲賦名。夫「鼠」自《詩經》〈碩鼠〉、〈相鼠〉等篇以來，皆爲負面之形象，而東坡冠以「黠鼠」，更有譏其爲「狡詐鼠輩」之意。因當時宰相劉摯等人勢力極大，故東坡乃採寓言方式作賦，以極隱約之筆法影射奸邪群小之狡猾奸惡，用意深曲。蓋喻君子行事雖坦坦蕩蕩，惟須專心致志，若稍一不慎，即可能墮入小人之計中也。

　　私意以爲東坡此賦，非僅葉夢得所謂之發心中之芥蒂，實乃有自警之意。故〈黠鼠賦〉並非東坡偶發談哲理之作，實有謂而賦也。後人讀此賦若未能了解其撰作背景，僅作一般哲理小賦讀之，實未明東坡之深意。而若干人謂此賦乃東坡十餘歲時所作，更屬無稽。

第五節　養生賦

一、固形養氣，延年却老

　　宋神宗熙寧九、十年間（1076～1077），東坡弟蘇轍曾作〈服茯

〔註123〕以上東坡與王定國諸簡，見《蘇軾文集》卷52，頁1524～1527。

苓賦〉示東坡，暢言養生之道；東坡乃作〈服胡麻賦〉以答之。此兩
賦可看出二蘇兄弟服食藥草以養生之理念，可作爲研究其對醫藥方面
之觀點。欲了解東坡〈服胡麻賦〉之內容須先對子由〈服茯苓賦〉有
所認知。子由賦前有一長序，對其作賦緣由及內容敘述甚詳，茲先引
之以觀，序文云：

> 余少而多病，夏則脾不勝食，秋則肺不勝寒。治肺則病脾，
> 治脾則病肺。平居服藥，殆不復能愈。年三十有二，官於
> 宛丘，或憐而受之以道士服氣法，行之期年，二疾良愈。
> 蓋自是始有意養生之說。晚讀《抱朴子》書，言服氣與草
> 木之藥，皆不能致長生，古神仙眞人皆服金丹。以爲草木
> 之性，埋之則腐，煮之則爛，燒之則焦，不能自生，而況
> 能生人乎？余既汩沒世俗，意金丹不可得也，則試求之草
> 木之類。寒暑不能移，歲月不能敗者，惟松柏爲然。古書
> 言：松脂流入地下爲伏苓，伏苓又千歲則爲琥珀。雖非金
> 石，而其能自完也亦久矣。於是求之名山，屑而瀹之，去
> 其脈胳而取其精華，庶幾可以固形養氣，延年而卻老者。
> 因爲之賦以道之。

自此序文觀之，子由自少時即體弱多病，曾練服氣之法以祛病；又曾
思服金丹以延年；惟最後仍求於草木類之伏苓，以爲其可固形養氣，
延年却老。此序可謂子由自敍除病養生之經過，且對伏苓之神效甚具
信心。其賦文頗長，大抵亦云不取一般草木藥材，而獨鍾情於伏苓云
云。茲引子由對贊美伏苓及其功能之一段以觀，賦文云：

> 若夫南澗之松地千尺，皮厚犀兕，心堅鐵石，鬚髮不改，
> 蒼然獨立。流膏液於黃泉，乘陰陽而固結。象鳥獸之蹲伏，
> 類黿鼉之閉蟄。外黝黑以鱗皴，中潔白而純密。上灌莽之
> 不犯，下螻蟻之莫賊。經歷千歲，化爲琥珀。受雨露以彌
> 堅，日月而終畢。故能安魂魄而定心志，却五味與穀粒。
> 追赤松於上古，以百歲爲一息。顏如處子，綠髮方目，神
> 止氣定，浮游自得。然後乘天地之正，御六氣之辨，以遊

夫無窮，夫又何求而得食？〔註124〕

子由此賦，採古賦體式，間雜散句，文筆流宕。敍伏苓之功能，謂可「安魂魄而定心志，却五味與穀粒」，又可年益壽，使人「顏如處子，綠髮方目，神止氣定，浮游自得」，讀之使人心嚮往之。

　　東坡或受子由影響，亦曾服食伏苓，得子由賦遂答之。東坡本身對於服食養生亦頗有研究，就其〈服胡麻賦〉觀之，又有所發明，東坡此賦亦有長序一篇，可看出作賦緣由及賦作內容之大要，茲先引其序文以觀，序云：

> 始余嘗服伏苓，久之良有益也。夢道士謂余：「伏苓燥，當雜胡麻食之。」夢中問道士：「何者爲胡麻？」道士言：「脂麻是也。」既而讀《本草》，云：「胡麻，一名狗蝨，一名方莖，黑者爲巨勝。其油正可作食。」則胡麻之爲脂麻，信矣。又云：「性與伏苓相宜。」於是始異斯夢，方將以其說食之。而子由賦伏苓以示余。乃作〈服胡麻賦〉以答之。世間人聞服脂麻以致神仙，必大笑。求胡麻而不可得，則妄指山苗野草之實以當之。此古所謂道在邇而求諸遠者歟？

東坡才思迅快，筆力多方，對於作品內容亦務求變化。就此序文觀之，當爲東坡食伏苓後，覺其性燥，故於研讀《本草》等書籍之後，找出以脂麻調和之方法。爲求文章內容變化可觀，乃借道士入夢將此法出之，應是借此賦將食伏苓之心得告知子由者也。二蘇兄弟皆喜服食、養生，此賦可視爲二人討論藥草功用之作。惟東坡性喜議論，於討論服食胡麻之同時，又衍出一般世人捨近求遠，搜抉異物之不智心理，故序文末有「此古所謂道在邇而求諸遠者歟」之言。此點在賦之本文中，東坡有更多之發揮。賦文可概分爲三大段，首段云：

> 我夢羽人，頎而長兮。惠而告我，藥之良兮。喬松千尺，老不僵兮。流膏入土，龜蛇藏兮。得而食之，壽莫量兮。於此有草，眾所嘗兮。狀如狗蝨，其莖方兮。夜炊晝曝，

〔註124〕前引蘇轍〈服茯苓賦〉及序文，見《欒城集》卷17（《蘇轍集》頁332）。

久乃藏兮。伏苓爲君，此其相兮。

賦文開首，以道士入夢，引出食伏苓有延年益壽之功能。東坡以此特殊手法開筆，頗有奇幻性，亦似在襯托伏苓之不凡。隨即又引出胡麻（按即序文中之「脂麻」，今謂之「芝蔴」）。就序文觀之，伏苓性燥，須以脂麻相配，方得中和其燥性。東坡下文以一生動而形象之比喻「伏苓爲君，此其相兮」譬之，令人激賞。蓋聖君必得賢相乃克有成，伏苓得脂麻之助則效益大增。東坡於此道出伏苓與脂麻之主從關係，可謂東坡服食、研究伏苓所獲之心得，可見東坡較子由思想爲靈動。

次段言，證之《本草》，確然如此，並敘服食之感覺，且引出一段議論，賦文云：

　　我興發書，若合符兮。乃淪乃烝，甘且腴兮。補塡骨髓，
　　流髮膚兮。是身如雲，我何居兮。長生不死，道之餘兮。
　　神藥如蓬，生爾廬兮。世人不信，空自劬兮。搜抉異物，
　　出怪迂兮。槁死空山，固其所兮。

賦文前半敘合食伏苓與胡麻，果然有奇效，似飄飄然有長生不死之感覺。下半話鋒突轉，引出一段議論，謂世人不信神藥如胡麻等，隨處可得，反而舍近求遠，妄指深山之山苗野草爲仙藥，結果徒勞無功。東坡此處衍生出一般人「貴遠賤近」之習性，借題發揮，頗富哲理，令人深思。東坡詩賦皆好雜議論，此賦言養生亦旁衍一段議論，可見其習氣。賦文末段則進入遐想，謂於服食伏苓及胡麻後，因多吸天地靈氣，已具慧根，隨時可成仙。賦文云：

　　至陽赫赫，發自坤兮。至陰肅肅，躋於乾兮。寂然反照，
　　珠在淵兮。沃之不減，又不燔兮。長虹流電，光燭天兮。
　　嗟此區區，何與於其間兮。譬之膏油，火之所傳而已耶？

此段文字與子由〈服伏苓賦〉相類，皆謂可以固形延壽。惟東坡似更進一層，遐想可以成仙。因東坡少時即多從道士遊，故有此思想。清・王如錫云：「敘云『以致神仙』，賦云『火之所傳』，映照名通。」〔註125〕

────────────────

〔註125〕見《東坡養生集》卷 2，《四庫全書存目叢書》集部 13 冊，頁

即表達出對東坡成仙遐想之體會。由此亦可證明東坡對此胡麻配伏苓之養生藥方甚爲自得，對其功效頗具信心。

　　按東坡頗喜修鍊、醫藥之術；其論醫藥之雜說頗多，後人曾附於宋‧沈括所集之方藥書中，而以《蘇沈良方》爲名流傳，〔註126〕可見東坡議醫藥之論述，頗受人重視。今人孔凡禮所編《蘇軾文集》第七十三卷收有多篇東坡論修鍊、醫藥、草木飲食之雜記，頗便參閱。今於該卷中檢得〈服茯苓法〉及〈服松脂法〉二篇與〈服胡麻賦〉有相通之處，茲引錄以供參閱。〈服茯苓法〉云：

> 茯苓自是神仙上藥。但其中有赤筋脈，若不能去，服久不利人眼，或使人眼小。當削去皮，斫爲方寸塊銀石器中，清水煮以酥軟，解散爲度，入細布袋中，以冷水揉搜，如作葛粉狀，澄取粉，而筋脈留袋中，棄去不用。用其粉，以蜜和，如濕香狀，蒸過，食之尤佳。胡麻但取純，黑脂麻九蒸九暴，入水爛研，濾取白汁銀石器中熬。如作杏酪湯，更入，去皮核，爛研棗肉與茯苓粉一處搜和，食之尤奇效。

據引文所言，可補賦文伏苓食法之未備；而脂麻須「九蒸九暴」與賦文中之「夜炊晝暴」、「乃瀹乃烝」等亦大致相同。

　　若松脂入土，年歲不足，尚未成茯苓，食之亦可補身，東坡〈服松脂法〉文云：

> 松脂以真定者爲良。細布袋盛滑水爲沸湯煮，浮水面者，以新罩籬掠取置新水中。久煮不出者，皆棄不用。入生白茯苓末，不製，但削去皮，搗羅拌勻，每日早取三錢七著口中。用少熟水攪漱，仍以脂如常法揩齒。畢，更啜少熟水嚥之，仍漱吐如法，能堅齒、駐顏、烏髭也。〔註127〕

　　　　141。
〔註126〕《四庫全書》據《永樂大典》輯得《蘇沈良方》八卷，此書本宋‧沈括所集之方書，後人又以蘇軾論醫藥雜說附之，而名之曰《蘇沈良方》，可參閱《四庫全書》卷103，子部醫家類。
〔註127〕〈服茯苓法〉及〈服松脂法〉見《蘇軾文集》卷73「雜記」，頁

松脂可謂年歲較淺之茯苓，但亦有健身之效。元豐三年，東坡以烏臺詩案謫黃州，途中過麻州萬松亭，見松樹成群，心想此後或將老死黃州，憶及少年種松求松脂事，遂作〈歲作種松〉詩，有追懷昔日，感歎人事之意，但亦可見其對於松脂、茯苓之不能忘情也。〈戲作種松〉詩云：

> 我昔少年日，種松滿東岡。初移一寸根，瑣細如插秧。二年黃茅下，一一攢麥芒。三年出蓬艾，滿山散牛羊。不見十餘年，想作龍蛇長。夜風波浪碎，朝露珠璣香。我欲食其膏，已伐百本桑。人事多乖迕，神藥竟渺茫。揭來齊安野，夾路鬑鬑蒼。會開龜蛇窟，不惜斤斧瘡。縱未得茯苓，且當拾流肪。釜盎百出入，皎然散飛霜。槁死三彭仇，澡換五穀腸。青骨凝綠髓，丹田發幽光。白髮何足道，要使雙瞳方。却後五百年，騎鶴還故鄉。〔註128〕

此詩可作東坡喜食茯苓之注腳。詩後半仍有服食成仙之思想；惟此時心境已大異於熙寧九、十年間作〈服胡麻賦〉時。觀其詩末「却後五百年，騎鶴歸故鄉」二句，可知東坡對於因訕詩案貶謫黃州，已不作歸去想，惟思能日後成仙騎鶴歸鄉也，全詩看似言種松事，實隱含無限哀戚。

　　〈服胡麻賦〉除最末「何與於其間兮」及「火之所傳而已耶」兩句為六、七言外，其餘均為四言句；二句一韻，偶句末綴「兮」字。句式幾全同於《楚辭・九章・橘頌》，故朱熹《楚辭後語》將此收入。朱子對北宋諸大家如歐陽脩、曾鞏、東坡三人之騷體賦皆不甚許可，謂其「於楚人之賦，有未數數然者」，惟對東坡〈屈原廟賦〉之內容能「詆揚雄而申原志」認為與屈原「詞氣亦若有冥會者」，但仍不欣賞其形式，謂其「不專用楚語」。（以上朱子言論可覆按本章第二節論〈屈原廟賦〉一段），故《楚辭後語》不將其選入。而〈服胡麻賦〉得以選入，蓋肯定其能用《楚辭》之形式也。

2348、2353。
〔註128〕見《蘇軾詩集》卷20，頁1027。

宋・羅大經曾云：

> 文公（按指朱熹）每與其徒言，蘇氏之學，壞人心術，學
> 校尤宜禁絕。編《楚辭後語》，坡公諸賦皆不取，惟收〈胡
> 麻賦〉，以其文類〈橘頌〉。〔註129〕

屈原〈橘頌〉可謂最早之詠物賦，但屈原係借橘以自況，有所寄託。
東坡〈服胡麻賦〉，廣義言之，亦屬詠物賦，惟主要在談以藥草養生
之道，全無寄託或自況，僅取〈橘頌〉之形式而已。此亦可看出東坡
善用各種辭賦體式，開拓不同辭賦內容之能力。

二、百井皆鹹，獨飲乳泉

　　宋哲宗紹聖四年，東坡六十二歲，章惇再度迫害元祐舊臣，東坡
由惠州復貶瓊州別駕，移昌化軍安置（即儋州）。東坡至儋，初僦官
舍而居，次年董必察訪廣西，派人過海將東坡逐出官舍。東坡遂於城
南買地築屋，極為湫隘簡陋。儋州乃極荒遠之地，東坡曾言「此間食
無肉，病無藥，居無室，出無友，冬無炭，夏無寒泉。然亦未易悉數，
大率皆無耳！」（見〈與程秀才〉第一簡，前章已引）故可知東坡當
時生活之艱苦。

　　東坡本極注意飲食及藥草之養生，但在儋州如此艱困之環境下，
恐亦難以行之，在遭受諸多打擊後，東坡之養生似已進入精神之層
面。子由即曾云東坡於海南「葺茅竹而居之，日啗藷芋，而華屋玉食
之念，不存於胸中」〔註130〕又云「人不堪其憂，公食芋飲水，著書
以為樂，時從其父老遊，亦無間也。」〔註131〕可略看出其概略。

　　東坡卜居於於昌化軍城南，除一般日常生活極為艱苦之外，甚至
飲水亦少有甘美者。但其居處附近之道教祠院天慶觀中有井泉一口，

〔註129〕見《鶴林玉露》甲編卷二。據《蘇文彙評》頁 266。
〔註130〕語見〈子瞻和陶淵明詩集引〉，《欒城後集》卷 21（《蘇轍集》頁
　　　　 1110）。
〔註131〕語見〈亡兄子瞻端明墓誌銘〉，《欒城後集》卷 21（《蘇轍集》頁
　　　　 1126）。

井水香冽如酒，甘美如乳，東坡甚喜之。因東坡斯時正在修訂《蘇氏易傳》等書，〔註 132〕興會所至，遂以陰陽相化之理，暢論對「水」之觀點，並兼及養生之道。因而作〈天慶觀乳泉賦〉。宋·葛立方曾云：

> 蘇子由病酒，肺疾發，東坡告之以修養之道，有曰：「寸田可治生，誰勸耕黃糯。探懷得眞藥，不待君臣佐。初如雪花積，漸作櫻珠大。隔牆聞三嚥，隱隱如轉磨。」此鍊氣法也。後至海上，有道人傳以神守氣之訣云：「但向起時作，還從作處收。」故〈天慶觀乳泉賦〉及〈養生論〉、〈龍虎鉛汞論〉皆析理入微，則知東坡於養生之道深矣。〔註 133〕

按〈養生論〉，《蘇軾文集》卷七十三作〈養生訣〉，係東坡書與張安道者，張安道卒於元祐六年（據《文集》卷六十八〈題張安道詩後〉），故〈養生訣〉當作於其年之前。文中詳述鍊氣養生之法，可見東坡早已有修鍊習慣。〈龍虎鉛汞論〉，《文集》卷七十三作〈龍虎鉛汞說〉，係紹聖二年，東坡於惠州寄子由者，文中論氣、血及調息養生之法甚詳。〈天慶觀乳泉賦〉時間較晚，係作於東坡貶儋時，內容與前二文不盡相同，主要在論「水」之特質，以及水與養生之關係。

　　本賦前三段以散文筆法議論「水」甘鹹、生死之理，韻腳鬆散，幾已與散文無異，而末段方引出天慶觀乳泉之主題，形式則採四、六句式之古賦體式，韻腳亦趨工整。此賦即不以內容論，其形式可謂爲宋代文賦又拓出一境，與〈赤壁〉二賦又有所不同，爲東坡晚年大筆力之作，其後東坡曾書此賦數本以贈人，可見其頗爲自得。茲先引本

〔註 132〕東坡自元豐三年貶黃州時，開始著力於《論語》、《書》、《易》之研究並完成若干篇卷。於紹聖、元符貶儋時期完成《易傳》、《論語說》之修訂，並完成《書傳》。其與〈李端叔十首〉第三簡云：「所喜者海南了得《易》、《書》、《論語傳》數十卷，似有益於骨朽後人耳目也。」（見《蘇軾文集》卷 52，頁 1540）。有關《蘇氏易傳》撰作始末，可參閱金生楊《蘇氏易傳研究》頁 50～74（成都巴蜀書社）

〔註 133〕見《韻語陽秋》卷 12（據《蘇軾資料彙編·上編》頁 461）。

賦前三段以觀，賦云：

> 陰陽之相化，天一為水。六者其壯，而一者其稱也。夫物老死於坤，而萌芽於復。故水者，物之終始也。意水之在人寰也，如山川之蓄雲，草木之含滋，漠然形而為往來之氣也。為氣者水之生，而有形者其死也。死者鹹而生者甘，甘者能往能來，而鹹者一出而不復返，此陰陽之理也。吾何以知之？蓋嘗求於身而得其說。

> 凡水在人者，為汗、為涕、為洟、為血、為淚、為矢、為涎、為沫，此數者，皆水之去人而外騖，然後肇形於有物，皆鹹而不能返。故鹹者九而甘者一。一者何也？唯華池之真液，下涌於舌底，上流於牙頰，甘而不壞，白而不濁，宜古之仙者以是為金丹之祖，長生不死之藥也。

> 今夫水之在天地之間者，下則為江湖井泉，上則為雨露霜雪，皆同一味之甘，是以變化往來，有逝而無竭。故海洲之泉必甘，而海雲之雨不鹹者，如涇渭之不相亂，河濟之不相涉也。若夫四海之水，與凡出鹽之泉，皆天地之死氣也。故能殺而不能生，能槁而不能決也，豈不然哉？

賦文首段以陰陽相化之理，言物皆有終始，而水以氣為生，為甘，能往能來；而水以形為死，為鹹，一出而不返。此段係總論水之特性，而言出其有甘、鹹、生、死之分。

次段以人為例，人類有形之分泌物及排泄物如汗、涕、洟、血、淚、矢、涎、沫等皆為鹹而死之水。唯有口中之唾液（華池之真液），乃為長生不死之金丹。按口中唾液為長生不死之仙藥，其說法見於《老子節解》，其文云：

> 唾者溢為醴泉，聚為玉漿，流為華池，散為津液，降為甘露；漱以嚥之，既藏潤身，以流百脉，化養萬神，支節毛髮，堅固長春。〔註134〕

〔註134〕《老子節解》之言據《校正經進東坡文集事略》卷2〈天慶觀乳泉賦〉郎曄注引，頁23。

此種以口中唾液爲養生仙藥之說法，東坡當得之於道家。而前引葛立方所云之〈龍虎鉛汞說〉觀之，東坡於調息鍊氣之時，亦常配合嚥唾液之法，茲引之以相發。文有句云：

> 方閉息時，常卷舌而上，以舐懸癰（按指小舌），雖不能到，而意到焉，久則能到也。如是不已，則汞（按指水）下入口。方調息時，則漱而烹之，須滿口而後後嚥（若未滿，且留口中，俟後次也）仍以空氣至下丹田，常以意養之，久則化而爲鉛。此所「虎向水中生」也。……吾已令造一禪榻、兩大案，明牕之下，專欲治此。並已作乾蒸餅百枚，自二月一日爲首，盡絕人事。飢則食此餅，不飲湯水，不啖食物，細嚼以致津液，或飲少酒而已。

又〈養生訣〉亦有云：

> 待腹滿氣極，即徐出氣（不得令耳聞）。候出入息勻調，即以舌接唇，內外漱煉津液（若有鼻涕，亦須漱煉，不嫌其鹹，漱煉良久，自然甘美，此是眞氣，不可棄之。）未得嚥下，復前法。閉息內觀，納心丹田，調息漱津，皆依前法。如此者三，津液滿口，即低頭嚥下，以氣送入丹田。須用意精猛，令津與氣谷谷然有聲，徑入丹田。又依前法爲之，凡九閉息，三嚥津而止。……晝日無事，亦時時閉目內觀，漱煉津液嚥之，摩熨耳目，以助眞氣。〔註135〕

此兩文雖撰作時間相差若干年，但可知東坡之鍊氣養生，均搭配以嚥唾液之法。故其後於儋州作〈天慶觀乳泉賦〉即特別提出唾液爲人身液體唯一之「甘者」，亦爲長生不死之藥。有關「玉池」或「華池」（按皆指「口」）之中生津液可養生之觀念，東坡早已有之，如熙寧七年，東坡三十九歲，任杭州通判時，曾作〈次韻沈長官三首〉詩，其第二首即有「聞道山中食無肉，玉池清水自生肥」之句〔註136〕此雖言沈長官能食簡養生，但其本人應亦有此想法。後東坡於賦中屢用

〔註135〕〈龍虎鉛汞說〉及〈養生訣〉均見《蘇軾文集》卷73「雜記」，頁2331、2335。
〔註136〕見《蘇軾詩集》卷11，頁564。

「玉池」之典，如：

◎似玉池之生肥，非內府之蒸羔。(〈中山松醪賦〉)

◎助生肥於玉池，與吾鼎其齊珍。(〈菜羹賦〉)

◎鏘瓊佩之落谷，灩玉池之生肥。(〈天慶觀乳泉賦〉)

〈中山松醪賦〉作於守定州時，而〈菜羹賦〉及〈天慶觀孔泉賦〉均作於儋州，時東坡已為晚年，賦中既屢用此典（按〈次韻沈長官〉詩注引《黃庭外景經》云：「丹田之中精氣微，玉池清水上生肥。」）則可知平時養生自常用之。

賦文第三段再由人體及於自然，謂自然界之江湖井泉、雨露霜雪、四海之水、出鹽之泉等，亦有甘鹹生死之別。此段漸逼近主題，暗藏天慶觀之乳泉乃甘者、生者、浹者。故引出末段賦文，文云：

吾謫居儋耳，卜築城南，隣於司命之宮，百井皆鹹，而醪醴渾乳，獨發於宮中，給吾飲食酒茗之用，蓋沛然而無窮。吾嘗中夜而起，挈缾而東。有落月之相隨，無一人而我同。汲者未動，夜氣方歸。鏘瓊佩之落谷，灩玉池之生肥。吾三嚥而遄返，懼守神之訶譏。却五味以謝六塵，悟一眞而失百非。信飛仙之有藥，中無主而何依。渺松喬之安在，猶想像於庶幾。

本段開首雖仍為散句，但用韻已較整齊；而句式亦漸趨於四、六之古賦體式。賦文首以「百井皆鹹」，襯托天慶觀乳泉之甘美，此與前段相呼應。而「鏘瓊佩之落谷」以下四句，言飲此甘泉活水，配以唾液，再加上「却五味而謝六塵」，盡去人間五味之享受，謝聲色等之塵染；並且眞能悟道，相信有長壽成仙之可能。此部份又與第二段之「華池眞液」、「金丹之祖」、「長生不死」等呼應。

此賦前面大半作理論之闡述，末段則作實務上之施行，首尾呼應綿密。而東坡於儋州之養生觀念及方法，吾人得以盡悉。本賦除言玉池唾液之功效而外，對於「水」之論述頗詳，此與今日注重水質及醫界強調每日須飲純淨白水若干，以護身體健康之理念正相合。東坡之

養生觀可謂超出同時代之人甚多。

此賦係東坡暮年所作，議論高奇，筆力酣暢，東坡本人亦頗自負。宋・費袞嘗云：

> 東坡歸自海南，遇其甥柳展如，出文一卷示之曰：「此吾在嶺南所作也，甥試次第之。」展如曰：「〈天慶觀乳泉賦〉詞意高妙，當在第一；〈鍾子翼哀詞〉別出新格，次之；他文稱是。舅老筆，甥敢優劣邪？」坡歎息以爲知言。〔註137〕

東坡於海外所作詩、文、賦不少，而柳展如慧眼獨具，以〈天慶乳泉賦〉爲最佳作品，東坡亦首肯之，可見東坡亦自許此賦，故後人多有稱之者，如：

> ◎宋・李耆卿云：「〈天慶觀乳泉賦〉，理到。」（《文章精義》）
>
> 〔註138〕
>
> ◎宋・王亞夫云：「蘇公早聞道，文章乃其戲。乳泉出重海，作賦聊紀異。玉池嚥中夜，挈瓶非小智。氣者水之生，此語可深味。」（《石渠寶笈》卷十三）〔註139〕
>
> ◎明・楊一清云：「此卷爲蘇書第一，前輩已有定論。衡其所著述，亦第一等議論也。」（見同前書）
>
> ◎清・王如錫云：「以刻至之理，寫入賦中，非晚年無此膽筆，非海外亦無以發此奇思。」（《東坡養生集》卷一）
>
> 〔註140〕

東坡既自喜此賦，故曾手書贈人；元符三年東坡北歸過廉州，曾作詩贈歐陽脩族人，時任廉州推官之歐陽晦夫（名閟），詩題爲〈梅聖俞之客歐陽晦夫，使工畫茅菴，己居其中，一琴橫牀而已。曹子方作詩四韻，僕和之云〉，據詩題下施宿注云：

〔註137〕見《梁谿漫志》卷4（據《蘇軾資料彙編・上編》頁675）。

〔註138〕據《蘇文彙評》頁35。

〔註139〕見《四庫全書》卷113子部藝術類二，《石渠寶笈》卷13，〈宋蘇軾書天慶觀乳泉賦一卷〉後跋語。

〔註140〕見《四庫全書存目叢書》集部13冊，頁98。

東坡以元符三年，詔移廉州，四月移永州。五月始被移廉
之命，六月離儋耳，七月四日至廉。三爲歐陽晦夫賦詩，
晦夫又以匹紙求字，爲書〈乳泉賦〉及跋《梅聖俞詩稿》。
以簡與晦夫云：「餞行詩輒跋尾，四紙亦作數百字。軾再拜
晦夫推官。」又云：「〈乳泉賦〉切勿示人，切懇切懇。」
賦與簡皆題爲七月十三日。〔註141〕

自施宿注觀之，東坡北歸過廉州曾手書〈天慶觀乳泉賦〉一本贈歐陽
闓。此手書本今未見。清乾隆十九年奉敕所編之《石渠寶笈》尚收此
賦眞跡，云係楷書，卷後有東坡自署「庚辰歲七月十三日書」，其後
並附有宋、明等十一人之題跋。其中宋人尤焴跋云：「此卷舊藏雪川
向澤民家，澤民以遺施武子。」施武子即施宿，由卷末所署「庚辰（元
符三年）七月十三日」觀之，施宿所睹正爲贈歐陽晦夫之本。此本爲
東坡晚年所書，其書法亦頗爲人稱賞，今順帶及之。《石渠寶笈》後
有宋・李心傳跋云：

> 以歲月驗之，蓋蘇公元符北歸所書也。時方厄于章、蔡之
> 餘，而人之貴重如此，豈待百年而後定耶？若夫筆老墨秀，
> 挾海上風濤之氣，以平生所論之，當爲海內蘇書第一。

又明・宋濂跋此賦眞跡之後云：

> 公之書是賦，時年已六十有五，距其薨僅隔一歲，實爲晚
> 年之筆。李侍郎謂其筆老墨秀，挾海上風濤之氣，當爲海
> 內蘇書第一，誠知言也哉！……然公之薨未幾，辭翰皆爲
> 世大禁，而狗鼠之徒如霍謹英輩，猶鳴吠不已，磨剗焚燬，
> 無所不用其極，而斯卷無纖毫不完，豈公妙墨所在，或有
> 鬼物呵護之耶！〔註142〕

由前觀之，東坡〈天觀乳泉賦〉，不僅內容、筆法爲人所激賞，即其
手書墨跡亦極爲人寶愛，惜乎今已遺佚未見。又此賦或云東坡曾手書
與秦觀；建中靖國元年又書贈某人，惟均不可考。但就東坡隕歿前一、

〔註141〕見《蘇軾詩集》卷43，頁2369。
〔註142〕以上尤焴、李心傳、宋濂等人之跋語均見同注139。

二年，一再書此賦贈人，可見其亦甚爲自得也。〔註143〕

第六節　飲食賦

　　東坡賦中言及飲食者有多篇，如前數節所討論之〈後杞菊賦〉及〈服胡麻賦〉，廣義言之，亦可謂與飲食有關，惟因該兩賦另有涵意，已詳述如前。又東坡賦中有多篇言及與「酒」有關之作品，如〈洞庭春色賦〉、〈中山松醪賦〉、〈酒子賦〉、〈濁醪有妙理賦〉等，亦可謂飲食類之作品，但各詠酒之賦作，或有寄託，或借酒抒懷，宜作專節探討，當詳述於後。而本節擬研究另外與飲食有關之〈菜羹〉及〈老饕〉兩賦；就前章考證，兩賦皆作於儋州，爲海外五賦之二篇。

　　儋州在北宋時代，乃極爲蠻荒僻遠之地，就前屢引之東坡與〈程秀才書〉所云，其食、衣、住、行、醫藥等「大率皆無」，可見環境之艱困。儋州大多爲黎人，不知耕田，以致田多荒廢，東坡〈和陶勸農六首〉詩前序文云：

　　　　海南多荒田，俗以貿香爲業，所產秔稌，不足於食，乃以

〔註143〕按清・王如錫《東坡養生集》卷一所收〈天慶觀乳泉賦〉後有他本未見之東坡自注云：「某在海南作此賦，未嘗示人：既渡海，親寫二本，一以示秦少遊（游），一以示劉元忠。建中靖國元年三月二十一日。」又《孔譜》引正德《瓊臺志》卷六云：「乳泉井，在城東南朝天宮前。舊志云：『東坡居天慶觀，得井泉，味美，色白如乳，作〈乳泉賦〉，未嘗示人。及還渡海，方手書三本與秦少游。』」（見頁 1293）。又王宗稷《東坡先生年譜》，「建中靖國條」云：「先生年六十六，度嶺北歸。中途又爲南安軍作〈學記〉，寫海外所作〈天慶觀乳泉賦〉。」（見《蘇軾資料彙編・下編》，頁 1740）

自以上資料觀之，東坡應曾寫〈天慶觀乳泉賦〉與秦少游，惟一本或三本未詳；或又寫與劉元忠。按東坡北歸，於元符三年六月曾晤少游，賦當寫於此時。惟本年八月少游即卒，故王如錫《養生錄》附東坡自注之「建中靖國元年」云云，應爲追記。又王宗稷《年譜》云，東坡建中靖國元年曾寫〈乳泉賦〉一通，惟書贈何人，已不可考。

諸芋雜米作粥糜以取飽。〔註144〕

蓋人之生活，以「食」最為重要，土著之黎人飲食如此，則東坡飲食之情況可知。東坡其時又有〈聞子由瘦〉一詩，頗能見儋耳飲食艱困之情境，詩云：

五日一見花豬肉，十日一遇黃雞粥。土人頓頓食諸芋，薦以薰鼠燒蝙蝠。舊聞蜜唧嘗嘔吐，稍近蝦蟆緣習俗。十年京國厭肥羜，日日炰花壓紅玉。從來此腹負將軍，今者固宜安脫粟。人言天下無正味，蚳蛆未遽賢麋鹿。海康別駕復何為？帽寬帶落驚童僕。相看會作兩臞仙，還鄉定可騎黃鵠。〔註145〕

本詩東坡自注云：「儋耳至難得肉食。」可見儋州食物之匱乏；因食物之匱乏，東坡甚至入境隨俗，除食用諸芋外，如薰鼠、蝙蝠、蜜唧、蝦蟆等亦皆嘗試食之。但東坡頗能自我寬慰，用「從來此腹負將軍，今者固宜安脫粟」之典故；及《莊子》「天下無正味」之曠達思想，自嘲自解。此與東坡元豐三年所作〈初到黃州〉詩，謂黃州尚有「長江繞郭知魚美，好竹連山覺筍香」〔註146〕之環境，不可同日而語矣。蘇轍亦曾云，東坡於儋州「日啗薯芋，華屋玉食之念不存於胸中」（〈子瞻和陶淵明詩集引〉），又云其「食芋飲水」（〈亡兄子瞻端明墓誌銘〉），均可證明東坡此段時期生活之艱困情況。

在儋州如此惡劣之環境下，東坡遂產生二篇與飲食有關之賦作，一為〈菜羹賦〉，一為〈老饕賦〉，此二賦為姐妹篇，一真一幻，一莊一諧，可充分表達東坡在儋耳之生活及心境。茲分述之。

一、食菜羹之味，忘口腹之累

〈菜羹賦〉前有一短序，可見此賦寫作之緣由，序文云：

東坡先生卜居南山之下，服食器用，稱家之有無。水陸之

〔註144〕見《蘇軾詩集》卷41，頁2255。
〔註145〕見《蘇軾詩集》卷41，頁2257。
〔註146〕見《蘇軾詩集》卷20，頁1032。

－178－

味，貧不能致，煮蔓菁、蘆菔、苦薺而食之。其法不用醯
醬，而有自然之味。蓋易具而可常享。乃爲之賦。

自序文觀之，東坡在儋，因肉食不易取得，故惟有煮蔬菜而食。序文
中所謂「有自然之味」、「易具而可常享」云云，實即有自我寬慰之意，
但亦表現出一種窮且益艱、樂天知命之精神，此種心境在以下賦文中
有更多之發揮。

　　賦文之第一段自歎命途多舛、顛沛流離，竟被逐至此人間絕境，
以致常飢腸轆轆，無任何肉類可食，幸有鄰居惠贈一些蔬菜稍可裹
腹。賦文云：

嗟余生之褊迫，如脫兔其何因。殷詩腸之轉雷，聊禦餓而
食陳。無芻豢以適口，荷鄰蔬之見分。

賦文用「褊迫」、「脫兔」等字眼，將自己受奸邪小人逼迫、流放、
惶惶不安之心情表露無遺；而「其何因」三字，更隱藏有無語問蒼
天之傷歎。末句以「荷鄰蔬之見分」引出蔬菜，切入「菜羹」之主
題。

　　東坡本爲一美食家，故雖簡易之蔬菜，亦能發明出頗爲美味之烹
調方法，下段即詳述煮菜羹之過程，賦文云：

汲幽泉以揉濯，搏露葉與瓊根。爨鉶錡以膏油，泫融液而
流津。湯濛濛如松風，投糝豆而諧勻。覆陶甌之穹崇，謝
攪觸之煩勤。屏醯醬之厚味，却椒桂之芳辛。水初耗而釜
泣，火增壯而力均。滃嘈雜而麋潰，信淨美而甘分。

賦文將煮菜羹自洗菜、熱鍋、下油、下米豆、覆陶甌燜煮等之次序，
叙述極爲清楚。又將不翻攪、不用調味料及火候等原則一一說明，極
有興味。賦體文學於東坡手中，無可不寫，此等生活小事亦以昔日所
謂「貴遊文學」之賦體出之，洵見東坡對賦體文學開拓之功。

　　東坡煮食菜羹，其實在貶謫黃州時期即己行之，黃州生活環境雖
優於儋州，但東坡以流放者之身份，生活仍極艱苦，故曾開墾「東坡」，
躬耕而食，在所作〈東坡八首〉詩中叙述其辛勤耕耘甚詳，甚至有「刮

毛龜背上‧何時得成氈」之歎。〔註147〕故東坡於黃州即曾製作過菜
羹，其後在應純道人將適廬山，要求給予煮菜羹之方法時，東坡曾詳
述其法，〈東坡羹頌（並引）〉云：

> 東坡羹，蓋東坡居士所煮菜羹也。不用魚肉五味，有自然
> 之甘。其法以菘若蔓菁、若蘆菔、若薺，揉洗數過，去辛
> 苦汁。先以生油少許塗釜及一瓷盌，下菜沸湯中。入生米
> 為糝，及少生薑，以油盌覆之，不得觸，觸則生油氣，至
> 熟不除。其上置甑，炊飯如常法，既不可遽覆，須生菜氣
> 出盡乃覆之。羹每沸湧，遇油輒下，又為盌所壓，故終不
> 得上。不爾，羹上薄飯，則氣不得達而飯不熟矣。飯熟羹
> 亦爛可食。……應純道人將適廬山，求其法以遺山中好事
> 者。以頌問之：

> 甘苦嘗從極處回，醶酸未必是鹽梅。問師此箇天真味，根
> 上來麼塵上來？〔註148〕

由「頌」之序文觀之，東坡所敍菜羹之作法，與〈菜羹賦〉所言大同
小異。惟「頌」之序文係以散文出之，而「賦」則以韻體表現而已。
可知東坡於儋州時飲食匱乏，乃復作菜羹而食，不免再於賦中追敍菜
羹之作法也。本段賦文，舒暢明快，似暗示出東坡於困境中自足自樂
之精神。

　　東坡此賦並非僅敍述作菜羹之方法而已。主要係借菜羹而抒發在
儋州之心境。故賦文下段又宕出一層，連用一串與飲食有關之典故以
抒發胸懷，文云：

> 登盤盂而薦之，具匕箸而晨飧。助生肥於玉池，與吾鼎其
> 齊珍。鄙易牙之效技，超傅說而策勳。沮彭尸之爽惑，調
> 竈鬼之嫌嗔。嗟丘嫂其自隘，陋樂羊而匪人。

本段論述食菜羹後，所產生之功效，除謂食菜羹可養生（玉池生肥）
之外；又以六個與飲食有關之典故，引申食菜羹之功能，且均暗藏寄

─────────────

〔註147〕〈東坡八首〉詩，可詳見《蘇軾詩集》卷21，頁1084。
〔註148〕見《蘇軾文集》卷20，頁595。

託。如：「鄙易牙之效技」句，乃借春秋時易牙以烹調技巧邀寵齊桓公之故事，譏諷以佞幸得寵之小人。「超傅說而策勳」句，則借稱美傅說以和羹手段助武丁建立功勳之史實，暗贊自己曾有輔佐天子之功，並反諷時宰之惟知玩弄私權。「沮彭尸之爽惑」句，則借食荼羹可阻止人體內「三彭」、「三尸」之搬弄是非，譏刺朝中倒黑白之奸人。「調竈鬼之嫌嗔」句，則借食荼羹可調解灶神之怒氣，令其不向上天告人罪狀，反譏曾摘其詩句而誣陷其入獄之小人。「嗟丘嫂其自隘」句，則借劉邦大嫂不予劉邦食羹之故事，暗喻心胸狹窄之政客。「陋樂羊之匪人」句，則借戰國魏將樂羊啜己子之肉所烹羹湯故事，痛刺朝中奸佞之喪盡人性。

　　本段洋洋灑灑，連用六典故，表面看之，似言食荼羹後，使人之能力、思想大增，其實託喻遙深，對諸多奸巧、惡毒、心胸狹窄、毫無人性之新黨迫害者，以反面方式，表示出極端之痛恨、輕蔑與嘲弄，用意甚深。

　　賦文末段則借食荼羹而歸結於一己雖處逆境，但仍能超然自適，曠達不拘之情懷，文云：

> 先生心平而氣和，故雖老而體胖。計餘食之幾何，固無患
> 於長貧。忘口腹之爲累，以不殺而成仁。竊比予於誰歟？
> 葛天氏之遺民。

本段實爲此賦之主要意涵，東坡對於自己雖居住在儋耳荒陋之地，但能安之若素；賦中「心平氣和」、「無患於長貧」、「以不殺而成仁」等句，非常明確地表示出當時之心境，而且自比葛天氏之遺民，淳樸自然，快樂無憂。此種精神上之提昇，可使人心胸舒坦，素食之荼羹或眞有助於養生，但東坡精神上之曠達解脫，應是在儋耳能自在生活，而未死於貶所最大之原因，此恐亦非章惇等人所始料也。

　　東坡過海至儋，惟帶幼子蘇過隨行，蘇過受東坡影響頗深，亦安於此艱困之環境而不以爲苦。蘇過並曾將東坡煮食荼羹之方式研究出新製法，甚得東坡賞識，東坡曾有詩記之，〈過子忽出新意，以山芋

作玉糝羹，色香味皆奇絕。天上酥陀則不可知，人間決無此味也〉詩
云：

> 香似龍涎仍釅白，味如牛乳更全清。莫將南海金虀膾，輕
> 比東坡玉糝羹。〔註149〕

東坡在儋日食薯芋，生活極爲簡陋，蘇過以山芋作羹，乃變化飲食方
法以事孝養者也，若謂「人間決無此味」，當嫌誇大。東坡此詩除肯
定蘇過之孝心外，當是如〈菜羹賦〉所言，早已忘卻口腹之累，安作
葛天氏之遺民，在精神上已完全超脫，可「安於島夷矣」。其實細味
此詩，東坡心中之傷痛見於言外。

二、聚物之夭美，養吾之老饕

前曾云東坡在儋州詠飲食之賦作，尚有一〈菜羹賦〉之姐妹篇～
〈老饕賦〉。〈菜羹賦〉寫食菜羹之情形，敍作菜羹方法，屬於眞境，
是爲實錄。而〈老饕賦〉寫「老饕」所享受之各種美食、欣賞宴飲歌
舞之盛況，則全屬幻境，是爲虛寫，而且語涉遊戲，但暗寓曠達心境。
此賦全文以工整之對句出之，是爲典型之駢賦，但東坡寫來流麗自
如，毫無扞格，本賦實可謂東坡辭賦之名篇。賦文分三段，首段云：

> 庖丁鼓刀，易牙烹熬。水欲新而釜欲潔，火惡陳而薪惡勞。
> 九蒸暴而日燥，百上下而湯鏖。嘗項上之一臠，嚼霜前之
> 兩螯。爛櫻珠之煎蜜，灂杏酪之蒸羔。蛤半熟而含酒，蟹
> 微生而帶糟。蓋聚物之夭美，以養吾之老饕。

開首先鋪排「老饕」所享受各種飲食之鮮美，如項上之精肉、霜前之
蟹螯、蜜炙之櫻桃、杏汁所蒸之羊羔、酒漬之蛤蜊及螃蟹等；而此等
美味必由名廚如庖丁、易牙調製，且火候、用水、用柴等皆須講究。
所有如此之人間美食，皆爲我「老饕」所享用。此段文字將一美食者
之形象鮮活畫出，頗有趣味。宋·吳曾嘗云：

> 顏之推云：「眉毫不如耳毫，耳毫不如項絛，項絛不如老饕。」

〔註149〕見《蘇軾詩集》卷42，頁2316。

　　　此言老人雖有壽相，不如善飲食也，故東坡〈老饕賦〉蓋
　　　本諸此。〔註150〕

由顏之推之言觀之，善飲食者可長壽。而東坡於儋州作此賦時，正日
食薯芋、芺羹，爲最缺乏美食之時期。吳曾謂東坡〈老饕賦〉本顏之
推之言，蓋僅見其表面之用意，不知東坡此賦乃特借眾多美食之陳
列，歌姬舞女之侍宴，均盡由「老饕」盡享，而有反面之意涵也。此
必待讀畢全賦，細味之方可體會。

　　賦文次段由首段之美食引出「老饕」於飲宴之時，欣賞眾多美女
歌舞之盛況，文云：

　　　婉彼姬姜，顏如李桃。彈湘妃之玉瑟，鼓帝子之雲璈。命
　　　仙人之萼綠華，舞古曲之鬱輪袍，引南海之玻瓈，酌涼州
　　　之蒲萄。願先生之耆壽，分餘瀝於兩髦。候紅潮於玉頰，
　　　驚煖響於檀槽。忽纍珠之妙唱，抽獨繭之長繰。閔手倦而
　　　少休，疑吻燥而當膏。倒一缸之雪乳，列百椀之瓊艘。各
　　　眼艶於秋水，咸骨醉於春醪。

本段敍述極爲精彩，有眾多美女，如姬姜、湘妃、帝子、萼綠華；有
多樣樂器，如玉瑟、雲璈、檀槽（琵琶）；有跳舞（鬱輪袍）；有奇器
（玻瓈，即玻璃杯）；有美酒（蒲萄）；有歌唱，更有歌姬舞女之醉態，
可謂極盡聲色之娛。此段中之湘妃、帝子、萼綠華皆爲女神或仙女，
非人間人物，此隱約已有夢中幻境之暗示，逐漸引入賦之主題。故下
文云：

　　　美人告去，已而雲散，先生方兀然而禪逃。響松風於蟹眼，
　　　浮雪花於兔毫。先生一笑而起，渺海闊而天高。

前二句收束前段，引出「先生方兀然而禪逃」一句，方知前所云美食、
美女皆夢境也。禪逃，即逃禪，打坐入定之意。先生於幻境之中享受
美食歌舞，突然爲煮茶、斟茶之聲驚醒，此時方回到實境。

　　東坡此處云煮茶、斟茶，用事甚僻，按「松風」喻茶場煮沸之聲；

〔註150〕見《能改齋漫錄》卷 7（據《蘇軾資料彙編・上編》頁 432）。

「蟹眼」喻斟茶入碗時激起之泡沫;「兔毫」謂茶甌、茶椀(按東坡〈試院煎茶〉詩,查慎行注引《茶疏》云:「茶甌取古窰兔花毛者」)。「浮雪花」句謂將煮沸之茶湯斟入茶椀中激起如雪花之泡沫。〔註151〕

　　賦文最後二句謂先生自美食飲宴中醒來,將所有夢中幻境付之一笑,但覺心無掛礙,胸懷灑然,眼界寬廣如天高海闊,蓋對於所有美食及歌舞均已無縈於心矣。宋・王聖俞評選《蘇長公小品》,評此賦云:

　　　　天美老饕,設語甚新;雖標艷賞,意不屑屑。〔註152〕

王聖俞之言,實深得坡公心意。故東坡此賦係以諧謔游戲之筆,作一反面之意涵,正爲儋州時期困窘貧乏情況心境之反映。宋・蔡采之、謝枋得皆謂東坡此賦乃「文章之遊戲」〔註153〕頗能體會其心情,東坡賦必皆有謂而作,此賦借戲謔隱示沈痛心境,細味之令人惻然傷感。

　　東坡此賦除內容深刻之外,其寫作技巧亦往往爲人讚賞,如:

明・陳天定評云:

　　(蘇軾〈老饕賦〉)流麗清曠,如春帆映日,浮於雲渚。

　　　〔註154〕

又如清・李調元云:

〔註151〕〈試院煎茶〉詩見《蘇軾詩集》卷8,頁370。按詩有句云:「蟹眼已過魚眼生,颼颼欲作松風鳴。蒙茸出磨細珠落,眩轉繞甌飛雪輕。」此與賦文「響松風於蟹眼,浮雪花於兔毫」意思相同。又東坡〈次韻周穜惠石銚〉詩有句云:「銅腥鐵澀不宜泉,愛此蒼然深且寬。蟹眼翻波湯已作,龍頭拒火柄猶寒。」亦用「蟹眼」事。(「蟹眼」,出蔡襄《茶錄》,見此詩查慎行注引;詩見《蘇軾詩集》卷24,頁1275)。又〈汲江煎茶〉詩有「茶雨已翻煎處腳,松風忽作瀉時聲。」亦以「松風」喻茶湯之沸騰(詩見《蘇軾詩集》卷43,頁2362)。

〔註152〕據《蘇文彙評》頁39引。

〔註153〕蔡采之云東坡此賦爲「文章之游戲」,(據許結《中國賦學歷史與批評》頁56引《說郛》卷29)。謝枋得云東坡此賦「蓋文章之游戲耳」,據《蘇文彙評》頁39引《碧湖雜記》。

〔註154〕據《蘇軾資料彙編・上編》頁1074引《古今小品》卷1。

> 古人作賦，未有一韻到底，創之自坡公始。〈老饕賦〉篇幅
> 不長，偶然弄筆成趣耳。元人於〈石鼓〉等作，動輒學步，
> 刺刺數言不休，直如跛鱉之追騏驥矣。〔註155〕

本賦僅 240 字，不涉及龐大之內容，可謂一小品賦，借飲食之細事，
以小見大，表達內心感懷及人生境界。加以東坡才高學博，此賦雖採
騈賦形式，又多用典故，但東坡縱筆出之，正如東坡自言之「吾文如
萬斛泉源，不擇地皆可出，在平地滔滔汩汩，雖一日千里無難」、「常
行於所當行，常止於不可不止。」，〔註156〕而且「文理自然，姿態橫
生」。〔註157〕故此賦宜爲坡賦名篇，而能傳之千古也。

今人馬積高氏曾云：

> 至于（蘇軾）〈中山松醪〉、〈濁醪有妙理〉、〈老饕〉、〈服胡
> 麻〉、〈服胡苓〉等，大旨亦歸于曠達。然斤斤于酒食藥物
> 之間，雖與單純刻鏤物象、詳敍物性者不同，然而都近於
> 文字游戲了。〔註158〕

按馬氏論東坡以上諸賦，未必正確，亦未必客觀（按〈服胡苓〉當作
〈服茯苓〉且爲蘇轍作品，非東坡所作，馬氏偶誤）。即以〈老饕賦〉
言之，可謂借游戲之作寄託情懷，用意深曲。東坡詩中即有諸多題名
「戲作」之作品，亦屬此類，並非馬氏所謂之「近於文字游戲」；且
馬氏謂東坡多篇賦作「斤斤于酒食藥物」之間，則更所見小矣。

第七節　詠酒賦

東坡不善飲酒，惟頗喜品酒，自貶謫於黃州之後，又開始釀酒，
如在黃州曾自釀土酒，並作〈飲酒說〉云：

> 予雖飲酒不多，然而日欲把盞爲樂，殆不可一日無此君。
> 州釀既少，官酤又惡而貴，遂不免閉戶自醞。麴既不佳，

〔註155〕見《雨村賦話校證》卷 5，頁 77。
〔註156〕見東坡〈自評文〉，《蘇軾文集》卷 66「題跋」，頁 2069。
〔註157〕見東坡〈與謝民師推官書〉，《蘇軾文集》卷 49「書」，頁 1418。
〔註158〕見所著《賦史》，頁 429～430。

手訣亦疎謬，不甜而敗，則苦硬不可向口。慨然而歎，知窮人之所爲無一成者。然甜酸甘苦，忽然過口，何足追計，取能醉人，則吾酒何以佳爲？但客不喜爾，然客之喜怒，亦何與吾事哉！元豐四年十月二十一日書。〔註159〕

由此文可見東坡量淺喜飲及自釀土酒之情況。而由文末之所云，又可見其隨緣自適，安於貧賤之曠達胸懷。次年元豐五年，西蜀道士楊世昌來黃州探望東坡，教以蜂蜜作酒之法，乃製得「絕醇釅」（見〈蜜酒歌〉序）之蜜酒，東坡甚欣喜，曾作〈蜜酒歌〉詩一首，表示心中之愉快，詩有句云：

君不見南園采花蜂似雨，天教釀酒醉先生。先生年來窮到骨，問人乞米何曾得？世間萬事眞悠悠，蜜蜂大勝監河侯。
〔註160〕

以戲笑之口吻，稱贊蜜蜂之能予「及時酒」，且反用《莊子・外物》監河侯不貸粟與莊周之典故以自我調侃，困境中頗見曠達之味。

東坡貶於惠州時，生活益形艱苦，但因嶺南不禁酒，故東坡除飲酒之外，亦常製酒，曾以桂皮製「桂酒」，並作〈桂酒頌〉；又經某道士授製眞一酒法，於是又製「眞一酒」，並作「記授眞一酒法」及〈眞一酒法〉兩文；又作〈眞一酒詩〉及〈眞一酒歌〉兩詩，以表示其心中之愉悅。東坡在嶺南飲酒、製酒既多，曾撰〈東坡酒經〉一文，總記製酒之法；〔註161〕又撰〈書東皋子傳後〉一文，總結對酒之態度，

〔註159〕見《蘇軾文集》卷73「雜記」，頁2369。又元祐7年（1092）東坡自京出知揚州，開始和陶詩，其〈和陶飲酒二十首〉之敘文亦有類似對飲酒之自述，敘文云：「吾飲酒至少，常以把盞爲樂。往往頹然坐睡，人見其醉，而吾中了然，蓋莫能名其爲醉爲醒也。在揚州時，飲酒過午輒罷。客去解衣盤礴，終日歡不足而適有餘。」（見《蘇軾詩集》卷35，頁1881。）

〔註160〕見《蘇軾詩集》卷21，頁1116。

〔註161〕以上所言之〈桂酒頌〉可參見《蘇軾文集》卷20，頁593。〈記授眞一酒法〉及〈眞一酒法〉分見《蘇軾文集》卷72，頁2312；卷73，頁2372。〈眞一酒〉詩見《蘇軾詩集》卷39，頁2124。〈眞一酒歌〉見《蘇軾詩集》卷43，頁2359。〈東坡酒經〉見

文云：

> 予飲酒終日，不過五合，天下之不能飲，無在予下者。然
> 喜人飲酒，見客舉盃徐引，則予胸中爲之浩浩焉，落落焉，
> 酣適之味，乃過於客。閒居未嘗一日無客，客至，未嘗不
> 置酒。天下之好飲，亦無在予上者。常以謂人之至樂，莫
> 若身無病而心無憂。我則無是二者矣，然人之有是者，接
> 於予前，則予安得全其樂乎？故所至，常蓄善藥，有求者
> 則與之，而尤喜釀酒以飲客。或曰：「子無病而多蓄藥，不
> 飲而多釀酒，勞己以爲人，何也？」予笑曰：「病者得藥，
> 吾爲之體輕；飲者困於酒，吾爲之酣適，蓋專以自爲也。」
> 〔註162〕

由此文可知，東坡並非一狂飲之酒徒，亦非於處逆境時借酒澆愁之頹
廢者，而係借飲酒品味人生，並發抒其超然之胸懷。如其在惠州時，
廣州知州章質夫，曾應允月餽酒六壺，後因小吏送酒時跌而亡之，東
坡因賦七律一首戲章質夫云：

> 白衣送酒舞淵明，急掃風軒洗破觥。豈意青州六從事，化
> 爲烏有一先生！空煩左手持新蟹，漫繞東籬嗅落英。南海使
> 君今北海，定分百榼餉春耕！〔註163〕

本詩雖以極小之題材戲作，惟無論內涵、用事、對偶，均極有可觀。
其中各句連用與「酒」有關之故事，如晉・王弘常派白衣使者送酒與
陶淵明；《世說新語・術解》桓公主簿謂好酒爲「青州從事」；晉・畢
卓常持蟹螯飲酒；陶淵明〈飲酒〉詩有「采菊東籬下」之句；孔融（北
海）爲人飲酒好客；又《孔叢子》有載「子路嗑嗑，尚飲百榼」等典
故，均不離酒。至於「豈意」一聯，用流水對，以「青州六從事」對
「烏有一先生」（用司馬相如〈子虛賦〉事），無論含意、字面均工切
至極，眞無可替換。而「空煩」一聯，皆言酒未送至，東坡反用兩「酒」

　　　　《蘇軾文集》卷64「雜著」，頁1987。
〔註162〕見《蘇軾文集》卷66「題跋」，頁2049。
〔註163〕見〈章質夫送酒六壺，書至而酒不達，戲作小詩問之〉詩，《蘇
　　　　軾詩集》卷39，頁2155。

事以喻之，對偶天成，工妙至極。此詩以內容觀之，可見東坡與章質夫友情之深厚，亦可見東坡對酒之喜好與品味。

東坡詩、文中言及與酒有關者，篇章甚多，不煩備舉。至於辭賦中論及酒者亦不少，計有〈酒隱賦〉、〈洞庭春色賦〉、〈中山松醪賦〉、〈酒子賦〉、〈濁醪有妙理賦〉等五篇。

東坡諸飲酒之賦，率皆作於不甚得意之時。如元祐年間受謗補外郡時作〈酒隱賦〉及〈洞庭春色賦〉；貶於惠州時作〈酒子賦〉；貶於儋州時作〈濁醪有妙理賦〉。故東坡諸詠酒之賦，常有寄託其心境之處。茲歸納數項如下：

一、藉以抒發曠達之胸懷

東坡於元祐四年時，因在京任翰林學士、知制誥並兼侍讀，言事切直，爲當軸者所恨，乃請補外知杭州。六年二月召還，旋以御史誣詆元豐八年揚州題詩事，又出知潁州。〈酒隱賦〉即約作於此段時期（詳見第二章之編年考述），私意以爲作於守潁之可能性更大。蓋東坡因烏臺詩案，歷經黃州艱困之生活後，其思想已有重大改變，元祐回京，雖獲重用，但並未迷失於功名之中，僅依其一向之理念致君堯舜，直道而行。未思及朝鐘雖已舊黨執政，但仍有其內部之黨爭，先有洛、蜀、朔黨之爭，一已復遭揚州題詩之謗，此時東坡雖不得已仍居官職，惟心中應已頗有濃烈之隱遁思想。〈酒隱賦〉即強烈喻示出此種思想。

〈酒隱賦〉之考證，已詳第二章，姑不論或如鍾來茵氏所云：「『酒隱君』是誰？實是潁州太守蘇東坡自已。鳳山之陽，合肥舒城，都是文人狡獪文筆罷了!」〔註164〕或眞有「酒隱君」其人，私意以爲，此賦之內涵，確係東坡之心境無疑。

本賦一開首即提出極曠達之人生觀，但並非所有人均能體認此點，僅有「酒隱君」此「達人」可以作到。賦文云：

―――――――――――――――――――

〔註164〕見《蘇東坡三部曲》，頁 252。

> 世事悠悠，浮雲聚漚。昔日濬壑，今爲崇丘。眇萬事於一
> 瞬，孰能兼忘而獨遊？爰有達人，泛觀天地。不擇山林，
> 而能避世。引壺觴以自娛，期隱身於一醉。

此「達人」能體會天地無常，萬事一瞬之理，故心中曠然，隱居不必刻意擇居山林；以酒自晦，亦不沉醉其中，於人世之功利、虛名更勘破矣，故賦文又云：

> 且曰封侯萬里，賜璧一雙。從使秦帝，橫令楚王。飛鳥已盡，
> 彎弓不藏。至於血刃膏鼎，家夷族亡。與夫洗耳潁尾，食薇
> 首陽。抱信秋溺，徇名立殭。臧、穀之異，尚同歸於亡羊。

此段爲本賦所否定之第一類人，其中又分二種，一爲溺於功名而不知自拔者，如歷代之功臣將相、或如縱橫天下之蘇秦，張儀等，若不知機而退，均有夷滅之下場。其中「飛鳥已盡，彎弓不藏」，反用「飛鳥盡，良弓藏」之意，暗中縐合《史記》〈越王句踐世家〉及〈淮陰侯列傳〉等，概括文種、韓信、彭越、英布等人，甚至擴及於李斯、陸機等被誅殺之史實，予以棒喝點醒。

　　另一種人雖爲不求功利者，或高隱如許由、或守義如夷齊、或守信如尾生，或爲名而殉之烈士，此達人以爲皆妄求虛名者，亦不與之。本段之末，東坡用《莊子·駢拇》中臧與穀牧羊，一人「挾策讀書」，一人「博塞以游」，但俱亡其羊之寓言，喻示求功利之「顯者」，或求虛名之「隱者」等，皆同樣爲不識大道者。

　　故東坡以爲眞能「泛觀天地」之達人，係借飲酒而「酣羲皇之眞味，反太初之至樂；烹混沌以調羹，竭滄溟而反爵。」者，意謂當忘懷得失，回歸太初之純眞狀態，其用「混沌」字，即《莊子·應帝王》「渾沌」開竅而死之意，謂人當保有純樸自然之心態。

　　因此位「達人」係飲酒自娛。故「期隱身於一醉」之句，易使人有沉醉酒中，借酒解愁，或借酒排憂之誤解，故賦文後半又用六段飲者之故事，予以否定之，意謂此「酒隱君」並不同於彼等之酒徒也。賦文云：

若乃池邊倒載，甕下高眠。背後持鍤，杖頭掛錢。遇故人
而腐脇，逢麴車而流涎。暫託物以排意，豈胸中而洞然？

使其推虛破夢，則擾擾萬緒起矣，烏足以名世而稱賢者耶？

「池邊倒載」以下六句分用晉・山簡酒醉倒載而歸；阮籍酒醉眠於隣
家少婦之旁；劉伶出外飲酒，使人荷鍤，隨時準備埋葬；阮修杖頭掛
錢至酒店酤飲；唐・李白痛飲以致得腐脇之疾；汝陽王遇酒則流涎等
六故事，謂其均爲「暫託物以排意」（借酒排遣心緒），並非真正胸中而
洞然者，若酒一醒，則「擾擾萬緒起矣」，故皆非賢者。

按東坡此賦，若就其寫作時間之背景觀之，應是極有感而發者。
其賦文中尚有酒隱君飲酒反璞歸眞時，「邀同歸而無徒，每躊躇而自
酌」，之描述，可見東坡心中乃頗爲寂寞者。此等超脫曠達之心境，
當爲後來貶謫惠州、儋州時頗具功效之抒解方法，東坡從未成爲狂飲
濫醉，借酒澆愁之酒徒，恐亦此因也。

二、藉以慨歎人才之淪沒

宋哲宗元祐八年九月三日，太皇太后高氏卒。哲宗親政，隨即將
東坡出知定州，時國事將變，東坡竟不得面辭，哲宗「直批書令起發
赴任」〔註165〕東坡心中甚爲抑鬱，在定州未及半載，某夜率眾渡漳
河，見士卒砍松木爲火炬以照明，心有所感，遂作〈中山松醪賦〉以
寄意，賦之首段云：

始予宵濟於衡漳，車徒涉而夜號。燧松明而識淺，散星宿
於亭皋。鬱風中之香霧，若訴予以不遭。豈千歲之妙質，
而死斤斧於鴻毛。效區區之寸明，曾何異於束蒿。爛文章
之糾纆，驚節解而流膏。嗟構廈其已遠，尚藥石而可曹。
收薄用於桑榆，製中山之松醪。救爾灰燼之中，免爾螢爝
之勞。

按郎曄注引晁補之之言云：

〔註165〕見宋・施宿《東坡先生年譜》，元祐八年「出處」欄。《蘇軾資
料彙編・下編》頁 1700。

> 松醪賦者，蘇公之所作也。公帥定武，餙廚傳，斷松節以
> 釀酒，云飲之愈風扶衰。松，大廈材也，摧而爲薪，則與
> 蓬蒿何異？今雖殘，猶可收功於藥餌。則世之用材者，雖
> 骬而小之爲可惜矣，儻因其能，轉敗而爲功，猶無不可也。
> 〔註166〕

晁補之爲蘇門四學士之一，元祐間與東坡在京盤桓甚久，對東坡之心
境極爲了解，觀其釋此賦之內涵，東坡作此賦之託喻曉然可知。

　　觀賦文「鬱風中之香霧」以下八句，東坡對千年松木爲人砍下作
爲照明之用，甚爲嗟歎！大材小用，「曾何異於束蒿」。其「若訴予之
不遭」一句爲松抱屈，爲天不能盡其才之人才抱屈，似亦爲已之遭遇
傷感。

　　自「嗟構廈其已遠」以下六句，賦文一轉，又云今砍下之松木固
已不能建大廈，惟可將其剩餘之價值作松醪酒以爲藥用，則尚有其用
途，似猶較作火炬燒之更爲有益。東坡此數句託意亦深，當是謂朝廷
當任人才而用，即或不能全盡其才，如善用之，猶有亡羊補牢之功也。
此即晁補之所云之「儻因其能，轉敗而爲功，猶無不可也。」之意。
按當時政局已變，諸多奸佞小人即將回朝，而元祐諸臣之貶謫已可預
知，東坡賦中應有極深微意，惜乎無法明言，明言亦無效也。

　　按東坡出守定州，哲宗不許面辭，東坡乃上〈朝辭赴定州論事狀〉
勸諫哲宗，其中有句云：

> 今者祥除之後，聽政之初，當以通下情，除壅塞爲急務。……
> 古之聖人，將有爲也，必先處晦而觀明，處靜而觀動，則
> 萬物之情，畢陳于前。不過數年，自然知利害之眞，識邪
> 正之實，然後應物而作，故作無不成。……今陛下聖智絕
> 人，春秋鼎盛。臣願虛心循理，一切未有所爲，默觀庶事
> 之利害與群臣之邪正，以三年爲期。俟得利害之眞，邪正
> 之實，然後應物而作。使既作之後，天下無恨，陛下亦無

───────────

〔註166〕見《校正經進東坡文集事略》卷2，頁21，〈中山松醪賦〉下題
　　　　注。

　　悔，上下同享太平之利。〔註167〕

由此狀觀之，東坡惓惓之心，不以身退而廢忠言，實令人感佩。惜乎哲宗並未採用。而賦中微意亦闇沉不彰也。

　　此賦既名「中山松醪」，自不能離「酒」，故賦文中段敘製酒之法，末又云飲此松醪酒之效用，賦文云：

> 酌以瘦藤之紋樽，薦以石蟹之霜螯。曾日飲之幾何，覺天刑之可逃。授拄杖而起行，罷兒童之抑搔。望西山之咫尺，欲褰裳以遊遨。跨超峰之奔鹿，接挂壁之飛猱。遂從此而入海，渺飄天之雲濤。使夫嵇、阮之倫，與八仙之羣豪。或騎麟而驂鳳，爭栖挈而瓢操。顛倒白綸巾，淋漓宮錦袍。追東坡而不可及，歸鋪歠其醨糟。漱松風於齒牙，猶足以賦〈遠遊〉而續〈離騷〉也。

敘飲松醪酒後，可延年益壽（覺天刑之可逃）；能身輕體健，可上山入海；又可助長文思，古代酒客如嵇、阮等竹林七賢或李白等酒中八仙，皆追之不及，只能飲其餘瀝，諸人雖飲餘瀝，漱其齒牙，尚可寫出如〈遠遊〉、〈離騷〉一般之妙文，則飲松醪酒甚多之東坡，文思之泉湧可知。

　　本段賦文二句一韻，間雜駢句，末綴散句，讀之流麗忼浪，極富興味。其實東坡此段文字乃呼應首段「嗟構廈其已遠，尚藥石之可曹」及「收薄用於桑榆，製中山之松醪」數句，亦晁補之所謂「轉敗而爲功，猶無不可也」之意。此係東坡借酒喻示其對人才之看法，微意深矣。

　　東坡作〈中山松醪賦〉後，自己亦甚喜愛；紹聖四年閏四月十五日，東坡自定州責知英州，路過滑州韋城，曾親書一通贈友人吳傳正。〔註168〕四月二十一日至襄邑，因大雨滯留，又手書〈洞庭春色賦〉

〔註167〕 見《蘇軾文集》卷36「奏議」，頁1021。

〔註168〕 東坡〈書松醪賦後〉云：「予在資善堂，與吳傳正爲世外之遊。及將赴中山，傳正贈予張遇易水供堂墨一丸而別。紹聖元年閏四月十五日，予赴英州，過韋城，而傳正之甥歐陽思仲在焉，

與〈中山松醪賦〉合爲一卷以寄意。〔註169〕

　　紹聖四年（1097），東坡再貶儋耳，東坡或係寬慰親人，曾有一段默書〈中山松醪賦〉以卜生死之故事，據《愛日齋叢鈔》卷二載：

> 東坡既再謫，親舊或勸益自儆戒，坡笑曰：『得非賜自盡乎？
> 何至是！』顧謂叔黨曰：『吾甚喜〈松醪賦〉，盍秉燭，吾
> 爲汝書此，倘一字誤，吾將死海上，不然，吾必生還。』
> 叔黨苦諫，恐偏旁點畫偶有差訛，或兆憂耳。坡不聽，徑
> 伸紙落筆，終篇無秋毫脫謬，父子相與粲然。〔註170〕

東坡以默寫自己之賦作，占卜是否生還，或係傳聞，或係實有其事，惟不論如何，東坡於此賦之自許當爲可信。

三、藉以喻示處世之哲理

　　東坡於貶儋期間，曾以律賦體裁作〈濁醪有妙理賦〉一篇，頗具諸多人生哲理。按「濁醪有妙理」句，原出杜甫詩，杜公〈晦日尋崔戢李封〉詩有句云：

> 威鳳高其翔，長鯨吞九州。地軸爲之翻，百川皆亂流。當
> 歌欲一放，淚下恐莫收，濁醪有妙理，庶用慰沉浮。

清·仇兆鰲注末二句云：「此傷亂而借酒遣憂也。」〔註171〕按天寶十

> 相與談傳正高風，歎息久之。予嘗作〈洞庭春色賦〉，傳正獨愛
> 重之，求予親書其本。近又作〈中山松醪賦〉，不減前作，獨恨
> 傳正未見。乃……錄本以授思仲，使面授傳正，且祝深藏之。
> 今將適嶺表，恨不及一別故以此賦爲贈，而致思於卒章，可以
> 超然想望而相從也。」（見《蘇軾文集》卷66「題跋」，頁2071）。

〔註169〕 東坡〈自跋洞庭春色賦、中山松醪賦〉云：「始，安定郡王以黃
柑釀酒，命之曰『洞庭春色』。其猶子德麟，得之以餉余，戲爲
作賦。後余爲中山守，以松節釀酒，復爲賦之。以其事同而文
類，故錄爲一卷。紹聖元年閏四月廿一日，將適嶺表，遇大雨，
留襄邑，書此。東坡居士記。」（見《蘇軾佚文彙編》卷5「題
跋」，頁2547。）按此合卷之書跡，今藏大陸吉林省博物館，可
參見本論文「附錄二」。

〔註170〕 據孔凡體《蘇軾年譜》，「紹聖四年」，頁1262。

〔註171〕 杜甫〈晦日尋崔戢李封〉詩及仇注見《杜詩詳註》卷4，頁298。

五年正月,安祿山寇潼關,杜甫自傷無能為天子分憂,故借酒以遣愁。東坡此處僅借其詩句之字詞,並未用其意,且更能另出新意。

東坡此賦之題韻為「神聖功用,無捷於酒」,是以賦中言及諸多飲酒之妙理,今試分論之。

（一）酒勿嫌濁,人當取醇。

首句謂濁酒未經加工,較清酒更具原味,故勿嫌濁酒不佳。此句蓋為襯出下句,言人若能排除私慾及惡德則為醇,否則則為濁。故人之「醇」即為酒之「濁」,飲濁酒,取醇人,斯為上也。此賦開首兩句即以濁酒喻人之眞純,或以人之眞純喻為濁酒,深含哲理。

（二）伊人之生,以酒為命。常因既醉之適,方識此心之正。

按宋・釋惠洪嘗云:「東坡...海上作〈濁醪有妙理賦〉,曰:『嘗因既醉之適,方識人心之正。』然此老言人心之正,如孟子言性善,何以異哉!」〔註172〕人性本善,惟常為物欲所蓋,然酒醉酣適之時,純眞之本性乃出現,此濁酒之妙用也。

（三）得時行道,我則師齊相之飲醇;遠害全身,我則學徐
　　　公之中聖。

按此用二飲酒之典故,言為官之道,當如何自處。「齊相」用漢・曹參事,據《史記・蕭相國世家》云:「孝惠帝元年,……以參為齊丞相,……其治要用黃、老術,故相齊九年,齊國安集,大稱賢相。……蕭何卒,參代何為漢相國,……日夜飲醇酒,卿大夫已下吏及賓客,見參不事事,來者皆欲有言,至者參輒飲以醇酒;閒之欲有所言,復飲之,醉而後去。終莫得開說,以為常。」〔註173〕東坡用此事,蓋謂曹參之借飲酒而「得時行道」,頗可師法。

下聯之「徐公」用魏・徐邈事。據《三國志・魏志・徐邈傳》云:「魏國初建,為尚書郎。時科禁酒,而邈私飲至於沈醉。校事趙達問

〔註172〕見《冷齋夜話》卷 1〈鳳翔壁上題詩〉條（據《蘇文彙評》頁
　　　　41）。
〔註173〕《蕭相國世家》見《史記會註考證》卷 54,頁 782。

以曹事，邈曰：『中聖人』。達白之太祖，太祖甚怒，渡遼將軍鮮于輔進曰：『平時醉客謂酒清者爲聖人，濁者爲賢人，邈性修愼，偶醉言耳。』竟坐得免刑。」〔註174〕東坡用徐邈事，蓋謂其因飲酒而可「遠害全身」，頗可學習。帝王時代，伴君如伴虎，時有莫測之禍，東坡有感焉，而酒之妙用可使爲臣者或得時、或免禍，爲極佳之處世之道。清·李調元評此四句云：「窮達皆宜，纔是妙理。」〔註175〕頗爲肯定。

（四）湛若秋露，穆如春風。疑宿雲之解駮，漏朝日之暾紅。初體粟之失去，旋眼花之掃空。酷愛孟生，知其中之有趣；猶嫌白老，不頌德而言功。

謂濁酒清如秋露、溫如春風，飲之使人臉紅酣適，身暖眼明，極爲暢快。因此對晉·孟嘉所謂之「酒中趣」，深表認同；而對於白居易（白老）僅稱酒有功，而不頌其德，仍有不滿，〔註176〕此段言飲酒能使人暢懷暖身，妙用無窮，是以多人喜之。

（五）在醉常醒，孰是狂人之藥；得意忘味，始知至道之腴。又何必一石亦醉，罔間州閭；五斗解醒，不問妻妾。結襪廷中，觀廷尉之度量；脫靴殿上，夸謫仙之敏捷。陽醉遏地，常陋王式之褊；烏歌仰天，每譏楊惲之狹。我欲眠而君且去，有客何嫌；人皆勸而我不聞，其誰敢接。

「狂人之藥」，指「酒」；眞正之飲者，雖外表酒醉，但內心清醒；得人生之眞意而忘酒之滋味，方能明曉至道之豐美。開首四句謂眞正之飲酒者乃「內全其天，外寓於酒」（見賦文之末段）者，此八字亦東坡作此賦之主要意涵。故於本段中以「又何必」開端，列舉八個飲酒之典故，予以批判，且均不認同之。茲述之如下：

〔註174〕《徐邈傳》見《三國志·魏志》卷27。（《四庫備要》本）

〔註175〕見《雨村賦話校證》卷3，頁46。

〔註176〕晉·孟嘉好飲酒事，以及唐·白居易作〈酒功贊〉事，據孫民《東坡賦譯注》頁131注中所云。

◎一石亦醉，閭間州閻；五斗解酲，不問妻妾。

「一石亦醉」用戰國淳于髡事，據《史記‧滑稽列傳》，淳于髡謂齊威王曰：「若乃州閭之會，男女雜坐，……日暮酒闌，合尊促坐，男女同席，履舄交錯，杯盤狼籍，堂上燭滅，主人留髡而送客，羅襦襟解，微聞薌澤，當此之時，髡心最歡，能飲一石。」〔註177〕

「五斗解酲」用晉‧劉伶事，據《世說新語‧任誕》，劉伶婦捐酒毀器請其禁酒，劉伶佯謂當具酒肉祝鬼神而斷之，婦從之。伶跪而祝云：「天生劉伶，以酒爲名；一飲一斛，五斗解酲。婦人之言，愼不可聽。」〔註178〕

按東坡用此二事，以爲飲酒當飲則飲，無須如淳于髡一般於某種環境之下飲酒方醉。亦不必如劉伶一般在意妻妾。彼等蓋皆心中尙有著相，非眞飲者也。

◎結襪廷中，觀廷尉之度量；脫靴殿上，夸謫仙之敏捷。

「結襪」用漢‧張釋之事，據《史記‧張釋之馮唐列傳》，善爲黃老之言之處士王生，當廷令張釋之跪而結襪，以折辱之。〔註179〕「脫靴」用唐‧李白於宮廷中，醉令高力士脫靴事。東坡用此二事，蓋謂眞正嗜酒者，無須酒醉佯狂，折辱灌貴，蓋如此已非「眞」也。

◎陽醉遏地，常陋王式之褊；烏歌仰天，每譏楊惲之狹。

「陽醉」用漢‧王式事，據《漢書‧儒林傳》，詔除王式爲博士，諸大夫博士共持酒肉勞王式，而博士江公世爲魯詩宗，於會中數刁難王式，並辱王式曰：「何狗曲也！」式乃佯醉遏墜，謂諸生云：「我本不欲來，諸生強勸我，竟爲豎子所辱！」〔註180〕

「烏歌」用漢‧楊惲事，據《漢書‧公孫劉田王楊蔡陳鄭傳》，楊惲本封平通侯，後因罪免爲庶人，仍治產業，以財自娛，友人孫會

〔註177〕詳見《史記會註考證》卷126，頁1294。
〔註178〕詳見《世說新語校箋》卷23，頁550（臺北宏業書局）。
〔註179〕詳見《史記會註考證》卷42，頁1100。
〔註180〕詳見《漢書》卷88，頁910（臺北宏業書局）。

宗勸其當闔門惶懼，楊惲不服，報孫會宗書有「家本秦也，能為秦聲；
婦，趙女也，雅善鼓瑟·奴婢歌者數人，酒後耳熱，仰天拊缶，而呼
烏烏。」〔註181〕

　　東坡用此二事一為鄙視王式心胸之狹窄；一為譏諷楊惲心態之偏
激。二人皆非真正「內全其天」之飲者，乃借酒憤激而已。

　　　◎我欲眠而君且去，有客何嫌；人皆勸而我不聞，其誰敢
　　　　接。

前二句用陶淵明事，對其「我醉欲眠卿可去」之真率，猶不以為然；
〔註182〕下二句用韓愈〈醉贈張秘書徹〉詩：「人皆勸我酒，我若耳不
聞。」之句，〔註183〕表示不飲酒者，不值得與其往來。

　　　◎殊不知人之齊聖，匪昏之如。古者晤語，必旅之於。獨
　　　　醒者，汨羅之道也；屢舞者，高陽之徒歟！惡蔣濟而射
　　　　木人又何狷淺，殺王敦而取金印，亦自狂疎。

此應前段而來，謂人應飲酒，惟不可昏醉，前二句用《詩經·小雅·
小宛》：「人之齊聖，飲酒溫克。彼昏不知，壹醉日富」之意。〔註184〕
而古人晤語，又必須以飲酒為交際之所需，故飲酒須適度。以下再連
用四事以闡明此理。其云：

　　　◆獨醒者，汨羅之道也；屢舞者，高陽之徒歟！

前二句用屈原事，因屈原曾云：「舉世皆濁我獨清，眾人皆醉我獨醒，
是以見放。」〔註185〕故東坡謂不飲酒者難容於世。次二句用漢·酈
食其事，據《史記·酈生陸賈列傳》，高陽酈食其，著儒者衣冠，欲

〔註181〕詳見《漢書》卷 66，頁 731（臺北宏業書局）。

〔註182〕陶淵明所云「我醉欲眠卿可去」之言，見沈約撰《宋書·隱逸
　　　　傳》，又見蕭統撰〈陶淵明傳〉（據孟二冬撰《陶淵明集譯注》，
　　　　頁 360「附錄二」、頁 365「附錄三」，吉林文史出版社）。

〔註183〕韓愈〈醉贈張秘書徹〉詩，據《校正經進東坡文集事略》卷 2，
　　　　郎曄注引，頁 28。

〔註184〕《詩經·小雅·小宛》見朱熹《詩經集注》卷 5，頁 109。

〔註185〕見《楚辭·漁父》，據《屈原集校注》頁 758。

見沛公，沛公不見，酈食其乃瞋目案劍，叱曰：「吾高陽酒徒也！」沛公乃見。後酈食其佐沛公滅秦，以成大功。〔註186〕東坡用此事乃與屈原對言，蓋謂飲者乃能成大事也。

　　◆惡蔣濟而射木人，又何狷淺；殺王敦而取金印，亦自狂
　　疎。

據《魏典略》云，魏・時苗爲壽春令，欲謁蔣濟，會濟醉酒不得見，時苗恚恨還，刻木爲人，書曰：「酒徒蔣濟」，且夕射之。東坡用此事蓋謂時苗之不諒解醉人，心胸實太狹窄。三、四句謂王敦反，王導請周顗入宮疏救，顗直入不顧，但見帝密爲申救。顗喜飲酒，致醉而出，顗不與導言，顧左右曰：「今年殺諸賊奴，取金印如斗大繫用。」導不知其救己，及敦得志，顗遂見害。〔註187〕東坡此謂若飲酒不節，酒後出狂言，適將害己，當深戒之。

　　由上觀之，東坡〈濁醪有妙理賦〉，借諸多飲酒之典故、史實喻示不同時、地之處世哲學，其中含意深刻，實古今第一奇文。而其最後總歸「內全其天，外寓於酒」之結論，令人深思。此賦作於東坡末年貶儋時期，不應只看作其一生飲酒之總心得，實寄託有東坡一生宦海浮沈，常處逆境之總體心境也。

第八節　治道賦

　　東坡於哲宗元祐初，回京任職，因宣仁太后之提拔，漸次起用，陸續任中書舍人、翰林學士、知制誥、翰林侍讀學士、兵部尙書、禮部尙書等。其間除元祐四、五年間（1089～1090）出知杭州；元祐六、七年間（1091～1092）出知潁州、揚州外，在京期間，均兼待讀。此段時期，爲東坡一生在京官職最高，最接近皇帝之時。東坡自年青時所懷抱「致君堯舜」之理想，自認已有實現之可能。據蘇轍所撰東坡

〔註186〕詳見《史記會註考證》卷97，頁1077。
〔註187〕時苗、蔣濟、王敦、周顗等事，均據《校正經進東坡文集事略》
　　　　卷2，郎曄注引，頁28。

《墓誌銘》云：「每進讀至治亂盛衰、邪正得失之際，未嘗不反覆開導，覬上有所覺悟。上雖恭默不言，聞公所論說輒首肯喜之。」由蘇轍之言觀之，可見東坡之忠誠懇切，用心良苦。

　　本論文第二章曾考述東坡元祐期間作有律賦六篇，其中除〈延和殿奏新樂賦〉為奉敕所作，頌美范鎮進新樂之外；其餘五首均與治道有關，亦可謂東坡之若干政治思想，此五篇賦為〈明君可與為忠言賦〉、〈通其變使民不倦賦〉、〈三法求民情賦〉、〈六事廉為本賦〉、〈復改科賦〉。茲將其中主要內容闡述如下。

一、臣不難諫，君先自明

　　東坡任侍讀多年，對於「少年官家」（宋哲宗）寄望甚深，由前引蘇轍之言已可知。此段時期曾作有〈明君可與為忠言賦〉一篇，此賦清・李調元曾云：

> 橫說豎說，透快絕倫，作一篇史論讀。所謂偶語而有單行之勢者，律賦之創調也。〔註188〕

李調元對此賦內容、形式均盛稱之。今若舍其形式弗論，此賦之內容實極為深刻，東坡正說反說，多方引證，即在期望能開悟哲宗，使其成為一代明君。

　　律賦最重破題，本賦開首兩句以「臣不難諫，君先自明」明確言出主題，隨即直接言出惟「君明」，臣方「能諫」，單刀直入，一言中的。賦文云：

> 臣不難諫，君先自明。智既審乎情偽，言可竭其忠誠。虛己以求，覽羣心於止水；昌言而告，恃至信於平衡。

惟自古以來，明君難得，故忠臣之進諫實大不易，故賦文又云：

> 然而言之雖易，聽之實難，論者雖切，聞者多惑。苟非開懷用善，若轉丸之易從；則投人以言，有按劍之莫測。

此八句道盡為人臣者進諫之困難及危險。尤其後四句用流水對，偶語

單行，氣勢頗盛。加以用「轉丸」喻國君之從善如流；用「按劍」喻臣子生死之莫測，極爲傳神。

說理既盡，東坡復用「正、反、正」之論述技巧，引例說明，「橫說豎說」，闡明「君明」之理，極具說服力。如：

（一）正面論述

蓋疑言不聽，故確論必行；大功可成，故眾患自遠。上之人聞危言而不忌，下之士推赤心而無損。豈微忠之能致，有至明而爲本。是以伊尹醜有夏而歸亳，大賢固擇所從；百里愚於虞而智秦，一身非故相反。

若國君虛心不疑，以「至明」爲根本，則大臣之勸諫必可成。東坡於言此理論後，隨即引例說明。伊尹在夏桀時，睹其殘暴淫虐，無由得諫，但至亳輔佐商湯後，遂開商朝一代基業。而百里奚於虞君處，才能無所施展，歸秦穆公後，遂使其稱霸西戎。二位大臣並未有所不同，乃因其國君有異，以致功業不同。

（二）反面論述

苟其聰明蔽於嗜好，智慮溺於愛憎，因其所喜而爲善，雖有願忠而孰能？……目有眯則視白爲黑，心有蔽則以薄爲厚。遂使諛臣乘隙以彙進，智士知微而出走。仲尼不諫，懼將困於婦言；叔孫詭辭，畏不免於虎口。

此反論若君主不明，則將視白爲黑，以奸爲忠；諛臣當道，智士出走。言此理論後，隨即引例說明。以孔子之賢，爲魯大司寇時，尚不免懼於婦人之言而出走。據《史記・孔子世家》載，孔子爲大司寇，有治績，齊人聞而懼之，乃選美女八十人遺魯君，魯君往觀終日，怠於政事；孔子遂行，且作歌曰：「彼婦之口，可以出走；彼婦之謁，可以死敗。」〔註189〕

賦文下又引叔孫通之事，據《史記・劉敬叔孫通列傳》云，秦二世時，陳勝起山東，二世召博士諸儒生問，皆曰反叛，應急發兵擊之，

〔註189〕〈孔子世家〉所云，可詳見《史記會注考證》卷47，頁733。

二世怒作色。惟叔孫通佯謂，明主在上，法令具於下，使人人奉職，四方輻輳，安敢有反者，此特群盜鼠竊狗盜耳！何足置齒牙間。二世悅，拜叔孫通爲博士。叔孫通反舍，諸生責其諛，叔孫通云：「我幾不脫於虎口！」乃亡去。〔註190〕

東坡用此二事，闡明君主「蔽於嗜好，溺於愛憎」之可畏，若如此，則忠臣無所用其諫矣！此段引孔子、叔孫通二事闡說此意，極爲深刻。

（三）正面論述

> 故明主審遜志之非道，知拂心之謂忠。不求耳目之便，每要社稷之功。有漢宣之賢，充國得盡破羌之計；有魏明之察，許允獲伸選吏之公。

此謂眞正之明主乃能接受逆耳忠言者。下又引例證之。據《漢書・趙充國辛慶忌傳》，漢宣帝時，西羌入寇，趙充國諫破羌之計，時充國年七十餘，宣帝不以其老而用之，遂破西羌。後充國以功德畫未央宮，成帝時，令揚雄作頌，有「昔周之宣，有方有虎，詩人歌功，乃列于雅。在漢中興，充國作武，赳赳桓桓，亦紹厥後。」之言。〔註191〕

又魏明帝明察好斷，深惡浮華之士，許允獲用，乃得表現其選吏之大公無私。東坡用此二事，正面闡述謂若君明無蔽，則大臣乃得忠言報國，用事極貼切。故東坡於賦末云：「大哉事君之難，非忠何報。雖曰伸於知己，而無自辱於善道。《詩》不云乎，哲人順德之行，可以受話言之告。」懇懇款款，忠心畢見。

按東坡於任侍讀時，嘗侍邇英閣，曾作《邇英進讀》數篇，多借史事言治道，其中亦有言及君明臣忠之事者，如〈狄山論匈奴和親〉一文云：

> 軾謹按，漢制，博士秩皆六百石耳。然朝廷有大事，必與丞相、御史、九卿、列侯同議可否。蓋親儒臣，尊經術，

〔註190〕〈劉敬叔孫通列傳〉可詳見《史記會注考證》卷99，頁1085。
〔註191〕〈趙充國辛慶忌傳〉可詳見《漢書》卷69，頁750。

不以小臣而廢其言。故狄山得與張湯爭議上前。此人臣之
所甚難，而人主之所欲聞也。溫顏以來之，虛懷以受之，
猶恐不敢言，又況如武帝作色憑怒，致之於死乎？故湯之
用事，至使盜賊半天下，而漢室幾亂，蓋起於狄山之不容
也。〔註192〕

又於〈漢武帝唐太宗優劣〉一文云：

軾以謂古之賢君，知直臣之難得，忠言之難聞，故生盡其
用，歿思其言，想見其人，形於夢寐，亦可謂樂賢好德之
主矣。漢武帝雄材大略，不減太宗。汲黯之賢，過虞世南。
世南已死，太宗思之。汲黯尚存，武帝厭之。故太宗之治，
幾至刑措，而武帝之政，盜賊半天下，由此也夫！〔註193〕

由《邇英進讀》之二文，合〈明君可與爲忠言賦〉觀之，應是東坡見
其時雖己舊黨執政，而仍有黨派之爭，勢同水火，東坡特借侍讀之機
會，以賦、文等愷切開悟哲宗，實有深意焉。

二、通物之變，民用不倦

　　元祐更化初期，司馬光爲相，盡廢新法，東坡不以爲然，以爲新
法苟有利民之法令，亦可用之，無須盡廢。二人之爭執，以改新法之
免役法回歸差役法爲最激烈。據蘇轍所撰東坡〈墓誌銘〉云：

君實爲人忠信有餘而才智不足，知免役之害而不知其利，
欲一切以差役代之。方差官置局，公亦與其選，獨以實告，
而君實始不悅矣。嘗見之政事堂，條陳不可，君實忿然。
〔註194〕

由是可知，東坡以是作〈通其變使民不倦賦〉，冀使當時君臣了解執
政立法當「通物之變，民用無倦」（題韻），不可拘泥，其用心深矣。
據宋・施宿《東坡先生年譜》云：

〔註192〕見《蘇軾文集》卷7《邇英進讀》，頁196。
〔註193〕見《蘇軾文集》卷7《邇英進讀》，頁198。
〔註194〕見〈亡兄子瞻端明墓誌銘〉，《欒城後集》卷22（《蘇轍集》頁
　　　　1117）。

故劉器之論先生非唯不合于熙寧、元豐，而亦不阿于元祐，
非隨時上下者也。〔註195〕

由施宿之言，可見東坡之忠鯁謀國，毫無私心。

按〈通其變使民不倦賦〉，開首即言出主旨，賦文云：

物不可久，勢將自窮。欲民生而無倦，在世變以能通。器
當極弊之時，因而改作；眾得日新之用，樂以移風。

此處強調凡事不可一成不變，應隨世而變，方能通達，而百姓因得其
功用，亦樂於變舊習而用之。

按「通其變使民不倦」句，語出《周易・繫辭下》，故賦文中間
一大段，東坡以「通變」之觀點，敘述歷代聖王「因時而變」之歷程，
最後歸於「適於民用」之結論。賦文云：

及夫古帝既遙，後王繼踵。雖或不繇於聖作，而皆有適於
民用。以瓦屋，則無茅茨之弊漏；以騎戰，則無車徒之錯
綜。更皮弁以圜法，周世所宜；易古篆以隸書，秦民咸共。

賦文縱橫排奡，議論勃發，蓋以策論之法入於律賦，令人一新耳目。
賦文最末云：

乃知制器者皆出於先聖，泥古者蓋生於俗儒。昔之然今或
以否，昔之有今或以無。將何以鼓舞民志，周流化區？王
莽之復井田，世滋以惑；房琯之用車戰，眾病其拘。是知
作法何常，視民所便。苟新令之可復，雖舊章而必擅。神
而化之，使民宜之，夫何懈倦！

於言出通變之理論後，作出「制器者皆出於先聖，泥古者蓋生於俗儒」
之總結。復引王莽泥古，欲恢復周代之井田制；唐・房琯拘泥古法，
以春秋時代車戰之法與賊軍作戰，結果大敗於陳濤斜等故事，言出不
知通變之害，極爲醒人耳目。故東坡於文末又提出「作法何常，視民
所變」之觀點，強調執政者不可泥古，或以某種意識形態而作偏激之
堅持，其思想之進步，實超越當代。

〔註195〕見《東坡先生年譜》，「元祐元年丙寅」之「出處」欄。（據王水
照《蘇軾選集》「附錄」，頁456，上海古籍出版社）。

三、刑德相濟，生殺得當

　　東坡另一首治道賦為〈三法求民情賦〉，由此賦可看出其寬厚仁愛之心，此賦之題韻為「王用三法，斷民得中」，所謂「三法」，出《周禮・秋官・司刺》，文云：

> 司刺，掌三刺、三宥，三赦之法，以贊司寇聽獄訟。壹刺曰訊群臣，再刺曰訊群吏，三刺曰訊萬民。壹宥曰不識，再宥曰過失，三宥曰遺忘。壹赦曰幼弱，再赦曰老旄，三赦曰憃愚。以此三法者，求民情、斷明中，而施上服、下服之罪，然後刑殺。〔註196〕

由《周禮・秋官》觀之，周代判人之罪，必訊問多次，方才定罪，至為公正。而當時又有三宥、三赦之法，以示寬大。東坡此賦即以《周禮・秋官》之「三法」為基礎，希執政者能斷案公正，且能多施寬仁予可原諒之人。故此賦開首即云：

> 民之枉直難其辯，王有刑罰從其公。用三法而下究，求輿情而上通。司刺所專，精測淺深之量；人心易曉，斷依獄訟之中。

此數句以偶句單行，論述明快，其精神均依《周禮・秋官》而來。故賦文後又論述施法公正及多事寬宥之理念，滔滔汩汩，義正辭嚴，賦文云：

> 然則圜土之內，聽有獄政之良。棘木之下，議有九卿之詳。五辭以原其誠偽，五聲以觀其否臧。尚由哀矜而不喜，悼痛以如傷。三寬然後制邦辟，三舍然後施刑章。蓋念罰一非辜，則民情鬱而多怨；法一濫舉，則治道汩而不綱。……當赦則赦，姦不吾惠；可殺則殺，惡非汝縱。

此段文字論及執法之公正，即所謂「斷民得中」，亦今日所謂之「勿枉勿縱」也，東坡之識見，真為卓越。

　　賦文最後又回至《周禮》之精神，賦文云：

〔註196〕《周禮・秋官・司刺》見《周禮注疏》卷36，頁539（臺北藝文印書館十三經注疏本）。

噫，刑德濟而陰陽合，生殺當而天地參。後世不此務，百
姓無以堪。有苗之暴，以虐民者五；叔世之亂，以酷民者
三。因嗟秦氏之峻刑，喪邦甚速；儻踵周家之故事，永世
何慚。大哉！唐之興三覆其刑，漢之起三章而法。皆除三
代之酷暴，率定一時之檢押。然其猶夷族之令而斷趾之刑，
故不及前王之浹洽。

東坡此段結論主張「刑德相濟，生殺得當」。並引例闡明，古代有
苗氏虐刑濫殺；衰世時又多酷刑，真使「百姓無以堪」也。而秦朝
以嚴刑竣法治國，惟加速其敗亡而已。漢、唐雖能除苛酷之法，已
有較好之規範。〔註 197〕惟仍有夷滅三族及斷趾之刑，似仍不及周
朝之寬厚也。

　　仁宗嘉祐二年（1057），東坡於汴京應省試，以〈刑賞忠厚之至
論〉一文獲第二名，本文雖為應試之作，惟其以《尚書》所云：「罪
疑惟輕，功疑惟重，與其殺不辜，寧失不經。」為主意，滔滔汩汩，
暢論帝王仁政治國之道，極有識見。東坡時方二十二歲，即已有如此
寬宏仁愛之政治思想，允見其不凡，宜乎歐公有得人之歎！〔註 198〕

〔註197〕按賦文有「率定一時之檢押」句，「檢押」二字費解，據清‧浦
　　　　銑《復小齋賦話‧上卷》云：「『撿押』二字，唯東坡、山谷律
　　　　賦中始用之。『撿押』二字，出揚子《法言‧自序》：『君子純終
　　　　領聞，蠢迪撿押。』師古曰：『撿押，猶隱括也。』司馬溫公曰：
　　　　『撿押，當作檢柙。』又見《後漢書‧仲長統傳》：『循常習故
　　　　者，是婦女之檢柙，鄉曲之常人耳。』章懷太子注：『檢柙，猶
　　　　規矩也。』」（見《賦話六種》本頁 64）。按「檢押」，或作「撿
　　　　押」，或作「檢柙」，音近義同，皆「規矩」之義。
〔註198〕按蘇轍撰東坡〈墓誌銘〉云：「嘉祐二年，歐陽文忠公考試吏部
　　　　進士，疾時文之詭異，思有以救之。梅聖俞時與其事，得公〈刑
　　　　賞論〉以示文忠，文忠驚喜，以為異人，欲以冠多士，疑曾子
　　　　固所為。子固，文忠門下士也，乃置公第二。復以《春秋》對
　　　　義居第一，殿試中乙科。以書謝諸公，文忠見之，以書語聖俞
　　　　曰：『老夫當避，此人放出一頭地』士聞者始譁不厭，久乃信服。」
　　　　（見《欒城後集》卷 22，《蘇轍集》頁 1117）。又東坡〈省試刑
　　　　賞忠厚之至論〉一文見《蘇軾文集》卷 2 頁 44。

約三十年後之元祐年間，東坡仁民之心未嘗稍變，其以寬仁之心，惓惓忠懇之態度，作〈三法求民情賦〉開悟哲宗及時宰，治國須獄訟公正及仁民愛物，實可謂眞正之大政治家也，千古之下讀此賦，仍令人感佩不已。

四、功廢於貪，行成於廉

東坡另有〈六事廉爲本賦〉一篇，強調官員清廉及節操之重要。從古而今，最令百姓厭惡者，厥爲政府中之貪官污吏，故如何肅清貪腐，使執政者清廉有節，可謂古今官場之一大問題。東坡作此賦，當係有感而發，有其深意存焉。賦文開首云：

> 事有六者，本歸一焉。各以廉而爲首，蓋尚德以求全。官繼條分，雖等差而立制；吏功旌別，皆清愼以居先。

由賦意觀之，東坡以爲官員所應遵行之事固多，然以「廉」最爲重要，且要「尚德」。官員之表彰，亦宜以「清愼」居先。東坡固重人之才能，但以爲尚德、廉潔，較才能更爲重要。故其賦文下云：

> 乃知功廢於貪，行成於廉。苟務瀆貨，都忘屬厭。若是則善與能者爲汙而爲濫，恭且正者爲詖而爲憸。法焉不能守節，辨焉不能明賢。故聖人惡彼敗官，雖百能而莫贖；上茲潔行，在六計以相兼。

此段賦文強調貪瀆之可畏，若貪瀆之習成，則永無屬足之日，原善良能幹、恭敬正直之官員，亦皆將變質，故聖人重德甚於重才。此段賦文中「功廢於貪，行成於廉」二句，實千古名言。故東坡於賦文末，又一再加強此理念，如：

> ◎始于善而迄辨，皆以廉而爲初。念厥德之至貴，故他功之莫如。

> ◎績效皆煩，清名至美。故先責其立操，然後襃其善理。

東坡一生居官，無論外任知州，或位列中樞，皆清廉自守，從無貪瀆之事，自其熙寧間所作之〈超然臺記〉、〈寶繪堂記〉等文，即可看出

其心胸超然，不役於物之思想，早蘊胸中。〔註199〕元祐間作〈六事廉爲本賦〉，實欲發揮此理念以澄清吏治，其惓惓忠心，誠令人感佩不已。

五、復考詩賦，革除積弊

東坡元祐初年作有〈復改科賦〉一首，時司馬光爲相，擬恢復新法所廢之詩賦科，東坡乃應和而作。按神宗熙寧二年（1069），王安石參知政事，開始實施新法。次年，罷詩、賦、論三題，以策試進士。安石一向反對以詩賦取士，以爲此科法敗壞人才，其於任執政之前所作之詩歌中，即屢屢表示此理念。如仁宗嘉祐六年，安石爲科舉詳定官時，所作〈詳定試卷二首〉詩之第二首，最能表達此意，詩云：

> 童子常誇作賦工，暮年羞悔有揚雄。當時賜帛倡優等，今日掄才將相中。細甚客卿因筆墨，卑於爾雅注魚蟲。漢家故事眞當改，新咏知君勝弱翁。〔註200〕

荊公認爲以詩賦取士，無益於治道，漢代與倡優相等之辭賦，今竟以之掄將相之才，實令人嗟歎，故當改之。其同時所作之〈試院五絕句〉其一，亦云：

> 少時操筆坐中庭，子墨文章頗自輕。聖世選才終用賦，白頭來此試諸生。〔註201〕

「子墨文章」用揚雄〈長楊賦〉：「聊因筆墨之成文章，故藉翰林以爲主人，子墨爲客卿以諷」之意，藉喻辭賦。由此詩前二句觀之，安石

〔註199〕〈超然臺記〉作於熙寧 8 年（1075）守密州時，文有云：「凡物皆有可觀，苟有可觀，皆有可樂，非必怪奇瑋麗者也。餔糟啜漓皆可以醉，果疏草木皆可以飽。推此類也，吾安往而不樂？」（見《蘇軾文集》卷 11 頁 351）。〈寶繪堂記〉作於熙寧 10 年（1077）守徐州時，係應駙馬都尉王晉卿之請而作，文有云：「君子可以寓意於物，而不可以留意於物。寓意於物雖微物足以爲樂，雖尤物不足以爲病。留意於物，雖微物足以爲病，雖尤物不足以爲樂。」此二文可看出東坡淡於物慾之超然胸襟。

〔註200〕見《王荊公詩注補箋》卷 29，頁 528。

〔註201〕見《王荊公詩注補箋》卷 44，頁 851。

雖亦以詩賦出身，惟自少時即不喜辭賦，詩之第三句「聖世選才終用賦」，尤明確表達更改科舉考試之意。故當政之後，隨即廢詩賦，以策試進士。

　　按安石改革科舉之本意，係爲朝廷選拔人才，其立意甚佳，本無可厚非。惟安石後著《三經新義》，爲全國科舉之範本，晚年又著《字說》，爲科考之參考書，士子平日讀書，惟知習此，遂成流弊。宋・葉紹翁《四朝聞見錄》嘗云：

> 荊國王安石嘗賦詩闈中云云。及當國，遂以三經取士，罷詞賦，廷對始用策。…詞賦既罷，而士之所習者皆三經。所謂三經者，又非聖人之意，惟用安石之說以增廣之，各有套括。於是士皆不知典故，亦不能應制誥騈儷選。蔡京患之，又不欲更熙寧之制，於是始設詞學科…自南渡以後，始復詞賦。〔註202〕

由此可知，廢詩賦科確有其流弊。故元祐初司馬光欲恢復辭賦之時，東坡遂作〈復改科賦〉以申其意。賦文有云：

> 憫科場之積弊，復詩賦以求賢。…道人徇路，爲察治之本；歷代用之，爲取士之制。追古不易，高風未替。祖宗百年而用此，號曰得人；朝廷一旦而革之，不勝其弊。謂專門足以造聖域，謂變古足以爲大儒。事吟哦者爲童子，爲彫篆者非壯夫。殊不知採摭英華也，簇之如錦繡；較量輕重也，等之如錙銖。韻韻合璧，聯聯貫珠。稽諸古，其來尚矣；考諸舊，不亦宜乎？

由賦文可知，東坡對於自古以來以詩賦取士之法，深表贊同，「祖宗百年而用此，號曰得人」，即表示對北宋開國百年來，人才鼎盛之肯定。「朝廷一旦而革之，不勝其弊」，則表示對王安石以經義策論取士之深不以爲然。「謂專門足以造聖域，謂變古足以爲大儒」二句，尤對安石之改革理念深致不滿。事實上，北宋自立國以來，以詩賦取士所獲致之名臣大儒，歷歷可見。詩賦之撰作，雖設限甚嚴，然正可窺

〔註202〕據《王荊公詩注補箋》卷15，〈詳定試卷二首〉注引，頁530。

見應考者之才學器識，殊不失爲一頗佳之考校方式，荊公實有所拘矣。據宋・沈作喆《寓簡》云：

> 本朝以詞賦取士，雖雕蟲篆刻，而賦有極工者。往往寓意深遠，遣詞超詣，其得人亦多矣。自廢詩賦以後，無復有高妙之作。昔中書舍人孫何漢公著論曰：「唐有天下，科試愈盛，自武德、正觀之後，至正元、元和已還，名儒鉅賢，比比而出。…如陸宣公、裴晉公皆負王佐之器，而猶以舉子事業飛騰聲稱。韓退之、柳子厚、皇甫持正，皆好古者也，尚刻意雕琢，曲盡其妙。…蓋策問之目，不過禮樂、刑政、兵戎、賦輿、歲時災祥、吏治得失。可以備擬，可以漫衍，故汗漫而難校，泄泄少功，詞多陳熟，理無適莫。惟詩賦之制，非學優才高不能當也。破巨題期於百中，強壓韻示有餘地，驅駕典故，渾然無跡，引用經籍，若己有之。…觀其命句，可以見學殖之淺深；即其構思，可以覘器業之大小。窮體物之妙，極緣情之旨。識春秋之富豔，洞詩人之麗則。」〔註203〕

由沈作喆及其引孫何之言，可見以詩賦取士，並不會箝制人才，反可因此去浮薄之氣，增廣學殖，故常能取得人才，此與東坡之看法正相同。

又王安石爲培育人才，行三舍法養士以替代科舉，立意雖佳，惟實施以來，未盡理想，且頗多弊端，東坡於〈復改科賦〉中亦有批評，賦文云：

> 大凡法既久而必弊，士貽患而益深。謂罷於開封，則遠方之隘者，空自韞玉；取諸太學，則不肖之富者，私於懷金。雖負凌雲之志，未酬題柱之心。三舍既興，賄賂公行於庠序；一年爲限，孤寒半老於山林。自是憤愧者莫不顰眉，公正者爲之切齒。思罷者而未免，欲改之而未止。

元豐中削減太學生津貼，故諸多貧寒之太學生紛紛返鄉；而富有不肖

之士，則以金錢夤緣以進。又太學三舍法分外舍、內舍、上舍三級，須逐年考試升等，富有者常藉賄賂過關，而孤寒者則半老於山林。東坡對於此法之規定頗為不平，故特於賦文中為貧寒者一申公道，並冀望元祐更化能對科舉建立一較好之制度，以培育人才。

　　由以上諸治道賦觀之，東坡元祐在朝期間，既感念宣仁高太后提拔之恩，欲一心報效「官家」；同時亦抱持「致君堯舜上，再使風俗淳。」〔註204〕之理念，忠誠懇切，作賦多篇以表心意。惜乎哲宗親政之後，逐走東坡，親小人而遠賢臣，以致黨禍日漸熾烈，大傷宋朝元氣，千古之下，實令人浩歎！

〔註204〕見杜甫〈奉贈韋左丞丈二十二韻〉詩，據《杜詩詳注》卷1，頁74。